묵향 12
외전-다크 레이디
다크의 위기

묵향 12
외전-다크 레이디

초판 1쇄 발행일 · 2007년 06월 22일
초판 4쇄 발행일 · 2025년 06월 30일

지은이 · 전동조
펴낸이 · 유용열
기　획 · 김병준
편　집 · 김은희, 유지원
펴낸곳 · 도서출판 스카이미디어

주소 · 서울시 동대문구 용두동 234-35번지 대명빌딩 201호
전화 · (02)922-7466
팩스 · (02)924-4633
E-mail · skymedia62@hanmail.net
출판등록 · 제6-711호

Copyright ⓒ 전동조 2025

값 9,000원

ISBN · 978-89-92133-17-3 04810
ISBN · 978-89-92133-00-5 (세트)

※ 온라인상의 불법 복제물의 유포나 공유는 저작자의 재산권을 침해하는
　중대한 범죄 행위로 관련법에 의거해 처벌 대상이 됩니다.
※ 작가와의 협의에 의하여 인지는 생략합니다.
※ 잘못된 책은 본사나 구입하신 서점에서 교환해 드립니다.

DARK STORY SERIES Ⅱ

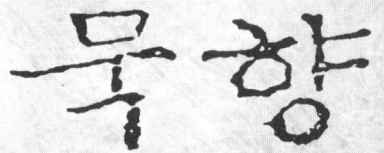

외전-다크 레이디

전동조 장편 판타지 소설

12
다크의 위기

차례
다크의 위기

고양이 옆에 있는 첩자 ·················7
사악한 미소를 짓는 아들···············21
별게 다 거치적거리는군 ···············34
출세 지향형의 인물 ···················48
인간의 대역을 맡은 골드 드래곤 ········59
벼룩의 보고에 따르면… ················78
다크는 보통 여자가 아니야 ·············90
케락스에서 무슨 일이 있었나 ··········106
미네르바 전하의 특명 ················126
치레아 대공의 문장 ··················143
무자비한 종교 재판 ··················154
다크는 귀환할 수 없어 ···············166

차례
다크의 위기

다크가 크루마로 간 까닭 ·················178
귀한 손님을 이따위로 접대하나 ···············190
코끼리도 잡을 수 있는 독약 ·················206
모든 기억을 지워라 ·······················217
드래곤의 아들을 건드린 결과 ···············227
유래를 찾기 힘든 전쟁 ····················236
처절한 복수가 시작될 것이다 ···············251
다크의 위기 ····························260
아르티어스의 분노 ·······················272

[작가 후기] 묵향 12권을 마치며 ············284

고양이 옆에 있는 첩자

전쟁은 갑작스럽게 벌어졌다. 6년 전에 있었던 제1차 제국 전쟁이 대 제국 코린트, 크루마, 크라레스가 주축이 되어 대지를 피로 물들인 대규모 전쟁이라고 한다면, 이제 그에 준하는 대규모의 전쟁이 다시 벌어지게 된 것이다. 거기에다가 이번 전쟁은 6년 전과는 달리 크루마가 빠졌지만, 여태껏 중립 노선을 지켜 오던 아르곤과 알카사스가 가담했기에 그 규모에 있어서 제1차 제국 전쟁에 결코 뒤떨어지지 않았다. 그렇기에 모두들 이번에 벌어진 전쟁을 제2차 제국 전쟁이라고 불렀다.

제2차 제국 전쟁은 코린트를 주축으로 하는 연합군이 신흥 강국으로 부상하고 있던 크라레스 제국을 기습함으로써 그 서막을 장식했다. 그 때문에 크라레스 제국은 전쟁이 시작된 바로 그날

기사단 전력의 절반을 상실하는 뼈아픈 패배를 당할 수밖에 없었다. 하지만 크라레스의 패배가 너무나도 짧은 시간에, 그것도 기습에 의해 발생한 것이었기에 전쟁에 직접 관여하지 않은 타국들의 경우 아직까지도 크라레스가 어느 정도로 막대한 피해를 당했는지 제대로 알지 못하고 있었다.

여기저기 쓰러져서 신음하고 있는 병사들과 그들 사이를 열심히 뛰어다니며 치료하고 있는 마법사나 신관들의 모습이 보였고, 그들 사이로 생명을 마친 거대한 타이탄들이 그 찬란했던 자신의 생을 자랑하듯 육중한 몸을 누이고 있었다. 다크는 천천히 걸어가다가 매우 눈에 익은 타이탄의 몸체를 발견하고는 얕은 신음성을 흘렸다. 푸른색이 칠해진 거대한 타이탄은 몸체에 깊은 검상을 입은 채로 황궁의 한쪽 담벼락을 허물어뜨린 채 엎어져 있었다.

"청기사도 당했나?"

자그마한 그녀의 질책에 그녀를 뒤따르던 기사는 고개를 푹 수그렸다. 그 기사의 제복에는 금은색의 실을 많이 사용해서 그런지 크라레스 기사단의 복장치고는 매우 화려해 보였다.

"예, 전하. 세 대가 파괴되었사옵니다."

기사의 대답에 다크의 눈이 조금 커졌다. 매우 놀랐던 것이다.

"놀라운 일이군. 그렇다면, 적의 피해는?"

다크의 물음에 기사는 풀이 죽은 음성으로 답했다.

"적은 코린트의 최고 정예라고 할 수 있는 코란 근위 기사단이었사옵니다. 흑기사를 대체하여 새로이 배치된 거대한 붉은 타이탄의 파괴력은 거의 청기사에 버금가는 것 같았사옵니다. 그리고 무엇보다 놈들의 숫자가 30대나 되었기에…….”

"나는 적의 피해를 물었다."

확정적인 다크의 말에 기사는 고개를 푹 숙이며 대답했다.

"한 대도 파괴하지 못했사옵니다."

"단 한 대도?"

상대의 변명은 들을 필요도 없다는 듯 다크는 무자비하게 요점만을 물었다. 그녀에게 있어 적 타이탄이 몇 대나 있었고, 또 그들 중에서 몇 대에 '상처'를 입혔는지는 중요하지 않았다. 타이탄은 팔다리가 떨어져 나가도 시간만 지나면 치료되기에 적 타이탄에게 상처를 얼마나 입혔는지는 하나도 중요하지 않았다. 오로지 완벽하게 파괴해 버린 숫자만이 중요했다.

청기사의 강인함과 크라레스 기사들의 실력을 잘 알고 있었기에, 그녀는 적을 한 대도 잡지 못했다는 사실 자체가 믿어지지 않았다. 그 기사는 모든 것이 자신의 책임인 양 고개를 더욱 깊이 숙이면서 보고했다. 사실 이 모든 것이 그 기사의 책임이었다. 바로 그가 근위 기사단장인 프로이엔 폰 론가르트 백작이었기 때문이다.

"예, 전하. 원체 대단한 놈들이었기에 황궁을 지켜 내는 것도 벅찼을 정도이옵니다. 그런데 갑자기 그들이 후퇴하기 시작했사옵니다. 기선을 제압하고 있던 적들이 갑자기 후퇴하기 시작한 것이 아무래도 꺼림칙해서 머뭇거리는 사이에 놈들은 자취를 감췄사옵니다. 뒤늦게 그것이 함정이 아닌 진짜 후퇴라는 것을 깨닫고 놈들을 추격해 본 결과 마법진을 이용해서 황급히 도주했다는 것을 밝혀냈사옵니다."

"황궁 정원까지 밀고 들어왔을 정도였는데 갑자기 후퇴해 버렸다? 조금만 더 밀어붙였으면 황궁을 파괴할 수 있었을 텐데……?"

"예, 그러하옵니다, 전하. 그 때문에 저는 녀석들이 후퇴하는 것이 우리가 그들을 잘 막아 내고 있기에 본국의 방어 대형을 흩트리기 위해 일부러 후퇴하는 것처럼 꾸미는 계략이라고 판단했던 것이옵니다."

"흐음……. 그런데 놈들은 진짜 후퇴했고, 얼마 지나지 않아 내가 도착했다는 것이겠지?"

"예, 전하."

자신의 의문에 론가르트 백작이 아주 간단하게 대답을 해 주자 다크는 이제야 모든 것이 머릿속에서 확 정리되는 듯한 기분을 느끼며 분통을 터뜨렸다.

"망할 자식들! 어쩐지 뭔가 수상하다고 생각했더니, 처음부터 모두 다 계획된 움직임이었어."

"예?"

상관의 분노에 대해 확실한 이유를 모르는 론가르트 백작이 명한 표정으로 의문을 던지자 그녀는 황급히 표정을 바로잡으며 딴청을 부렸다. 자신이 망신당한 것을 딴 사람에게 광고까지 할 필요는 없다고 느꼈기 때문이다.

"아무것도 아니다. 폐하는 지금 어디에 계시지?"

"집무실에서 대책 회의를 하고 계시옵니다."

다크는 론가르트 백작을 뒤로하고 황제의 집무실로 걸음을 옮기기 시작했다. 다크가 사라지자 론가르트 백작은 여기저기를 뛰어다니며 부하들에게 여러 가지 지시를 내리기 시작했다.

"어서 오게나. 그래, 갔던 일은 어떻게 되었나?"

황제의 물음에 다크는 약간 풀이 죽은 어조로 대답했다.

"놈들에게 철저하게 농락당했다고 봐야 하겠죠."

"으음… 코린트가 그렇게 강했었나? 경이 당해 낼 수 없다니……."

황제가 약간의 오해를 하고 있는 듯하자 다크는 황급하게 덧붙여 말했다. 이번의 경우도 자신이 약했기에 패한 것은 절대로 아니었기 때문이다. 놈들이 자신과의 결전을 회피했을 뿐, 만약 제대로 한판 붙었다면 결코 이런 결과가 나왔을 리가 없기 때문이다.

"그런 뜻이 아니죠, 폐하. 격전이 벌어지는 동안 저는 녀석들을 구경도 못했습니다. 제가 가면 어디론가 이미 도망쳐 버리고 없더군요. 놈들은 제가 어떻게 움직일지 이미 눈치 채고 있는 것 같았습니다."

그녀가 하고자 하는 말의 속뜻을 이해한 황제가 약간 목소리를 낮추어 물었다.

"그렇다면 첩자가 있다는 말인가?"

다크는 고개를 살짝 까딱거렸다.

"그렇다고 봐야 하겠지요. 그래서 말인데……. 제 부하들의 신상을 다시 한 번 철저하게 조사해 주십시오. 그리고 그 외에도 치레아 기사단의 움직임을 대략이나마 알 수 있는 위치에 있는 인물들도 점검해야만 할 것입니다."

"알겠네. 노력은 해 보겠지만 인원이 원체 많다 보니 시간이 좀 걸릴 걸세."

"예, 폐하."

"이리저리 돌아다니느라고 피곤할 텐데, 우선 가서 쉬게나. 그리고 뒷일은 모든 보고서들이 집계된 후에 토론하기로 하지."

"예, 폐하. 그럼 물러가겠습니다."

다크는 황제를 만나 대략적인 보고를 한 후 황궁 내에 마련되어 있는 자신의 방으로 돌아갔다. 자신의 영지는 치레아 공국이었지만, 그녀가 수도에 와 있을 때를 위해서 토지에르가 배려해 놓은 호화로운 방이었다. 오랜 시간 주인이 없었음에도 불구하고 방은 구석구석 깨끗하게 청소되어 있었다. 다크는 푹신한 의자에 털썩 주저앉으며 한숨을 푹 내쉬었다.

"후우우, 피곤하군. 차라리 한판 붙기라도 했으면 이렇게 피곤하지는 않을 거야. 젠장! 어떻게 복수를 하지? 진짜 첩자가 붙어 있다면 어떻게 해 볼 도리가 없잖아? 그렇다면… 그렇다면……."

문득 뭔가 좋은 생각이 떠오른 다크는 큰 소리로 외쳤다.

"여봐라, 누구 없느냐?"

"예, 부르셨습니까, 주인님!"

다크의 부름에 응답한 것은 세린이었다. 뾰족한 귀를 귀엽게 까딱거리면서 그녀는 한쪽 방문을 열고 사뿐히 걸어왔다.
 "어라? 네가 여기 왜 있는 거냐?"
 생각지도 않은 인물이 갑자기 튀어나오자 다크는 약간 얼이 빠진 듯한 표정으로 물었다. 하지만 세린은 약간 과잉 반응을 보이는 주인이 재미있게 생각되었는지 미소를 지으며 상큼한 목소리로 대답했다.
 "주인님께서 오늘 여기에서 묵으실 거라고 연락이 와서요. 아무래도 딴 하녀보다는 제가 나을 것 같아서 서둘러서 이리로 왔지요."
 세린은 귀를 뒤로 한껏 붙이며 애교스럽게 자신을 칭찬해 달라는 듯 주인에게 말한 것이었는데, 오히려 돌아온 것은 칭찬이 아닌 의심이 가득한 눈길이었다.
 "그으래?"
 약간 수상한 눈빛으로 자신을 흘끗 노려보는 다크를 보고 세린은 뭔지 모를 괴이한 공포를 느꼈다. 묘인족인 그녀의 섬세한 신경 가닥 하나하나가 그 순간 뭐라고 말로 표현하기 어려운 위험 경보를 보내고 있었던 것이다. 주인의 상태가 뭔가 이상하다고……. 세린은 자신도 모르게 뒤로 몇 걸음 물러서고 있었다.
 다크로서는 지금 첩자 때문에 매우 신경이 쓰이고 있는 판에, 세린이 부르지도 않았는데 갑자기 이곳에 와 있었던 것이 매우 마음에 걸렸다.
 '저것이 첩자가 아닐까? 만약 그렇다면 지금 요절을 내 버려?'
 처음에는 무턱대고 이런 궁리를 하는 도중 은연중에 그녀의 몸에서는 미세한 살기가 뿜어져 나오고 있었다. 하지만 가만히 생각해 보면 세린은 매우 오래전부터 자신을 따르고 있었다. 그리고 다크는 세린에게 '자유'라는 커다란 선물까지 했었다. 그런데도 세린은 다크를 떠나지 않고 있었고, 그 사건 이후로 다크를 정말 살뜰하게 위하고 있었던 것이다. 그리고 지난번 전쟁 때도 세린이 있었지만, 자신에 대한 비밀이 밖으로 새 나간 적은 없었다.

다크는 고개를 살래살래 흔들며 잡생각을 흩어 버렸다. 설마하니 세린까지 의심해서야……. 만약에 진짜 첩자라고 해도 그것이 완전히 들통 나기 전까지는 의심하지 않는 것이 주인된 도리. 다크는 언제 살기를 뿜어 올렸냐는 듯 부드러운 목소리로 말했다.

"빨리 가서 가스톤, 팔시온, 미디아, 미카엘을 불러와라."

"예, 주인님."

세린은 공손하게 대답한 후 고개를 갸웃거리면서 밖으로 나갔다. 다크의 속마음을 모르는 세린으로서는 순간적으로 주인이 왜 그렇게 무섭게 느껴졌었는지 이해할 수가 없었던 것이다. 하지만 그녀의 고민은 그렇게 오래 지속되지 않을 것이다. 그럴 수밖에 없는 것이 다크는 세린이 모셔 본 여러 명의 주인들 중에서 가장 지독스러운 괴짜였기에 아주 오래전에 주인의 심리를 이해하려고 노력하는 것을 포기해 버렸기 때문이다.

"전하, 긴급 정보이옵니다."

자신의 꾀주머니라고 할 수 있는 이블리스가 달려 들어오자, 미네르바는 그가 무슨 소식 때문에 그렇게 당황하는지 대충 짐작이

갔다. 오늘 아침에 갑작스럽게 시작된 제2차 제국 전쟁이 자신들이 예상하고 있던 것과는 조금 다르게 전개되고 있음이 분명했다. 하지만 그놈의 다크라는 인물이 개입된 이래 자신의 예상대로 전쟁이 흘러가지 않고 있었기에 미네르바는 '또다시 틀렸나?' 하는 생각에 약간 골치가 아파지는 것을 느끼며 이블리스에게 물었다.

"그래? 크라레스와 코린트의 전쟁 소식인가?"

"옛, 전하."

"그래, 전세는 어떻다고 하던가? 설마, 초전부터 크라레스가 압승을 거두고 있다는 것은 아니겠지?"

"그게 아니옵니다. 크라레스 쪽이 약간의 우세를 보일 거라는 예상과 달리 코린트 쪽의 압승으로 사태가 전개되고 있사옵니다."

이블리스의 확정적인 말에 미네르바의 눈동자가 한껏 커졌다.

"뭣이? 그럴 리가……."

한껏 의심스러워하는 미네르바와 달리 이블리스는 매우 자신감이 넘쳐 보였다. 그는 자신이 입수해 온 정보의 정확도에 대해 매우 자신 있어 하는 것 같았다.

"사실이옵니다, 전하. 이번 전쟁에서 알카사스와 아르곤이 코린트의 손을 들어 준 것이 아주 큰 비중을 차지한 모양이옵니다. 크라레스의 3개 전대가 그들에게 발목이 잡혀 있는 동안, 코린트의 기사단들이 인접 국경에 배치되어 있던 크라레스의 2개 전대를 순식간에 전멸시킨 후 크라레인시까지 쳐들어가서 격전을 벌인 다음 후퇴했다고 하옵니다."

"……"

이 놀라운 소식에 대한 대비책을 강구해 내기 위해 미네르바가 생각에 몰두하여 아무런 말이 없자, 이블리스는 신중하게 상관에게 건의했다.

"빨리 결정을 내려야만 하옵니다. 세부 사항은 확실하지 않지만, 정보부의 분석에 의하면 오늘 하루의 전투로 크라레스 기사단은 그 세력의 절반을 잃었다고 하옵니다."

이블리스의 채근에 미네르바는 신음성을 흘렸다. 겨우 하루 동안의 전투로 크라레스가 절반의 병력을 잃었다면, 그야말로 대규모로 치고받은 것은 확실한 모양이었다. 초전에서 그렇게 승기를 잡았다면 코린트는 예전에 해 왔듯이 그 승기를 확실하게 다지고자 할 가능성이 컸다. 그렇다면 지금 뭔가 손을 조금 써 두는 것이 좋을 것이다. 전쟁이 너무 일찍 끝이 나도 좋을 것이 없기 때문이다.

"야간에도 전투를 할 가능성은?"

"옛, 첩자들의 보고에 의하면 코린트의 기사단은 케락스시로 모두 철수했다고 하옵니다."

미네르바는 뭔가 이상하다고 느꼈다. 기사단이 수도로 철수했다면 전장에 남겨진 병사들은 누가 보호한단 말인가? 그리고 초반에 잡은 승기를 굳히지 않고 왜 그냥 철수했을까? 크라레스 기사단의 절반이 무너질 정도라면 그야말로 엄청난 대 승리를 거둔 것이 확실한데…….

"케락스시로? 그렇다면 전선의 군대에 대한 호위는 어떻게 하고?"

이블리스는 미네르바가 왜 이런 질문을 했는지 즉각 이해했다. 자신이 미처 보고하지 못한 점이 있었기에 미네르바가 조금 오해하고 있는 것이다.

"이상하게도 코린트는 이번 전쟁에 기사단만을 활용하고 있을 뿐, 군대가 이동하는 그 어떤 징후도 보이지 않고 있사옵니다. 국경선을 지키고 있던 크라레스의 2개 전대를 완파하고, 요새 두 개를 쑥대밭으로 만들었기에, 진로를 저지할 방해물은 없을 텐데도 군대를 투입하지 않고 있는 것은 매우 특이하옵니다. 그 때문에 바르데 후작에게 첩자들을 풀어 그것을 좀 더 상세히 조사해 두라고 일러뒀사옵니다. 아마도 야간 행군을 해서 국경을 돌파하려는 것은 아닐까하는 예상도 가능하기 때문이옵니다."

"그건 잘 처리했군."

미네르바가 고개를 조금씩 끄덕거리면서 중얼거리자, 이블리스는 상관이 뭔가 중요한 결심을 하려고 머리를 굴리고 있다고 판단했다. 크루마가 누구의 손을 들어 주느냐에 따라 이번 전쟁의 향방은 아주 크게 달라질 것이다. 그렇기에 그는 상관에게 자신의 의견을 말하기 시작했다. 아직 상관이 결정을 내린 상태는 아니었기에 지금 말하는 것은 큰 문제가 아니었다. 왜냐하면 지금 그가 말하는 것은 '조언'이 되지만, 나중에 상관이 결정을 내린 후에 주절거리면 '항명'으로 오해받을 수도 있기 때문이다.

"그리고 정보부의 분석에 따르면, 이런 속도로 전투가 진행된다면 전쟁은 예상외로 일찍 종결될지도 모른다고 하옵니다. 그러니 지금이라도 본국의 태도를 확실히 정해야만 하옵니다. 코린트와 연합하여 망해 가는 크라레스를 완전히 끝장내든지, 아니면 크라레스를 도와주든지 말이지요. 제 생각으로는 코린트가 크라레스를 끝장내고 더욱 강성해지지 않도록 크라레스를 돕는 것이 좋지 않을까 사료되옵니다. 지금이라면 그들을 도와주는 것이 늦지 않았사옵니다. 하지만 시간이 지날수록……."

미네르바는 슬쩍 주위를 둘러봤다. 사실 자신의 집무실 안이었기에 주위를 둘러볼 필요도 없었지만, 그녀는 거의 습관적으로 둘러본 것이다. 그런 다음 미네르바는 콧방귀를 뀌며 말했다.

"훗, 크라레스가 그렇게 만만한 상대라면 내가 그렇게 고심하지 않았겠지. 치레아 대공이 크라레스를 돕는 한 그 나라는 망하지 않아. 지금은 뭔가 획기적인 방법을 썼기에 코린트가 우세한 듯 보이는 것이겠지만, 그녀가 일단 움직이기 시작하면 코린트는 막대한 피를 흘릴 수밖에 없을 거야."

"전하께서는 그녀를 너무 과대평가하시는 것이 아니옵니까? 코린트에는 마스터가 세 명이나 있사옵니다. 그리고 신형의 적기사들까지 가담한다면, 아무리 청기사가 있다고 하더라도……."

"물론 코린트가 전력을 기울인다면 치레아 대공을 잡을 수 있겠지. 그리고 그녀가 죽는 그날이 코린트가 멸망하는 날이야. 오호호호홋!"

미네르바는 다크의 뒤에 성질 더럽기로 소문난 골드 드래곤이 의붓아버지로 버티고 있다는 사실을 너무나도 잘 알고 있었기에 터뜨린 웃음이었다. 그녀는 그 망할 드래곤을 레어까지 찾아가서 직접 만나 보지 않았던가? 여러 가지 정보에 따르면 그놈은 에인션트급에 근접하는 엄청난 괴물이었다. 그리고 더 안 좋은 점은, 가만히 눈치를 보아하니 그 드래곤은 종족이 다르다는 엄청나게도 넓은 간격을 뛰어넘어 다크를 매우 아끼는 것 같았다. 보통의 드래곤과 인간 사이에는 도저히 성립하기 힘든 관계였지만, 어쨌든 그게 그 둘 사이에는 성립이 되어 있었던 것이다. 그렇다면 그녀를 해치는 것은 곧 골드 드래곤의 분노와 직결되는 것은 당연한 결과였던 것이다.

갑자기 미친 듯이 웃음을 터뜨리는 상관의 정신 상태를 의심하며 이블리스가 의문에 가득 찬 표정으로 자신을 바라보고 있는 것을 느끼고 미네르바는 웃음을 멈췄다.

"당장 휘하 기사단장들을 모두 소집해라."

"옛, 드디어 마음을 정하신 것이옵니까? 아무래도 코린트보다는 크라레스를 도와주는 것이 좋겠지요?"

부하의 물음에 미네르바는 고개를 좌우로 흔들며 느긋하게, 그러면서도 매우 음흉한 어조로 대답했다.

"아니, 둘이서 싸우고 있는 동안 미란을 친다."

미네르바의 엉뚱한 말에 이블리스는 말도 안 된다는 듯 항변했다.

"저, 미란은 크라레스의 동맹국이옵니다. 그리고 코린트와도 친분을 쌓고 있사옵니다. 미란을 친다면 둘 다 가만히 있지 않을 것이옵니다."

이블리스의 조심스런 조언에도 불구하고, 미네르바는 자신 있게 말했다.

"그건 상관없지 않나? 미란을 도와줘야 할 그 둘이 치고받고 있으니까 말이야."

이제야 미네르바의 계획을 눈치 챈 이블리스는 활달한 음성으로 대답했다.

"옛, 전하."

사악한 미소를 짓는 아들

　코린트는 크라레스와의 전쟁에서 불필요한 소모전을 치를 의향이 없었는지 아예 처음부터 군대를 투입하지 않고 기사단만을 투입했다. 그리고 그 기사단들은 크라레스 영토 곳곳에 깊숙이 공간 이동해 와서 막대한 피해를 입힌 것만으로도 만족했는지 저녁쯤이 되자 재빨리 본국으로 모두 후퇴해 버렸다.
　물론 이것은 다크라는 존재를 염두에 둔 작전이었다. 군대는 원체 인원수가 많기에 기동성에 있어서 한계를 지니고 있었고, 기사단은 소수 정예이기에 마법진을 이용해서 이동한다면 엄청난 기동력을 발휘할 수 있었다. 하지만 그런 기사단도 군대를 보호한다는 굴레에 묶여 버린다면 뛰어난 기동성을 상실하게 되는 것이 당연했다. 다크를 피해서 재빨리 이동하려면 기동성을 최대한 간직하고 있어야만 했다.

하지만 그런 사실을 모르고 있는 아르곤과 알카사스의 기사단들은 그날 저녁 늦게까지 자신들의 진격을 저지하고 있는 크라레스의 기사단들과 군대들을 상대로 드잡이를 벌였다. 코린트와 달리 아르곤과 알카사스의 경우 기사단과 함께 군대가 이동해 들어오고 있었다. 코린트는 단순히 크라레스 제국의 멸망만을 원하고 있었지만, 그들의 경우 크라레스의 드넓은 대지를 차지하는 것이 목적이었기 때문이다. 그 때문에 그들은 여태껏 행해져 왔던 모든 전쟁이 그래 왔듯 조금씩 확실하게 적을 섬멸하면서, 군대를 이용하여 점령지를 착실하게 넓혀 나가는 전략을 사용하고 있었던 것이다.

크라레스의 풍요로운 서부 지역을 탐욕스럽게 집어삼키기 시작한 레드 이글 기사단은 그날 밤 늦게까지 크라레스의 기사단과 접전을 벌이다가, 상대방이 꼬리를 말고 후퇴하자 더 이상 전투를 확대하지 않고, 진격을 멈춘 후 피로를 풀며 내일을 기다리고 있었다. 마법을 이용해서 밤을 대낮처럼 밝히면서 대판 전투를 벌일 수도 있겠지만, 사실 그렇게 무리해서까지 전쟁을 할 이유는 양쪽 어디에도 없었다. 양쪽 다 낮에 있었던 전투의 피로를 푸는 것이 더욱 중요했다. 그리고 다음 날 있을 피비린내 나는 전투에 대한 대책도 세워야 했고…….

"아직 그거 다 못 끝냈어. 조금만 더 시간을……."

마법 구슬에 나타난 아르티어스는 다크의 얼굴을 보자마자 당황한 표정으로 중얼거리기 시작했다. 이런 멍청하기 그지없는 드래곤의 모습에 다크는 빙그레 미소 지은 후 다정한 어조로 말했다.

"아뇨. 그 일은 이제 됐어요. 지금 바로 이쪽으로 오세요. 급한 일이 생겼어요."

"응? 일은 무슨 일?"

썩 내켜하지 않는 아르티어스의 표정으로 봤을 때, 요 근래 들어서 아들 녀석 덕분에 호된 경험을 치렀던 것이 분명했다. 그런 아르티어스의 물음을 묵살하며 다크는 단호하게 외쳤다.

"당장 이리로 와욧!"

다크의 '명령'에 아르티어스의 얼굴은 금세 죽을상이 되는 듯싶더니, 곧 체념한 듯한 표정으로 중얼거렸다.

"아… 알았다. 조금만 기다려라."

그와 동시에 아르티어스의 몸은 희뿌연 빛 무리에 감싸였다. 아르티어스가 사라지고 잠시 후, 다크의 옆에 또 다른 빛 무리가 생성되더니 그것이 사라졌을 때 거기에는 아르티어스가 서 있었다.

"빨리 오라는데 왜 그렇게 잔말이 많아요?"

"그, 그거야……."

다크는 어색한 대답만을 반복하고 있는 아르티어스를 더 이상 추궁하지 않고 언제 그랬냐는 듯 표정을 확 바꾸면서 친근하게 얘기하기 시작했다. 정말이지 놀라운 표정 변화요, 분위기의 반전이었다.

"아, 이왕에 오셨으니까 됐어요. 실은 아빠하고 연락하기 전에 부하들과 몇 가지 사소한 일을 의논 하던 도중에 아주 좋은 작전이 떠오른 것이 있는데요. 그것 때문에 아빠한테 부탁드릴 일이 있어서요. 헤헤……."

갑작스레 표정을 바꾸면서 미소 짓는 다크를 보며 아르티어스는 한숨을 푹 내쉬었다. 저 사악한 미소를 짓고 있는 아들 녀석의 부탁이 무엇이든 간에 도저히 거절할 수 없는 자신이 너무나도 한심스럽게 느껴졌기 때문이다. 아마도 밤하늘에 떠 있는 두 개의 달 중에서 하나가 가지고 싶다고 그녀가 '부탁'한다고 하더라도, 아르티어스는 뒷일은 생각해 보지도 않고 무조건 허락했을 것이다. 그리고 말도 안 되는 그 약속을 지켜 내기 위해 밤하늘로 날아올랐을 것이다.

아르티어스는 언제 자신이 한숨을 푹 내쉬었냐는 듯, 부드러운 눈길로 자신이 가장 사랑하는 소녀를 바라보며 그녀의 말에 귀를 기울이고 있었다. 언제나처럼…….

마도 왕국 알카사스는 마도 왕국이라는 그 이름에 걸맞게 최신형 타이탄들을 대량으로 보유, 주위의 약소국들을 긴장시켰던 강력한 대국이었다. 알카사스에는 총 5개의 기사단이 존재했다. 근위 기사단은 1.5의 카르마 50대를, 그 외의 4개 기사단은 1.32급의 가이아를 각각 50대씩 보유하고 있었다. 6년 전부터 불붙기 시작한 군비 경쟁 때문에 차세대 주력 타이탄인 가이아를 대량으로 생산하기는 했지만, 나중에 적이 될 가능성이 있는 국가들이 얼마나 강력한 타이탄을 차세대로 연구, 생산하고 있는지 신경 쓰지 않은 어리석음을 범한 것이 알카사스의 가장 치명적인 실수였다.

알카사스가 카르마와 가이아를 생산하는 동안 상대국들은 최소 1.3급부터 시작하여 2.0을 상회하는 초강력 타이탄들을 생산하고 있었으니, 그것을 눈치 챘을 때는 이미 너무 늦은 다음이었다. 알카사스의 원로원은 크라레스를 위험한 도박을 통해 성장한 '신흥 강국'쯤으로 생각하고 있었다. 그렇기에 그들은 크라레스가 코린트, 크루마, 알카사스, 아르곤의 4대 강국 체계에 끼어들 정도의 실력이 있다고 처음부터 믿지 않고 있었다. 6년 전의 전쟁에서 그들이 승자의 입장에 선 것도 크루마라는 강국의 뒤에 줄을 잘 섰기에 얻어진 행운쯤으로 치부하고 있었다.

하지만 오늘에서야 그들은 왜 크라레스가 6년 전에 승자의 대열에 서게 되었는지 뼈저리게 느끼고 있었다. 국경을 지키고 있는 크라레스의 기사단은 겨우 제6전대 하나뿐이었고, 그 타이탄의 숫자도 30대뿐이었다. 하지만 예상과 달리 그들이 지니고 있는 타이탄은 은빛 찬란한 겉모양만 화려한 것이 아니라 성능 또한 가이아급에 필적할 정도로 뛰어났다. 그리고 그것을 조종하는 기사들의 능력은 알카사스의 기사들에 비해 월등하게 뛰어났다.

그도 그럴 수밖에 없는 것이, 알카사스가 강대국과 전쟁을 치렀던 것은 거의 반세기 전. 그것도 그 당시 알카사스의 동진(東進)을 가로막고 있던 대 제국 크라레스를 상대로 한 것이었다. 그 전쟁에서 알카사스는 대패를 당했고, 그 후로 크라레스와의 충돌을 두려워해서 엔테미어 공국까지 완충 지대로 만들지 않았던가?

알카사스가 이렇듯 승리가 확실하지 않은 전투를 꺼렸던 것에 반하여 크라레스는 어떻게 보면 매우 호전적이기까지 한 제국이었다. 40년 전의 치욕을 씻어 내기 위해 국력을 비축했고, 또 그것을 6년 전에 실행에 옮겨 완수해 내는 놀라운 재주를 부렸다. 그것이 가능했던 것은 다크라는 변수의 도움도 있었지만, 크라레스 기사들의 충분한 실전 경험과 실력도 당당하게 한자리를 차지하고 있었다.

크라레스의 제6전대와 알카사스의 레드 이글 기사단이 격전을 벌인 그날 저녁, 레드 이글 기사단은 상대방이 예상외로 강력하다는 데 놀라고 있었다.

"겨우 적 타이탄 30대를 상대로 이렇게 고전을 면치 못하다니, 정말 치욕스런 일입니다, 각하."

젊은 기사가 투덜거리자 50대 초반쯤으로 보이는 노기사는 혀를 찰 수밖에 없었다. 젊은 것들이 정말 뭘 몰라도 한참 모르고 있었기 때문이다.

"쯧쯧, 어쩌면 이것은 당연한 일이니 그렇게 말할 것 없다."

"예? 하지만……."

"크라레스는 예로부터 뛰어난 기사들을 많이 보유하고 있던 강력한 대국이었다. 그들의 실력은 결코 하루아침에 만들어진 것이 아니야. 처음부터 적을 너무 가볍게 생각하고 덤빈 이쪽의 실수야."

그 노기사는 야전 천막의 천장에서 날아다니고 있는 나방들을 바라보며 회상에 잠긴 듯한 눈빛으로 말을 이었다.

"그렇군. 옛날에 내가 처음 참전했을 때도 그랬었지. 하지만 병영의 분위기는 지금과 완전히 달랐었다. 그때는 초강대국의 대열에 들어 있는 크라레스 제국을 상대로 변방에서 힘을 키워 온 우리들이 과연 잘해 낼 수 있을까하는 두려움과 기대감을 안고 전장으로 향했었지. 하지만 지금은 어떤가? 한 번 망하기 직전까지 갔다가 다시 새롭게 세력을 키우는 크라레스 따위는 상대도 안 된다고 모두들 생각하고 있지 않은가? 크라레스는 수백 년 전부터 당당하게 초강대국의 대열에 들어 있던 대 제국이다. 근래에 조금 힘이 쇠약했다고 하나, 오늘 보니 과거의 그 전성기로 다시 돌아간 듯했다. 결코 얕볼 상대가 아니야."

이번에는 또 다른 젊은 기사가 질문을 던졌다.

"이제 어떻게 하는 것이 좋겠습니까? 각하."

"으음."

노기사는 신음 소리를 흘린 후 나직한 어조로 말하기 시작했다.

"오늘 적을 기습하여 힘껏 밀어붙였다고 하나, 사실 얻은 것은 거의 없다. 적 타이탄 14대를 파괴했다고 하지만, 적들의 방해로 인해 노획한 수는 겨우 4대 정도다. 노획한 타이탄의 수가 적었던 것도, 전장을 이쪽에서 완전히 장악하지 못했기 때문이었어. 그런데도 우리는 타이탄 23대를 잃었다. 기습이었는데도 적들이 그 정도의 투혼을 발휘했다는 것은, 내일부터는 전세가 어떻게 바뀔지 도저히 알 수 없다는 말과 같은 것. 대책을 세워 두는 것이 좋겠지."

"생각해 두신 것이 있으십니까? 각하."

"으음, 전투 첫날부터 치욕스런 일이기는 하나, 본국에 증원을 요청하는 것이 좋겠다."

이번에는 처음부터 노기사와 대화를 나누었던, 약간 붉은빛이 도는 갈색 머리의 청년이 다시 질문을 던졌다.

"예? 적들은 지금 여유가 없는 상태입니다. 코린트와 아르곤을 막기에 급급해서 더 이상의 증원은 어려울 것입니다. 그런데도 증원군까지 부른다면 폐하로부터 무능하다는 질책을 받으실 우려가 있습니다. 설혹 폐하께서 아무 말씀이 없으시더라도 원로원에서 가만히 있을까요? 그 마법사 늙은이들은 어떻게 하면 폐하의 힘을 줄일 수 있을까 그것만 연구하는 것 같던데요."

노기사는 갈색 머리 젊은이의 눈을 잠시 바라봤다. 젊은이의 눈에는 상관을 향한 우려의 감정만이 있을 뿐, 그 어떤 잔꾀 따위는 없어 보였다. 그것을 확인한 후 노기사는 지그시 눈을 감으며 나지막이 말했다.

"그따위 질책 정도 받는 것은 하찮은 일이다. 또 원로원으로부터 무능하다고 손가락질을 받아도 상관없는 것이야. 본관에게는 폐하께 하사받은 이 침공군이 승리를 얻을 수 있도록, 그리고 될 수 있으면 많은 병사들이 이 전쟁에서 살아서 고국에 돌아가도록 해 줘야 할 의무가 있다. 그리고 그것이 본관에게는 무엇보다도 우선해야만 하는 과제인 것이야. 알겠는가?"

"옛, 각하."

"그리고 솔직히 겁이 나는 것도 사실이다. 이 병력만으로 적에게 승리를 거둘 수 있을 것이라는 자신감이 서지 않는군. 아마도 내가 너무 늙은 탓인 모양이야."

"절대로 그렇지 않습니다, 각하. 각하께서는 과거에 있었던 엔테린 평원 전투에 참가하셨던 분들 중 몇 안 되는 생존자의 한 분이십니다. 하지만 저희들은 누구도 각하께서 늙으셨다고 생각하지 않습니다. 오늘도 가장 앞장서서 적들과 격투를 벌이셨지 않습니까?"

엔테린 평원은 크라레스와 엔테미어 공국의 국경 부근에 있었다. 그리고 그곳은 과거 알카사스와 크라레스의 양쪽 군대가 격전을 벌였던 곳이기도 했다. 그 전투에서 대패했던 알카사스의 경우 많은 유능한 기사들을 잃었다. 그리고 그 전쟁이 벌어진 후 50여 년이 흘렀다는 점을 감안한다면 그때의 참전 용사들이 지금까지 생존해 있을 가능성이 별로 없는 것도 사실이었다.

"허허헛, 늙은이를 보고 늙지 않았다고 하다니……. 그건 좀 말이 심하군. 그건 그렇고 테네즈."

"옛, 각하."

"자네는 본국에 지원을 요청해라."

"지원 규모는 어떻게 보고하면 되겠습니까?"

"브르세르, 자네는 어떻게 생각하나?"

"예, 각하께서 지원을 요청하기로 결정하셨다면……. 기왕에 요청하는 것, 약간 과하기는 하겠지만 1개 기사단 정도를 청하는 것은 어떻겠습니까? 물론 지금 현재라면 너무 과한 것이겠지만, 적들 쪽에도 지원군이 도착한다면……."

브르세르의 조심스런 답변이 썩 마음에 들었는지, 노기사는 고개를 주억거렸다.

"본관도 그게 걱정이야. 좋아, 브르세르 경의 말대로 1개 기사단을 청하기로 하세나."

"옛, 각하."

노기사는 이제 시선을 밤하늘로 돌렸다. 선선한 바람이 불어오고 있었지만 그래도 수많은 곤충들이 등잔 불빛을 보고 몰려들고 있었다. 이렇듯 곤충이 많이 살고 있다는 것은 그만큼 이곳의 자연이 풍요롭다는 뜻.

"과연 멋진 대지로군. 마법이 없어도 이렇게나 아름다울 수 있다니……. 이 땅을 위해서라면 피를 흘릴 만한 가치는 충분히 있어. 안 그런가? 브르세르."

"맞습니다, 각하."

알카사스의 침공군 총사령관인 클레멘스 후작은 테네즈를 시켜 대단히 사태가 어려우니 1개 기사단을 추가로 파병해 달라고 원로원에 정식으로 요청했다. 국왕파인 클레멘스 후작은 이번 요청 건으로 인해 원로원 측에서 자신에게 뭔가 문책이 올 것을 각오하고 행한 행동이었다.

하지만 원로원은 그것을 이용해서 국왕파를 견제할 생각 따위는 처음부터 가지고 있지 않았다. 왜냐하면 그 보고가 가지는 중요성을 그들은 벌써 알고 있었기 때문이다. 그들은 클레멘스 후작의 요청이 날아오자마자 곧장 원로 회의를 소집했다. 첫날 전투가 예상외로 격렬했고, 또 피해도 크다는 것에 그들은 심각한 우려감을 감추지 못하고 있었다.

"반세기 전의 실패를 또다시 되풀이할 수는 없습니다. 빨리 용단을 내려야만 합니다, 의장님."

 "클레멘스 후작의 요청대로 빨리 1개 기사단을 파견하는 것이 좋겠습니다."

 원로들 중에서 추가로 기사단을 파병하는 것을 반대하는 인물은 없었다. 그들 중에서 클레멘스 후작이 자신의 무능함을 감추기 위해 엉터리로 보고한다고 믿는 인물은 한 명도 없었기 때문이다. 그만큼 이번 크라레스 침공군을 이끌고 있는 클레멘스 후작의 능력은 원로파와 국왕파 양쪽에서 인정받고 있었다.

 "1개 기사단만으로 사태가 호전될까?"

 의장의 목소리에는 짙은 우려감이 감춰져 있었다. 1백 살이 넘은 최고위직의 마법사였지만, 마법을 이용해서 자신의 노화를 감추고 있었기에 30대 초반의 한창 나이로 보였다.

 "우선 급한 불은 끌 수 있을 겁니다."

 이윽고 의장은 결심한 듯 고개를 끄덕이며 힘차게 말했다.

 "좋아, 그렇다면 콘도르 기사단을 그쪽으로 보내기로 하세."

 "이번에도 국왕파의 기사단을 파병한다면 반발이 있을 겁니다. 젊은 것들은 우리들이 국왕을 쓸데없이 견제한다고 생각하고 있으니까 말입니다. 그러니 이번에는 팔콘(Falcon) 기사단을 파견하는 것이 좋지 않을까요?"

 "그렇게 쉽게 생각해서 될 일이 아니야. 적들을 코앞에 두고 국왕파와 원로파의 기사들 간에 다툼이 생길 우려가 있어. 서로 반목하게 된다면 일을 그르칠 수도 있다는 점을 잊지 말아야지. 둘

다 국왕파로 하는 것이 문제가 없을 거야."

"하지만……."

"아, 내가 직접 국왕을 설득해서 처리할 테니 더 이상 왈가왈부하지 말게나."

"예, 알겠습니다."

"의장님, 꼭 크라레스와 사생결단을 해야 할 이유가 있을까요? 클레멘스 후작의 보고에 따르면 예상외로 적이 강하지 않습니까? 그런 적들과 정면 대결을 벌여서 좋을 것은 하나도 없습니다. 만약 예전에 크라레스 제국과 전쟁을 벌이지만 않았어도 본국은 더욱 강력한 힘을 가지고 있을 것입니다. 그때 1백 명이 넘는 기사들을 잃었습니다. 그런 실수를 다시 되풀이한다면……."

"그렇게 말하는 것을 보니, 뭔가 생각해 둔 것이 있는 모양이지?"

"예, 크라레스와 협상을 해 보는 겁니다."

예상외의 의견에 의장은 미심쩍어 했다. 적을 상대로 선전 포고도 없이 전투를 시작한 지 겨우 하루밖에 안 되었는데, 벌써부터 협상을 들고 나왔으니 무리도 아니었던 것이다.

"협상? 협상이라고?"

"예, 비밀리에 사신을 보내어 이쪽에서 원하는 것을 들어준다면, 기사단을 철수하겠다고 통보하는 것입니다. 그놈들도 적이 하나 준다는데 거절하지는 못할 것입니다."

"물밑 접촉을 해 본다. 그것도 괜찮군. 그래, 조건은 뭘 내걸 것인가?"

"이쪽이 아주 유리하니까 뭘 내걸어도 상관은 없을 겁니다. 하지만 본국의 오랜 숙원을 이룰 수만 있다면 더욱 좋겠지요. 타이탄은 재생산할 수 있지만 한 번 죽은 기사는 다시 되살릴 수 없습니다. 이점을 고려해 주십시오, 의장님."

그의 의견은 승리를 하더라도 필연적으로 얻게 될 기사의 소모를 염려하고 있었다. 알카사스는 마법사의 수에 비했을 때 우수한 기사의 수가 너무나도 모자랐기 때문이다. 그런 기사들을 잃는다는 것은 장기적인 안목으로 봤을 때 별로 좋은 일이 아니었다.

"으음……. 자네 의견에도 타당성은 있군. 그래, 자네들의 생각은 어떤가?"

의장의 물음에 원탁에 앉아 있던 다른 원로들도 찬성을 표했다.

"저희들도 찬성입니다. 싸우지 않고 원하는 걸 얻어 낼 수 있다면 더욱 좋겠지요. 그리고 나중에 가서 코린트와 아르곤이 크라레스를 멸망 직전까지 밀어붙인다면, 그때 다시 참전하여 스바시에를 획득하는 것도 좋은 방법이구요."

"모두의 생각이 그렇다면, 좋네! 사신을 파견하기로 하지. 그리고 만일을 대비해서 내일 새벽에 콘도르 기사단을 추가로 파병하기로 하세나. 그편이 안전하지 않겠나?"

"그게 좋겠습니다."

별게 다 거치적거리는군

다음 날 새벽, 총사령관인 루빈스키 공작의 부재로 인해 작전회의는 부총사령관인 다크에 의해 주도되었다. 그녀는 자신의 지시에 의해 급히 소집된 고위급 기사들과 장군들을 쭉 훑어본 후 오만한 표정으로 입을 열었다.

"경들을 소집한 것은 작전 따위나 의논하자고 부른 것이 아니다."

거의 본 적도 없는 새파란 소녀의 입에서 그런 말이 튀어나왔기에, 그곳에 모인 대부분의 인물들은 똥 씹은 표정이 되었다. 하지만 그런 그들을 아무도 나무랄 수 없었던 것은 사실상 이곳에 모인 사람들의 대부분은 그녀의 모습을 처음 보았기 때문이다. 그런데도 그들이 감히 그녀를 향해 얼굴만 찌푸릴 뿐, 불만을 표시하지 못하고 있는 것은 그녀가 지닌 '공작'이라는 어마어마한 작위와 '부총사령관'이라는 직위 때문이었다.

"아그리오스 후작!"

"예, 전하."

아그리오스 후작은 키메라의 정체를 파악하기 위해 크루마 제국에 파견 나가 있었지만, 그 배후가 크루마로 밝혀진 데다가 갑작스레 전쟁까지 벌어졌기에 더 이상의 임무 수행을 포기하고 귀국해 있었다. 그는 전쟁이 벌어지면 자신에게 주어진 스바시에 기사단을 이끌고 싸워야 하는 최우선적인 임무가 있었기 때문이다.

"경은 기사단을 거느리고 알카사스와 접전을 벌이고 있는 제6전대와 합류하라. 이후로 서쪽 국경에서 일어나는 전투는 경에게 일임하겠다."

"옛, 전하."

"준비가 되는 대로 즉시 출발하도록!"

"옛, 명을 따르겠사옵니다."

아그리오스 후작은 시원스럽게 대답한 후 다시 자리에 앉았다. 걸걸한 목소리로 답을 한 후 회의가 끝나기를 기다리며 다시 자리에 앉는 아그리오스 후작을 빤히 바라보던 다크가 궁금하다는 듯 물었다.

"경은 지금 뭘 기다리고 있나?"

"예?"

"아직 준비가 되지 않았나? 준비가 되는 대로 즉시 출발하라고 했잖아. 그런데 왜 그냥 앉아 있는 거야?"

"아닙니다, 전하."

얼굴을 붉히며 급히 밖으로 뛰어나가는 아그리오스 후작의 뒷모습을 잠시 바라보던 다크는 "멍청한 녀석!"이라고 중얼거린 후에 다시 시선을 젊은 기사들 쪽으로 돌렸다.

"쟈므란 경!"

"옛, 전하."

"경은 기사단을 이끌고 발칸 폰 크로아 후작을 도와라. 이후로 동쪽 국경에서 벌어지는 모든 작전에 대한 지휘권은 크로아 후작에게 위임한다."

다크의 명령에 쟈므란 백작은 당황스런 표정으로 말했다.

"저, 전하, 하지만……."

"뭐냐?"

"제 휘하의 기사단은 전쟁 초기부터 접전을 거쳤기에 많이 소모된 상태이옵니다. 그 점을 참고해 주시기 바라옵니다."

쟈므란의 말에 다크는 약간 당황한 표정을 지었으나 곧 무표정하게 표정 관리를 한 다음 재빨리 주위를 훑어봤다. 주위에 앉아 있는 장군이나 기사들은 부총사령관인 그녀가 그런 기초적인 것들도 모르고 있다는 것에 한심스럽다는 표정이 역력했다. 다크는 될 수 있으면 표정을 변화하지 않고 다시 쟈므란 백작 쪽으로 시선을 돌리며 느릿하게 말했다.

"그런가? 지금 타이탄은 몇 대나 남아 있나?"

"옛, 여덟 대이옵니다."

"음, 그런가? 그렇지, 피해를 당한 것을 생각하지 못했군. 론가르트 단장!"

다크의 호명에 근위 기사단장인 프로이엔 폰 론가르트는 즉시 답했다.

"옛, 전하."

"현재 본국의 전력에 대해 그대가 간단하게 설명해 주게. 아직 자세히 알지 못하는 장군들이 있을지도 모르니까 말일세."

다크의 말에 장군들은 쓴웃음을 지었다. 정작 자신이 몰라서 물어보는 주제에 남에게 덮어씌우는 그 철면피한을 비웃는 것이었다.

"옛, 제1, 2전대는 아르곤의 침략군을 상대로 분전 중입니다. 그리고 제6전대는 알카사스의 침략군을 상대로 싸우는 중입니다. 양쪽 다 힘든 전투를 치르고 있기에 원군을 청하고 있습니다. 그리고 코린트의 국경에 주둔 중이던 제3, 4전대는 코린트군의 기습을 받아 거의 전멸에 가까운 타격을 입었습니다. 또 제7, 8전대의 경우 전쟁 초기 탄벤스 작전 때 상당히 소모된 상태입니다. 그렇기에 현재 본국이 보유한 여유 전력은 제5전대, 근위 기사단, 스바시에 기사단, 치레아 기사단이 전부인 실정입니다."

"좋아, 그렇다면 이렇게 하기로 하지. 제3, 4전대의 잔여 세력과 제7, 8전대를 합치는 것이 좋겠군. 그것을 제7전대로 이름 붙이고 쟈므란 경이 맡아 주게. 그리고 라테민 경은 부전대장의 직책을 주겠네. 서로 잘해 보도록!"

그녀의 말에 쟈므란 백작과 라테민 백작은 약속이나 한 듯 거의 동시에 대답했다.

"옛, 전하."

"쟈므란 경은 제7전대를 거느리고 크로아 후작에게 신고하라. 이후, 그의 지휘를 받으면 될 것이다."

"옛, 전하."

"지금 즉시 출발하도록!"

상관의 단 한마디 명령에 둘 다 전대장이었다가 한 명은 전대장, 또 한 명은 부전대장으로 떨어져 내렸다. 하지만 일단 상관이 확정적으로 내린 명령이었기에 그에 토를 달 수는 없었다. 쟈므란 백작과 라테민 백작은 즉시 일어서며 주위에 인사를 보낸 후 서둘러서 밖으로 나가 버렸다. 그런데 이들이 밖으로 나가는 모습을 보며 한 늙은 장군이 못마땅하다는 듯 말했다.

"전하, 안 그래도 본국의 기사단 전력은 매우 약화된 상태이옵니다. 그런데 또다시 수도에 남아 있는 기사단을 분산시킨다는 것은 매우 위험한 모험이옵니다. 거기에다가 오늘 아침에 크루마가 본국의 동맹국인 미란을 기습했다고 하옵니다. 그에 대한 대비도……."

다크는 그 노장군의 의견을 끝까지 들어 줄 만한 값어치도 없다고 생각했는지 간단하게 말을 끊어 버리며 호통을 쳤다.

"조용히 하라. 내가 처음에도 말했듯이 경들의 의견을 듣고자 함이 아니다. 알겠는가?"

다크는 불만이 가득한 장군들의 얼굴을 쭉 훑어본 후 말을 이었다.

"론가르트 단장!"

"옛, 전하."

"치레아 기사단을 제외한 수도에 남아 있는 모든 전력을 경에게 주겠다. 경은 그들을 이용하여 수도 방어에 만전을 기하라. 소소한 일까지 보고할 필요는 없으니 사소한 것은 경이 알아서 처리하도록!"

치레아 기사단을 제외한다면 남은 타이탄 전력은 근위 기사단과 제5전대뿐이었지만, 상관이 이렇게 말하고 보니 꽤 많은 병력이 자신의 휘하에 들어오는 것 같다고 속으로 생각하면서 프로이엔은 공손하게 대답했다.

"옛, 전하."

"치레아 기사단에는 언제든지 출동할 수 있도록 준비를 갖추도록 일러 놨다. 이제 본국의 기사단 전력이 존재하는 곳은 세 곳으로 한정되었다. 동쪽이나 서쪽에서 지원 요청이 온다면 내가 직접 치레아 기사단을 이끌고 그곳으로 달려갈 생각이다. 그러니 요청이 오는 즉시 그곳으로 갈 수 있도록 마법사들은 준비 태세를 유지해 주기 바란다."

여기까지 말한 다크는 장군들을 쭉 훑어본 후 말을 이었다.

"그리고 장군들은 여건이 허락하는 한 최대한 기사단들을 도와줄 것을 명한다. 하지만 적의 군대와의 접전은 가능한 한 피하도록 하라."

"예."

장군들의 목소리에는 불만이 배여 있었지만 다크는 그것을 무시하고 말을 마쳤다.

"토지에르 경이 부재중이기에 힘들겠지만, 마법사들은 타이탄의 재생산에 최선을 다하도록 하라! 그리고 본국에 남아 있는 병력은 적들에 비해서 매우 소규모다. 그 적은 병력으로 세 방향에서 압박해 들어오는 우세한 적들을 상대할 수 있는 방법은 공간이동 마법을 십분 활용한 기사단의 운용뿐이라는 점을 명심해야만 할 것이다. 그러니 마법사들은 기사단의 요청이 있을 때 그것을 충분히 지원해 줄 수 있도록 만반의 태세를 유지하도록 하라."

다크의 말에 긴 탁자의 뒤편에 앉아 있던 네 명의 마법사들이 일제히 대답했다. 역시 전쟁은 기사가 하는 것이지만, 마법사가 없다면 승리를 거두기 어렵다는 것을 부총사령관은 잘 알고 있다고 생각하며…….

"예, 전하."

"자자, 모두들 돌아가서 맡은 바 임무를 처리하라."

이제 대충하고 회의를 끝낼 생각이었는지 다크는 그렇게 말했지만, 회의 도중에 말을 건넸던 그 장군은 일어설 생각을 하지 않고 다시 따지고 들었다.

"전하, 미란의 처리에 대해서도 하명을 해 주시옵소서. 지금……."

"경은 본국에 미란을 도울 여력이 있다고 나에게 말하는 것인가?"

"예? 하지만 미란은 과거 본국에 많은 원군을 파병해 주었사옵니다. 그런 그들을 외면한다는 것은……."

"젠장, 별게 다 거치적거리는군. 좋다, 본국에는 여분의 기사단이라고는 거의 없는 실정이야. 경이라면 지금의 사태를 어떻게 처리하는 것이 좋겠나?"

"예, 전하의 말씀대로이옵니다. 미란을 향해 정면 침공을 개시하고 있는 크루마의 군세를 막아 내려면 기사단 한두 개 정도 파병한다고 해서 될 일은 아닐 것이옵니다. 또 본국에 그 정도의 여유 전력이 있는 것도 아니고 말씀이옵니다. 제 의견은 미란에 기사단을 파병해서 크루마를 물리치자는 것이 아니옵니다."

"그렇다면?"

"적이 원체 강한 만큼 사방에서 압박한다면 미란의 왕족 및 그 측근들조차도 국외로 탈출하기 힘들 것이옵니다. 그렇게 어려운 상황이니, 본국에서는 그들이 탈출하여 후일을 기약할 수 있도록 조금만 도와준다면 미란에 대한 의리는 지키는 것이 될 것이옵니다. 또 그 정도를 시행하는 데는 1개 기사단이면 충분하옵니다."

"좋아, 그건 별로 어렵지 않겠군. 파견했던 기사단이 장시간 미란에 묶이는 것도 아니고, 또 적들과 정면 대결을 할 필요도 없겠군. 안 그런가?"

"예, 하지만 일단 파병하실 결심이시라면 최대한 빨리 보내야 할 것이옵니다. 크루마의 기사단을 막기에 미란의 기사단은 턱도 없이 약하니까 말이옵니다. 빨리 기사단을 파병하는 것이 성공의 열쇠라고 할 수 있을 것이옵니다."

"좋아, 가만있어라……. 지금 당장 보낼 수 있는 기사단이라면 맞아, 그게 있었지. 카슬레이 경!"

"옛, 전하."

다크가 카슬레이 백작을 부른 데는 이유가 있었다. 어제의 실패로 인해 열 받아 있던 다크의 명령으로 치레아 기사단은 그때부터 계속 출동 준비 태세를 유지하고 있는 중이었다. 적이 나타났다는 소식을 접함과 동시에 다크가 그들이 대기하고 있는 곳으로 뛰어가기만 하면 바로 목적지로 공간 이동할 수 있도록 만반의 태세가 갖춰져 있었던 것이다. 하지만 다른 기사단들의 경우는 그게 아니었다. 그들은 출동을 하기 위한 아무런 준비도 갖춰 놓지 않았기에, 인원을 점검하고 보급품을 갖추고 마법사를 할당받고 하다 보면 보통 30분에서 한 시간 정도의 시간이 필요했다.

"경은 기사단을 이끌고 미란의 귀족들이 탈출할 수 있도록 도와라. 준비는 갖춰져 있을 테니 지금 당장 출발하라."

"옛, 전하."

카슬레이 백작이 회의실 밖으로 뛰쳐나간 후 다크는 아름다운 금발을 단정하게 기르고 있는 젊은이 쪽으로 시선을 돌렸다. 그는 제5전대장이었다.

"래리츠 경."

"옛, 전하."

"치레아 기사단이 돌아올 때까지 경의 기사단이 그 대역을 해줘야겠어. 경의 기사단이 출동 대기 태세에 들어가려면 시간이 얼마나 필요하지?"

래리츠 백작은 잠시 생각해 본 후 신중하게 대답했다. 일단 자신들의 부하들을 끌어 모아야 하고, 또 단독 작전을 위해서 식량

따위의 보급도 받아야 한다. 그런 다음 그것과 병행하여 마법사들에게 이동 마법진 구축도 지시해 두어야 한다.

"옛, 30분은 걸리옵니다. 딴 것은 시간을 줄일 수 있지만, 마법진에 소요되는 시간만은 어떻게 할 수가 없사옵니다."

"그렇다면 30분 동안은 발이 묶이게 되는군. 좋아, 될 수 있다면 빨리 준비를 끝마치도록 하게."

"옛, 전하."

알카사스군의 집결지. 이른 새벽인데도 병사들이 부지런히 천막을 걷는 등의 이동 준비를 하거나 식사 준비를 하는 등, 여러 가지 일로 북적거리고 있었다. 그런 병사들의 모습을 바라보고 있는 노기사의 뒤에서 발랄한 목소리가 들려왔다.

"라이넨 후작 각하께서 도착하셨습니다."

테네즈의 말에 노기사의 안색이 활짝 펴졌다. 원로원에서 의외로 순순히 이쪽의 요청을 받아들여 준 것이다. 그리고 라이넨 후작이라면 그가 제일 신뢰하는 기사였다.

"오오, 그래? 빨리 드시라고 해라."

"옛."

곧이어 테네즈의 안내를 받으며 당당한 덩치를 자랑하는 40대 초반쯤으로 보이는 사내가 활기찬 걸음걸이로 천막 안으로 들어섰다.

"방금 도착했습니다, 각하."

노기사는 라이넨 후작의 손을 꽉 잡으며 반겼다.

"그래, 잘 와 주었네. 자, 앉게나. 이봐, 차를 가져오너라."

"옛."

"의외로 원로원에서 쉽게 허가가 나왔군. 나는 며칠 늦추면서 이쪽의 애를 태울 줄 알았는데 말일세."

"아마 그런 것도 아닐 것입니다."

"응? 자네는 뭔가 짚이는 것이 있나?"

"그 영감탱이들은 저까지 이곳으로 보내어 폐하의 힘을 더욱 약화시키겠다는 속셈이겠지요. 지금 이곳 전선에 파병되어 온 것은 모두 다 폐하께 소속된 부대들이 아닙니까?"

"으음……. 그렇게 생각할 수도 있겠네만, 너무 과민 반응을 보이는 것은 아닌가? 크라레스와 싸우는 것은 본국만이 아니야. 코린트, 아르곤도 함께 대군을 투입하고 있다네. 이런 상태로 크라레스가 오래 버틸 수는 없을 거야. 승리를 거둔다면 그 영광은 당연히 폐하께로 돌아갈 테고, 폐하의 입지가 더욱 강해지시지 않겠나?"

"그렇게 좋은 쪽으로만 생각하셔서 될 일이 아닙니다. 결국에 가서는 승리를 획득하게 되겠지만, 그 과정이 문제지요. 전쟁이 시작된 지 겨우 하루가 지났을 뿐인데 벌써 상당수의 전사자들이 나왔지 않습니까? 이런 식으로 진행된다면 폐하를 받드는 우수한 기사들을 많이 잃을 수밖에 없습니다. 결국에 가면 전쟁에 뛰어들지 않은 원로원 쪽이 이익일 거라 이겁니다. 안 그렇습니까?"

라이넨 후작이 전사자 운운하자, 미구엘 후작의 안색이 갑자기 흐려졌다. 그도 크라레스가 손쉬운 상대라고는 느껴지지 않았기 때문이었다. 숫자는 저쪽이 적었지만, 기사들의 실력은 이쪽보다 월등히 뛰어났다. 그런 상대가 끈질기게 이쪽을 물고 늘어진다면 사상자의 수는 더욱 늘어날 것이 분명했다.

"자네 말대로일지도 모르지. 하지만 이왕에 이리로 파견되어 왔는데 어쩔 수 없지 않은가? 그리고 사실 나는 딴 사람이 오는 것보다 자네가 와 줘서 더욱 든든하네. 아무래도 손발이 맞는 사람하고 함께 행동하는 것이 편하니까 말일세."

"그건 그렇고 어떻게 도와 드리면 되겠습니까? 작전은 짜 두신 것이 있으십니까?"

"이미 생각해 뒀지. 이봐, 테네즈. 작전관을 불러 와라."

"옛, 각하."

작전관이 들어오자, 미구엘 후작은 작전관에게 작전에 대한 설명을 부탁했다. 작전관은 지도의 곳곳을 짚으면서 작전을 설명했다.

"여기 보이는 것이 제라린성입니다. 알카사스에서 크라레인시로 연결되어 있는 대로상에 위치한 강력한 방어 거점이라고 할 수 있지요. 전선에서 패퇴한 적들은 이곳에서 전열을 재정비하여 방어 작전을 펼칠 가능성이 큽니다. 그런 만큼 주 공격로의 방향을 제라린성 쪽으로 잡았습니다. 이곳으로부터 60킬로미터나 떨어진 곳이니만큼 만반의 준비를 갖춰 천천히 이동, 포위 공격을 펼치는 것이 좋을 듯합니다."

"그럴 것이 아니라, 제라린성으로 단숨에 공간 이동하여 공격하는 것은 어떻겠습니까? 각하."

"글쎄……. 그 방법도 벌써 생각해 봤지만, 별로 좋은 방법 같지 않군."

"어째서 말입니까? 적은 겨우 1개 전대밖에 되지 않잖습니까? 놈들의 예상 집결지에 기습을 하는 것이 좋지 않을까요? 만약 후속 부대가 마음에 걸리신다면 콘도르 기사단만으로 결행하겠습니다."

"물론 후속 부대에 적이 기습해 올 가능성도 있겠지. 하지만 그것이 마음에 걸리는 것은 아닐세. 크라레스의 기사들은 아주 실력이 좋아."

"하지만 본국의 기사단도 강합니다. 충분히 승산이 있습니다. 각하."

"아니, 내가 염려하는 것은 그것이 아닐세. 지금 크라레스는 본국하고만 전투를 하고 있는 것이 아니지 않는가? 코린트도 상대해야 하고, 또 아르곤과도 싸워야 할 거야. 그러니 무리해서 적들과 결전을 벌일 필요는 없다는 것이 내 생각일세. 코린트가 계속 압박을 가한다면 자동적으로 크라레스가 무너질 텐데, 왜 우리가 먼저 무리하게 전쟁을 벌인단 말인가?"

"그렇군요. 제 생각이 짧았습니다."

"천천히, 천천히 하는 거야. 이쪽이 너무 안 움직이면 코린트에서 의심하겠지. 그러니까 아주 천천히 이쪽에서도 크라레스를 침공 중이라는 것을 코린트에 보여 주기만 하면 돼. 그러면 나머지는 코린트가 알아서 하겠지. 이번 전쟁을 일으킨 것도 코린트니까 말이야."

"알겠습니다. 각하."

"자, 경의 기사단도 출발 준비를 갖추도록 조치해 두게. 식후에 출발하여 20킬로미터 정도 전진할까 생각 중이야. 그러니까 제라린성에서의 전투는 아마도 3일 후가 되겠지."

출세 지향형의 인물

크라레스 제국의 동쪽 국경 지대. 어제 아침까지만 해도 이곳은 크라레스 제국의 영토였지만 지금은 사정이 많이 달라졌다. 침략해 온 아르곤 군대를 격퇴하지 않는 한, 이곳은 아마도 영원히 아르곤의 새로운 영토로 기록될 것이다. 하지만 크라레스로서는 그들을 격퇴하는 것이 결코 손쉬운 일이 아니었다. 과거 코린트 제국의 전성시대 이전에 동쪽 대륙 최강의 전력을 자랑했던 아르곤이었다. 크로노스교가 들어온 이래 아무리 힘이 쇠퇴했다고는 하지만 아르곤 제국이 지닌 저력은 결코 만만치 않았던 것이다.

아르곤 제국은 크라레스와의 전쟁에 2개 성기사단, 총 2백 명의 성기사와 60대의 타이탄, 그리고 4개 보병 사단과 2개 기병 여단을 쏟아 부었다. 그리고 만약 이 전력 가지고도 어려울 때를 대비하여 본국의 4개 성기사단에 동원 준비령이 내려져 있는 상태였다. 거기에다가 만일을 대비하여 5개 용병 기사단들 중에서 두 개가 국경 쪽으로 이동을 완료해 놓은 상태였다. 타국의 입장에서 봤을 때 그것은 엄청난 전력이었지만, 아르곤의 입장에서는 전혀 그렇지가 않았다. 그렇게 많은 기사단들을 이번 전쟁에 퍼부을 수 있을 정도로 아르곤의 인적, 물적 자원은 풍부했던 것이다.

과거 아르곤 제국의 성기사단은 2백 명의 성기사로 구성되었지만, 그린 드래곤을 잡기 위해 침입했던 크루마 제국의 기사단과 충돌한 후 성기사의 숫자만 늘려 봐야 아무런 효과가 없음을 깨닫고 1백 명으로 줄였다. 그들이 성기사의 숫자를 그렇게나 많이 할당했었던 이유는, 성기사들의 능력이 엄청나다는 그릇된 판단 덕분이었다. 타국에서 사신들의 호위로 그래듀에이트급 기사들이 방문하면 한 번씩 친선 비무회를 가졌고, 그 비무에서 성기사가 패배한 적은 한 번도 없었다. 그 때문에 아르곤은 자국이 보유한 3천여 명이나 되는 성기사의 능력과 힘을 굳게 믿고 있었다.

하지만 크루마와의 충돌로 그들의 믿음은 완전히 산산조각이 나 버렸다. 그제야 주교원은 현재 강대국이라고 불리는 국가들이 얼마나 강한지를 깨닫게 된 것이다. 그리고 그것을 깨닫자마자 주교원은 막대한 자금을 동원하여 타이탄을 대량으로 생산하기 시작했다. 아르곤에 마법사는 없었지만, 대신 엄청난 자금력이 있었기 때문이다. 그렇게 하여 지금에 이르러 10개뿐이었던 성기사단은 무려 19개로 늘어나 있었고, 타이탄 총수는 무려 568대에 이르고 있었다. 하지만 언뜻 보기에 타이탄 568대라면 엄청난 것처럼 느껴지지만 사실은 그게 아니었다.

아르곤은 엄청난 재정 능력 덕분에 타이탄의 수는 막대하게 늘여 놨지만, 타국들처럼 저급 타이탄들을 폐기하지 않았기에 숫자만 크게 불려 놓은 상태였다. 타이탄의 질도 질이었지만, 그것을 조종하는 기사의 능력에는 더 많은 문제점을 안고 있었다.

타국의 경우 타이탄을 지급받는 기사들은 그래듀에이트급을 조금 더 상회하는 실력자들이었다. 대부분의 국가들은 그래듀에이트급 기사들의 수가 타이탄의 숫자보다 더 많았기 때문이다. 그렇기에 타이탄을 지급받은 인물들을 따로 오너급 기사라고 불렀다.

하지만 아르곤은 성기사들 중에서 그래듀에이트급이라고 부를 수 있는 실력자는 겨우 422명뿐이었다. 그렇기에 실력이 떨어지는 인물들에게까지 타이탄을 할당해도 정수를 채울 수는 없었다. 그래서 주교원에서는 그 문제점을 해결하기 위해 150명이나 되는 용병 기사들을 각지에서 대량으로 채용하여 그 공백을 메웠다. 물론 용병 기사들에게 지급된 타이탄은 라르곤이나 타비곤급이었는데, 그 타이탄도 과분할 정도로 용병 기사들의 실력은 형편없었다. 진짜 뛰어난 실력자들이라면 벌써 누군가의 밑으로 들어가서 기사 생활을 하고 있지, 용병 따위로 떠돌아다니지 않기 때문이다.

그렇다면 타국의 경우 저급 타이탄을 폐기하고 그것을 재활용하여 더욱 강력한 신형 타이탄으로 교체하는 데 반해, 아르곤은 왜 웬만한 저급 타이탄들까지 모두 가동하려고 들까? 그것도 용병들까지 동원해서 말이다.

매우 어려운 문제 같지만, 의외로 해답은 간단한 곳에 있었다. 바로 기동성의 문제였던 것이다. 아르곤에는 마법사들이 없었고, 신관이 공간 이동 마법을 사용할 수는 없었다. 그렇다면 아르곤의 기사단은 타국의 기사단들처럼 소수 정예로 여기저기 공간 이동 마법을 사용하여 빠른 속도로 돌아다니면서 작전을 벌일 수 없다는 결론이 나오게 되는 것이다.

하지만 아직까지도 아르곤이 이 문제점에 대해서 그렇게 큰 어려움을 느끼지 못하고 있는 것은, 크로노스교를 국교로 정한 이래 타국을 침공하지 않고 아르곤 평원이라는 한 지역에만 뭉쳐서 살고 있었기 때문이다. 그리고 전쟁의 시작 또한 기습전이었기에 마법사의 도움이 없어도 별로 문제될 것이 없었다. 하지만 언제까지 그런 구태의연한 방법이 통할지는 아무도 알 수 없었다.

장관을 이루며 태양이 떠오른 지 얼마 지나지 않았지만, 모두들 분주하게 움직이며 오늘 있을 전투에 대비하고 있었다. 이때, 20여 명이나 되는 기병들의 호위를 받으며 마차 한 대가 도착했다. 마차가 서자 성기사 한 명이 재빨리 그쪽으로 다가가 마차의 문을 열었다. 마차 안에서 아주 젊은 사제 한 명이 걸어 나왔는데, 보통의 사제들이 입고 있는 복장과 다르게 로브에 붉은 줄이 하나 그어져 있는 점이 이색적이었다.

그런데 이 젊은 사제를 향해 성기사가 매우 존경 어린 표정으로 인사를 건네는 것으로 보아 외모와 달리 꽤 신분이 높은 것 같았다.

젊은 사제는 건물 내에 위치한 한 방으로 안내되었다. 그 방 안에는 10여 명이 넘는 성기사들로 북적거리고 있었다. 젊은 사제는 방 안으로 들어서며 로브에 달린 모자를 뒤로 젖히면서 웅성거리는 성기사들 중의 한 명에게 아는 체를 했다.

"바쁜 모양이군, 레가르 형제."

"아니? 어서 오십시오, 포스타나 대신관님. 기별이 없어서 마중 나가지 못한 점 죄송합니다. 그런데 대신관님께서 어떻게 이런 변방까지 나오셨습니까?"

크라레스 침공의 선발 부대의 사령관은 크로미아 성기사단의 단장인 레가르였다. 레가르는 기습 공격을 위한 2개 성기사단만을 거느리고 왔고, 오늘 아침에야 후속 부대들 중의 하나인 1개 성기사단이 더 도착한 상태였다. 크라레스의 저항이 꽤 완강한 것으로 보아 아마도 더 많은 성기사단들이 투입될 것이 확실했다. 현재까지는 이곳 전선에 있는 성기사단장들 중에서 레가르가 가장 선임자였기에, 좀 더 계급이 높은 인물이 도착하기 전까지는 그가 이곳 전선의 사령관이었다.

그런 레가르가 마중까지 나가야 하는 이 젊은 사제는 겉모습과는 달리 매우 나이가 많았고, 그 지위 또한 대단히 높아서 대신관이라는 자리를 차지하고 있었다. 물론 주교원은 250명이나 되는 대신관과 15명의 주교로 구성된다. 그렇게 따진다면 포스타나 대신관은 250명씩이나 되는 인물들 중의 하나였고, 또 주교원 내에서 그의 지위는 그렇게 높은 편이 아니었다. 하지만 그가 주교원 밖으로 나오기만 하면 그의 윗자리에 놓일 수 있는 인물이 거의 없는 것 또한 사실이었다.

레가르는 왜 전쟁터인 이곳에 자신보다 월등한 직위를 가지고 있는 대신관이 나타난 것인지 궁금하게 여기고 있었다. 사실상 사제 계급은 전쟁과는 무관한 계급이었다. 그런 그들이 전쟁터에서 작전 지휘권을 맡을 수는 없는 노릇이 분명했다. 또 포스타나 대신관이 단독으로 여기까지 올 리도 없었다. 그렇다면 그가 여기까지 온 것은 주교원의 결정일 텐데, 그가 여기에 와서 무엇을 할 수 있다고 보낸 것인지 아리송했다.

"허허헛, 바쁠 텐데 마중 나올 필요까지 있겠는가? 레가르 형제. 나는 이곳 점령지의 개종을 담당하기 위해서 왔다네."

"개종…이라구요? 하지만 개종이라면 저희들과 함께 사목관이 몇 명의 사제들을 이끌고 온 것으로 알고 있는데요."

"그야 소규모의 점령지라면 사목관들로 충분하겠지만, 이제 이 점령지가 얼마나 넓어질지 알 수 없는 상태니까 내가 온 것이라네."

이제야 레가르는 대충 이해할 수 있었다. 점령지를 얼마나 효과적으로 개종시키느냐……. 이것은 나중에 포스타나 대신관의 좋은 업적이 될 것이다. 아르곤처럼 타국을 오랫동안 침략하지 않았기에 모든 것이 변화가 적고 안정된 사회에서는 업적을 쌓기가 힘든 것이 당연했다. 250명이나 되는 대신관들 중에서 단지 15명만이 주교가 될 수 있었기에 남들보다 조금이라도 많은 업적을 쌓아 두는 것이 유리할 것이다. 아직 점령지의 크기는 그렇게 넓지 못했기에 다른 대신관들이 주의를 기울이지 않고 있을 때, 슬쩍 주교원을 움직여 이곳으로 달려온 것을 보면 포스타나 대신관은 대단한 출세 지향형의 인물임이 분명했다.

"아, 예."

"그래, 전황은 어떤가?"

"적의 저항이 예상외로 거세다는 것이 문제입니다. 적의 기사단이 길목을 딱 가로막고 있는데, 규모는 그렇게 크지 않지만 대단히 강력합니다. 하지만 오늘 새벽에 지안디 기사단이 새로이 도착했고, 곧이어 3개 성기사단이 더 도착할 것입니다. 그리고 국경에는 2개 용병 기사단이 대기 중이구요. 그렇기에 전세는 대단히 낙관적이라고 할 수 있습니다. 문제는 대 제국 코린트를 제치고 얼마나 많은 점령지를 차지할 수 있느냐 하는 것입니다."

"대단히 믿음직스럽게 들리는군. 그렇게 많은 기사단들이 동원된다면 내 부탁을 들어주는 것도 그렇게 어렵지 않겠군."

"뭔데 그러십니까?"

"성기사를 좀 지원해 줬으면 하네. 아무래도 포교를 하면서 크로노스 교단의 위엄을 보이려면 성기사가 좀 필요하지 않겠나?"

상대는 출세 지향형의 인물인 데다가 지위가 높은 대신관이었다. 지금 슬쩍 인연을 만들어 두는 것도 별로 나쁘지 않을 것이기에 레가르의 대답은 매우 시원스러웠다.

"예, 지원해 드리겠습니다. 몇 명이면 되겠습니까?"

"한 10명 정도면 되겠군."

"아, 10명 가지고 되겠습니까? 20명을 차출해서 보내 드리겠습니다. 그런데 어디로 보내 드리면 될까요? 지금은 대부분의 인원이 전장에 나가 있기에 빼기가 힘들어서 드리는 말씀입니다."

"아, 그렇게나 협조를 해 준다니 정말이지 고마울 뿐이구먼. 내 결코 잊지 않겠네."

"별말씀을……."

"바크론 요새에 여장을 풀 생각이니까, 그리로 보내 주게."

"예, 대신관님."

레드 이글과 콘도르, 2개 기사단을 중심으로 한 알카사스군은 천천히 크라레스의 중심부로 이동하기 시작했다. 알카사스군의 본대에는 여러 대의 마차들이 이동하고 있었는데, 그 마차 안에는 마법 통신을 위한 설비와 함께 마법사들이 타고 있었다. 그리고 그들을 통해, 전방에 부챗살처럼 퍼져서 이동하는 정찰조들과 각 기사단에 다섯 명씩 배정되어 있는 용기사들에게서 들어오는 모든 정보가 취합(聚合)되어 사령관과 작전관에게로 전달되는 것이다.

알카사스의 경우 와이번에 용기사 외에도 마법사를 태운다. 물론 빠른 연락을 위해서다. 그런데 여기서 문제점이 발생하게 된다. 아무리 와이번이 크다고 해도 그 위에 만들 수 있는 공간은 매우 좁고, 거기에는 도저히 통신용 마법진을 그릴 수 없는 것이다. 그렇기에 와이번에 탑승하는 마법사는 수정구만 가지고도 통신이 가능한 실력이 있어야만 했다. 하지만 타국의 경우 우수한 마법사들을 그런 통신용으로 할당할 처지가 못 되기에, 마법사들을 와이번에 태우면 얼마나 유용한지를 잘 알면서도 그렇게 하지 못하고 있었다.

마차 옆에서 말을 몰며 나란히 가고 있던 전령들 중의 한 명이 마차 안에서 건네지는 종이를 움켜쥔 후 급히 사령관이 있는 곳을 향해 달려왔다.

"제라린성으로 간 용기사에게서 연락입니다, 각하."

미구엘 후작은 전령에게서 종이를 낚아챈 후 급히 읽었다. 하지만 정보는 그가 원하던 것이 아니었다.

"적들의 방어 거점이 되어야 할 제라린성이 이토록 조용하다니……. 아무래도 뭔가 이상해."

"왜 그러십니까? 각하."

"제라린성 쪽은 아주 조용하다는군. 뚜렷한 전투 준비를 하는 것도 아니고 말이야. 아무래도 크라레스의 방어 거점이 제라린성이 아니라 딴 곳이 아닐까?"

"제라린성이 확실합니다, 각하. 이곳 전선에서 패퇴한 군대를 재편성하는 데 거기 외에 더 적합한 곳은 없습니다. 그 정도 거리쯤 떨어져야 방어선을 새로이 구축할 만한 시간 여유를 얻을 수 있기 때문입니다."

"그렇다면 이유를 모르겠군."

이때 두 번째 전령이 달려와서 쪽지를 전달했다.

"본국으로부터 긴급 정보입니다."

"줘 보게."

확 낚아채서 쪽지를 읽어 보던 미구엘 후작의 손이 덜덜 떨리기 시작했다. 그것을 눈치 챈 라이넨 후작이 조심스럽게 질문을 던졌다.

"왜 그러십니까? 각하."

"스바시에 기사단이 이쪽으로 왔다는 정보일세. 코린트 쪽에서 흘러 들어온 정보인데, 거의 정확할 것이라는 예측일세."

"스바시에 기사단이라면, 그 쥬리앙 후작이 이끄는 기사단 말입니까?"

"그렇네. 본국의 정보로는 근위 기사단 다음 가는 정예 부대로 추정되고 있다네. 타이탄이 20대밖에 안 되는 소규모지만 결코 무시할 수 없는 전력이야. 거기에다가 쥬리앙 폰 아그리오스 후작이라면 대단히 뛰어난 지략가야. 아무래도 힘들겠는데?"

"그렇다면 어떻게 하시겠습니까?"

"후퇴하세."

"예?"

"우리들은 이 일대 지리를 잘 몰라. 적들은 전투력이 뛰어난 소규모 기사단이다. 그렇다면 놈들은 치고 빠지는 전술을 쓸 것이 분명한데, 이런 상황에서 더욱 깊게 들어간다는 것은 무모한 행동이야."

"하지만 그렇다고 후퇴까지 하실 것은 없지 않습니까?"

"아니, 후퇴하는 것이 좋겠네. 괜히 무리해서 대적할 만한 상대가 아니야. 어차피 녀석들은 이곳 전선에 스바시에 기사단 같은 강력한 전력을 오랜 시간 박아 둘 수 없는 처지야. 며칠 지나지 않아 코린트 쪽으로 이동해야만 하겠지. 안 그런가?"
 "그거야 그렇습니다만……."
 "후퇴하기로 하세. 괜히 피를 흘려 봐야 좋을 것은 하나도 없네."
 "알겠습니다, 부하들에게 지시하겠습니다."

인간의 대역을 맡은 골드 드래곤

"이렇게 해도 되는 거야?"

미카엘의 물음에 다크는 빙그레 미소 지으며 말했다.

"이렇게라도 해야지. 언제까지나 녀석들의 손바닥 위에서 놀 수는 없으니까 말이야."

어제저녁, 다크는 아르티어스를 불러다가 자신의 대역을 부탁한 후 가장 믿을 수 있는 동지들인 팔시온, 미카엘, 미디아, 가스톤만을 거느리고 이쪽으로 와 있는 상태였다. 아르티어스는 오랜 시간 다크와 함께 지냈기에, 다크의 습관이나 행동거지, 말투 따위를 잘 알고 있었다. 그렇기에 그가 다크의 대역을 하는 한 들통날 가능성은 거의 없었다. 그렇기에 다크는 안심하고 대역을 맡기고는 이렇듯 밖으로 나와 있는 것이다.

"에구구, 허리야. 오랜만에 말을 탔더니 허리가 쑤시는군. 승마를 오래 하는 것은 나같이 고귀한 분께는 조금 무리야."

과장된 몸짓으로 허리를 주물러 대며 투덜거리는 미카엘을 보며 미디아가 곱지 못한 시선을 보냈다.

"헛소리하지 마. 눈은 안 그런데 입으로만 투덜거리고 있잖아. 누가 모를 줄 알아? 그건 그렇고 어디로 갈 거야?"

미디아의 물음에 다크는 태연하게 대답했다.

"물론 코린트의 영내로 들어섰으니 그 뒤는 당연한 것 아니겠어?"

"어떻게?"

"일단 놈들의 집결지를 찾아낸 후 박살 내는 거야. 그만큼 당했으면 갚아 주는 것이 도리지."

"겨우 우리들만으로?"

"그거야 붙어 보면 알겠지. '겨우' 인지 '씩이나' 인지……."

상대의 대답에 황당함을 느끼면서도 미디아는 선결 조건부터 말했다. 다크의 말대로 붙어 보면 알겠지만, 어디 있는 줄 알아야 붙든지 말든지 할 것이 아닌가?

"하지만 어디에 집결해 있는 줄 알고……."

그런 걱정 따위는 할 필요 없다는 듯 유쾌하게 웃음을 터뜨리며 다크가 말했다.

"헤헤헷, 그거야 다 알아내는 수가 있지. 어젯밤에 열심히 궁리해서 방법을 다 생각해 뒀어."

"어떻게?"

미디아의 물음에 다크는 아주 자신 있게 대답했다. 자신의 의견이 곧 진리라도 되는 듯 말이다.

"내가 찾아낼 수 없으면 놈들이 나를 찾아오게 하라. 그게 그 방법이지."

"그렇다면……."

"근처에 어디 큼직한 요새나 성이 있으면 그걸 박살 내는 거야. 그러면 놈들이 상부에 지원을 요청할 테고, 그러면 모든 일이 원하는 대로 되는 것 아니겠어?"

다크의 말이 지니고 있는 허점을 생각하며 팔시온이 눈이 둥그레져가지고 외쳤다.

"억수로 많이 몰려오면 어쩔 거야? 우리는 겨우 네 명밖에 안 되는데."

"언제는 그런 거 생각하면서 싸웠냐? 자, 가자구."

태평스레 말을 마친 후 말을 몰아 앞으로 나서는 다크의 뒷모습을 바라보며 팔시온이 고개를 절레절레 흔들며 투덜거렸다.

"미치겠군. 이런 식이라면 목숨이 열 개라도 모자랄 거야."

매우 튼튼하고 정교하게 세공된 문 앞에서 부동자세로 서 있던 경비병은 근위 기사단장인 프로이엔 폰 론가르트 백작이 나타나자 정중하게 인사를 건넸다. 론가르트는 즉시 그 인사를 받아 준 후 그들의 앞에 섰다. 그는 통과해서 지나갈 생각이 아니라, 이 방 안에 있는 사람과 만나려고 이곳으로 왔기 때문이었다.

"전하께 만나기를 청한다고 전해 주게."

"옛!"

경비병은 낮게 대답한 후, 즉시 문 뒤쪽에서도 충분히 들리도록 큰 소리로 외쳤다.

"전하, 근위 기사단장께서 도착하셨습니다."

"들라고 해라."

"옛."

문 앞에 서 있던 두 명의 경비병들은 안에서 허락이 떨어지자 두터운 문을 활짝 열어 주었다. 이곳은 며칠 전만 해도 이름만 있을 뿐, 경비병 한 명 배치되어 있지 않았던 빈 방이었다. 왜냐하면 이곳에 있어야 할 부총사령관은 루빈스키 대공과 달리 황궁보다는 자신의 공국을 더 좋아했기에 특별한 일이 있지 않는 한 그곳에서 한 발자국도 움직이지 않았기 때문이었다.

"거기 앉게나. 지금 한잔할까 생각 중이었는데, 차 한잔하겠나?"

"영광이옵니다, 전하."

그렇게 크지 않은 탁자를 사이에 두고 론가르트가 자리에 앉자, 다크는 시선을 집무실의 한쪽 구석에 만들어져 있는 작은 문 쪽으로 돌리며 외쳤다.

"세린! 차를 가져와라."

"예, 주인님."

문 안쪽에서 가녀린 음성이 대답한 후, 얼마 지나지 않아 잘 끓여진 차를 가지고 묘인족 소녀가 나타났다. 론가르트는 그 묘인족 소녀가 치레아 대공의 전속 하녀인 세린이라는 것을 잘 알고 있었고, 또 그녀와 안면도 좀 있었기에 탁자에 찻잔을 조심스런 손길로 올려놓고 있는 그녀에게 살짝 미소를 보내 줬다.

세린이 돌아간 후 론가르트는 그녀가 올려놓은 차를 조금씩 마시기 시작했다. 그런데 차를 마신 지 얼마 지나지 않아 론가르트는 뭔가 이상함을 직감적으로 느끼기 시작했다. 그리고 그것을 느낌과 동시에 찻잔을 잡은 손을 오른손에서 왼손으로 바꾸었다. 오른손은 찻잔을 잡는 것보다 더 급한 일이 생겼기 때문이다. 왼손으로 잔을 들어 차를 조금씩 마시면서, 그의 오른손은 조금씩 조금씩 상대가 눈치 채지 못하도록 허리에 매여 있는 검을 향해 슬그머니 접근해 가기 시작했다.

"론가르트 단장, 경을 부른 것은 한 가지 의논할 것이 있기 때문이야."

아주 우아한 몸짓으로 차를 마시며 상대는 그렇게 말했다. 그렇다. 아주 우아한 몸짓으로……. 론가르트가 알고 있는 한 다크 폰 치레아 공작은 선머슴 그 자체였다. 론가르트가 근위 기사단장이었기에 부총사령관인 그녀와는 차를 마실 기회가 자주 있었다. 하지만 그녀의 차 마시는 예의는 거의 낙제점 수준이었다. 그렇던 그녀가 짧은 시간 동안, 그것도 오랜 시간 몸에 밴 것 같은 우아한 동작을 몸에 지니게 될 가능성은 갑자기 토끼 머리에 뿔이 솟아오를 가능성보다도 훨씬 어렵다는 것은 뻔한 사실.

하지만 그녀가 몇 달 정도 보지 못한 사이 예의를 몸에 익혔을 가능성은 불가능에 가깝기는 했지만 조금의 가능성도 있을 수 있었다. 그리고 상대의 말투라든지 뭐 그런 것은 매우 다크와 유사했다. 그렇기에 론가르트는 짧은 시간이지만 심도 있게 고민했던 것이다. 하지만 상대가 진짜 치레아 대공 전하라면 소드 마스터를 넘어선 경지. 자신의 공격을 분명히 피해 낼 것이다. 그렇지만 그녀가 가짜라면 자신의 검에 여지없이 목이 떨어져 나갈 것이다.

일단 마음을 정하고 나자 론가르트의 오른손은 거의 무의식적으로 움직였다.

"슉!"

론가르트의 검이 대기를 가르는 날카로운 소리가 울려 퍼졌다. 하지만 그의 검은 상대의 목을 꿰뚫지 못했다. 뭔가 벽에 부딪친 듯 시퍼런 불꽃만을 뿜어내며 튕겨 나갔던 것이다. 그리고 그 순간 론가르트의 몸은 뭔가 엄청난 힘에 의해 뒤로 튕겨 나갔다. 콰당 하는 커다란 소리를 내며 벽에 금이 갈 정도로 부딪친 후 바닥에 볼썽사나운 모습으로 나뒹굴기는 했지만, 론가르트는 정신이 오락가락하는 상태에서도 자신의 검을 꼭 쥔 상태였다.

'진짜인가?'

만약 상관이 재미 때문에 자신에게 이런 장난을 친 것이라면 너무하다는 생각이 들었다. 론가르트로서는 정말 가까스로 비명을 참고 있을 정도로 온몸이 쑤셔 오고 있었던 것이다.

바로 그때, 집무실의 문이 활짝 열리면서 경비병들이 뛰어 들어왔다. 찻잔이 박살 난 채 뒹굴고 있고, 면회하러 들어갔던 론가르트 백작은 검을 뽑아 든 채 볼썽사나운 모습으로 한쪽에서 뒹굴고 있었다. 경비병들은 경악을 금치 못하며 재빨리 검을 뽑아 들고는 창가로 달려갔다. 그들로서는 론가르트가 공작을 시해하기 위해 검을 뽑아 들었을 거라고는 상상하지 못했던 것이다. 그들은 창문에 아무런 이상이 없음을 발견하고는 다크를 향해 공손하게 물었다.

"무슨 일이시옵니까? 전하."

하지만 다크는 아무런 일도 아니었다는 듯 태연한 표정으로 손을 휘휘 저으면서 말했다.

"잠시 장난을 친 것뿐이다. 나가 보도록!"

"옛, 전하."

상관이 아무런 문제가 없다는 데야 더 이상 할 말이 없었기에 그들은 재빨리 밖으로 나가 버렸다. 경비병들이 나가고 나자 소녀는 그 귀여운 얼굴과 어울리지 않게 음흉하게 미소를 지으며 말했다.

"흐흐흐흐, 눈치가 아주 빠른 녀석이로군."

억지로 몸을 추스르며 일어서고 있던 론가르트는 상대의 비꼬는 듯한 말투에 자신의 처음 짐작이 정확했다는 것을 새삼 확인할 수 있었다. 그리고 등 뒤로 식은땀이 흘러내렸다. 상대는 자신이 기습 공격을 가해도 어떻게 할 수 없을 정도의 엄청난 실력자였다. 론가르트는 이제 곧 자신의 목숨이 날아갈 것이라고 생각했으나, 그래도 자신은 황제 폐하께 실력을 인정받아 근위 기사단을 책임지고 있는 신분이었다. 그런 자신이 적국의 자객 따위에게 설혹 곧장 목숨이 날아간다고 해도 숙이고 들어갈 수는 없었다.

그렇기에 그는 다리가 조금 전의 충격 때문에 후들거리고 있는 상태에서도 일부러 침착하게 가장하며, 자신이 낼 수 있는 한 최대한 당당하게 상대에게 외쳤다. 하지만 그의 목소리는 자신도 모르게 조금 떨리고 있었다.

"네 녀석은 누구냐?"

"나? 나는 누구일까? 아주 재미있는 문제 아닌가?"

비장하기까지 한 론가르트의 질문에 상대는 장난기 어린 대답을 해 왔다. 비웃듯 미소를 지으면서 여유롭게 말하는 모습이 그 야말로 자신 따위는 아예 신경 쓸 만한 가치조차도 없다는 것 같았다.

'나 따위는 아예 안중에도 없다는 것인가? 하기야 내 기습을 막아 낸 것만 봐도 보통 실력은 아니야. 아마도 마법사인 것 같은데……. 나에게 아직도 일격을 가하지 않고 시간을 주는 것을 보면, 내가 아무리 소란을 떨어도 상관없다는 것인가? 그렇다면 이 근처에는 어느새 소리가 밖으로 새 나가지 않도록 뭔가 마법이라도 걸어 놨다는 것이겠지.'

론가르트가 이런저런 잡생각을 하느라 아무런 말이 없자 상대가 슬며시 입을 열었다.

"그걸 알려 주려고 불러 들였는데, 벌써 눈치 채고 검을 뽑아 들다니……. 아들 녀석은 생각 외로 좋은 부하를 거느리고 있었군."

"예? 그, 그렇다면……."

그 순간 상대는 몸은 그대로 유지한 채, 머리만 슬쩍 아르티어스의 것으로 바뀌었다가 다시 원래대로 돌아갔다. 그것을 보고 론가르트는 등에 소름이 끼치는 것을 느꼈다. 뭔가 말로 표현하기조차 힘든 괴물이 자신의 눈앞에 있는 것 같은 매우 괴기스러운 느낌이 들었던 것이다.

"혹시 들어 봤는지 모르겠지만… 나는 아르티어스라고 하지. 아들 녀석의 부탁 때문에 잠시 대역을 하고 있는 중이야. 자, 일어서서 여기에 앉게나. 나였으니까 망정이었지, 안 그랬으면 아들 녀석이 세워 놓은 소중한 대역의 목이 떨어질 뻔했어."

상대의 말에 론가르트는 이제 살았다는 안도의 한숨을 내쉴 수 있었다. 가공할 만한 실력을 지닌 상대는 적국의 자객이 아니라 아군이었던 것이다. 론가르트는 재빨리 정신을 수습하여, 검을 검집에 꽂아 넣은 후 뒤집어져 있는 의자를 바로하고 앉았다. 이제야 상황을 조금 이해할 수 있었다.

다크 같은 강자를 누가 감히 흔적도 없이 해치우고 대역을 할 수 있겠는가? 또 황제나 토지에르에게 들었던 말이 사실이라면 그녀의 아버지는 골드 드래곤이었다. 그리고 그 드래곤은 강력한 마법으로 자신의 모습을 어떤 형태로든 변화시킬 수 있었다.

"실례했습니다, 아르티어스 님. 전 그런 줄도 모르고……."

아르티어스라면 공작 전하의 아버지였기에 론가르트의 말투는 매우 조심스러웠다.

"아니, 실례한 것은 아니야. 자네의 그 빠른 눈치에 감탄했을 뿐이지. 그건 그렇고 용건을 말하겠다. 나는 아들 녀석의 대역은 할 수 있지만 전쟁터에서까지 대역을 할 생각은 없어. 또 그것을 아들도 잘 알고 있고 말이지. 그래서 전쟁터에서의 대역은 자네가 대신 해 줘야겠어."

"예? 어떻게 말씀이십니까?"

"나는 타이탄을 조종해 본 적도 없고, 또 내 타이탄도 없어. 그러니까 자네의 타이탄에다가 아들 녀석 타이탄의 문장을 그리란 말이야. 그리고 치레아 대공이 타이탄을 써야 할 때가 되면 나 대신 자네가 나가면 되는 거야."

"하, 하지만 전하와 저는 실력에서 엄청난 차이가……."

식은땀을 삐질 흘리면서 론가르트가 항변했지만, 아르티어스는 매우 느긋하게 대답했다. 벌써 그것까지 다 생각해 뒀던 것이다.

"그건 걱정할 필요가 없을 거야. 자네가 타이탄을 타고 나가서는 슬쩍 허세만 부려도 적들은 꼬리가 빠지게 도망칠 테니까 말이야. 아들 녀석 말로는 상대국의 윗녀석들은 대부분 자신의 실력을 다 알고 있다고 하던데? 그렇다면 당연히 허세가 먹혀 들어갈 거라구."

하지만 아르티어스의 의견에는 치명적인 허점이 있었다. 다행히 적들이 겁먹고 도망친다면 모르지만, 단 한 명이라도 덤벼든다면 론가르트의 실력이 그대로 들통 날 것이기 때문이다.

"하, 하지만 도망치지 않는다면? 그때는 어떻게 합니까?"

"싸우면 되지, 당연한 걸 가지고 왜 물어? 내가 대신 싸워 주리?"

마법으로 도와주겠다든지 뭐 그런 것도 아니었다. 적이 덤비면 너 혼자 싸우다가 죽어 버리라는 이 아르티어스 옹의 기가 막힌 대답. 어찌 보면 무책임하기까지도 한 대답이었다. 하지만 아르티어스 옹에게 있어서 이따위 제국이 망하든 흥하든 그건 아무런 관심거리가 되지 않았다. 더더욱 론가르트의 생사 따위는 관심 밖이었다. 그의 관심사는 오직 자신의 양아들에게만 집중되어 있었다. 그 때문에 아들의 일만 아니라면 어디까지나 속편한 소리만 하는 아르티어스 옹이었다.

근위 기사단장인 프로이엔 폰 론가르트가 자신의 자리로 돌아간 후, 얼마 있지 않아 기사 한 명이 급히 와서는 시급한 일이라며, 점잔을 빼고 앉아 있는 아르티어스 옹에게 보고를 했다.
"알카사스에서 사신이 도착했다고?"
"옛, 전하. 비밀리에 전하를 뵙기를 청하고 있사옵니다."
"그래에? 좋아, 이리로 오라고 일러라."
"옛, 전하."
잠시 후 알카사스의 사신이 도착했다. 그는 먼저 자신이 협상을 할 상대가 너무나도 어린 여자 아이라는 것에 놀라는 눈치였다. 하지만 상대는 나이나 생김새야 어떻든 간에 '전하'라고 불리는 적국의 총사령관이었다. 그렇다면 그만큼의 권한 또한 지니고 있을 것은 분명한 사실. 상대가 만만하게 보인다는 것이 그에게는 결코 나쁜 일이 아니었다. 오히려 협상할 때 상대가 노련한 인물인 것이 더 문제지.
"안녕하십니까, 전하. 저는 에리카 트로이아라고 합니다. 크라레스 제국의 뛰어난 기사이신 전하를 뵙게 되어 영광입니다."

상대가 입에 발린 칭찬을 해 대기 시작하자 아르티어스는 손을 휘저어 그것을 막은 후 시큰둥하게 입을 열었다.
"본관을 찾아 온 이유는 뭔가?"
'급하기도 하군.'
트로이아는 눈앞의 이 풋내 나는 소녀를 속으로 비웃으면서 천천히 용건을 말하기 시작했다. 원래가 노련한 외교관일수록 능구렁이가 다 되어서 자신의 뱃속은 감추면서 급할 것 없다는 듯 천천히 이끌어 가는 것이 상식이었기에, 트로이아는 이제 더욱 상대를 얕보기 시작했다.
이제부터 바야흐로 코린트와 크라레스는 쌍코피가 터지게 싸울 것이다. 물론 알카사스도 거기에 동참하기로 했지만, 알카사스의 원로원은 자신들이 원했던 것을 크라레스가 제공해 줄 마음이 있다면 이 전쟁에서 손을 떼는 것으로 방향을 바꿨다. 어제의 전쟁에서 크라레스가 결코 만만한 상대는 아니라는 것이 밝혀졌기 때문이다. 타이탄이야 어떻게 수리하거나 재생산하면 되겠지만, 전사한 기사들을 되살릴 길은 없었다. 기사의 수가 적은 알카사스로서는 가급적이면 이번 전쟁에서 피해를 줄이기를 원했다.
상업 국가인 알카사스의 상인 기질도 아주 크게 반영되었다고 봐야 할 것이다.
어쨌든 그렇게 해서 파견된 트로이아는 만만해 보이는 소녀를 슬며시 바라보며 이번 협상이 별로 어렵지 않을 것 같다고 내심 안도하고 있었다.
"예, 우선 본론을 말하기에 앞서 몇 가지 짚고 넘어갈 것이 있습니다."

트로이아는 소녀의 표정을 한번 주의 깊게 살핀 후 말을 이었다.

"귀국은 지금 매우 어려운 처지에 처해 있습니다. 북쪽에서는 코린트가 대병을 앞세우고 압력을 가해 오고 있지요. 정보에 따르면 벌써 귀국의 2개 전대가 전멸을 당했고, 수도까지 적이 난입해 들어와서 곤경을 치르셨다고 하니 더 이상 말할 필요는 없겠지요. 그리고 동쪽에서는 막강한 아르곤 제국이 침공해 들어와서 매우 곤란을 겪고 계시고요. 또 서쪽에는……."

"그래서? 지금이라도 늦지 않았으니 항복하라는 것이냐?"

상대를 깔보는 듯한, 어떻게 보면 비웃는 듯한 표정으로 소녀가 퉁명스레 말을 끊어 오자 트로이아는 상대의 무례함에 혓바닥을 찰 뻔했다.

물론 외교관들끼리 대화를 나눌 때 상대의 말을 가로막는 경우는 허다했다. 하지만 이렇듯 노골적으로 대화를 끊어 오는 경우는 매우 드물었다. 거기에다가 지금은 크라레스가 매우 어려운 상황이 아닌가? 이런데도 이렇듯 고자세를 유지하다니. 도대체 저 계집애는 현재의 상황이 어떻게 돌아가는지도 모르고 앉아 있는 것 같았다.

"그것은 아닙니다. 본국이 귀국을 침공한 것은 코린트의 압력도 있었지만 한 가지 오랜 숙원(宿願)을 해결하려는 것도 있지요. 본국은 저 머나먼 서쪽의 건조한 초원에서부터 동쪽으로 영토를 넓혀 왔습니다. 동쪽의 그 비옥한 토지를 손에 넣기 위해서였지요. 그러는 도중에 본국은 마법을 이용하여 기후를 제어할 수 있게 되었고, 지금은 전 영토가 비옥하고 풍요롭게 변화했습니다. 그렇기에 본국이 영토를 확장해 오던 첫 번째 목표는 이제 사라졌다고 봐도 상관이 없죠. 그러던 와중에 두 번째 목표가 생겼습니다."

트로이아는 소녀가 지겨운지 하품을 하는 것을 보고 말을 잠시 끊었다.

"본국은 상업 국가라고 불릴 만큼 예로부터 상업을 장려해 왔습니다. 물론 국토가 비옥하지 못해서 생산력이 떨어지다 보니 그것은 어쩔 수 없는 결과였습니다. 만약 개국 초부터 상업에 의존해서 국력을 키워 오지 않았다면 지금의 마도 왕국으로 발전하기도 전에 본국은 멸망했을 것입니다. 지금은 마법을 이용해서 국토를 비옥하게 만들어 토지의 생산력을 엄청나게 높였습니다만 그렇다고 해서 본국에 있어서 상업이 가지는 그 중요성이 사라진 것은 아니지요. 본국에서 남아도는 엄청난 잉여 생산물들을 타국에 수출하고, 또 본국에 필요한 막대한 물자들을 수입하며 토지에서 나오는 생산력을 더욱 더 증가시키고 있습니다. 그런데 문제는 육로를 통해 대량의 화물을 옮기는 것은 아무래도 힘들다는 것이지요. 또 거기에 귀국과 같이 중개 무역을 하는 나라가 끼어들기라도 한다면 본국의 몫이 줄어드는 것 아니겠습니까?"

이제 더 이상 들을 필요도 없다는 듯 아르티어스는 트로이아의 말을 가로막았다. 상대의 속셈을 대충 짐작할 수 있었기에, 더 이상 지겨운 말을 듣고 있을 필요가 없어졌기 때문이다.

"그러니까 항구가 필요하다는 말이로군. 대량의 화물을 취급할 수 있는 커다란 항구가 말이야. 장황한 자네의 설명을 요약하자면 우리가 스바시에 서쪽 귀퉁이의 항구가 포함된 땅덩어리를 떼어 준다면, 귀국의 군대를 철수시키겠다. 이거겠지?"

"그, 그건……."

소녀가 너무나도 정확하게 이쪽의 속셈을 짚어 내어 말했기에 트로이아는 잠시 말문이 막혔다. 그사이에 소녀의 말은 계속 이어졌다.

"놀고 있군. 그따위 협박을 한다고 해서 이쪽에서 '그러십니까?' 하고 땅덩이를 떼어 줄 거라 생각했냐?"

"좋습니다. 이런 식으로 나오신다면 이쪽에서도 생각이 있습니다."

트로이아는 성질이 발끈 치미는 것을 느껴야 했지만, 일단은 노련한 외교관답게 상대에게 이쪽의 제안을 좀 더 깊이 생각해 보라는 뜻으로 약간의 위협을 가했다. 하지만 소녀의 반응은 트로이아의 예상과는 완전히 달랐다.

"으헤헤헷, 좋아, 좋아. 당연히 이렇게 나오는 것이 재미있지. 그래서 어떻게 할 건데?"

상대의 의외의 반응에 트로이아는 기가 막혔지만 이왕에 갈 데까지 간 상태였다. 그리고 지금 불리한 것은 알카사스가 아니라 강력한 세 개의 제국과 고독한 전쟁을 치루고 있는 크라레스였으니까 조금 위협을 하면 통할 여지도 있다고 생각했다.

"약간의 희생이 따르기는 하겠지만, 1개 기사단을 더 투입하여 우리 쪽에서 원하는 것을 뺏어 내면 되겠지요."

"겨우 1개 기사단만으로 될까? 기왕에 하는 김에 모두 다 투입하는 것은 어때? 듣기에 알카사스는 5개의 기사단을 가지고 있다면서? 합계 250대면 꽤 재미있는 한판 승부가 되지 않을까?"

"정말 말이 안 통하시는군요!"

"그걸 이제 알았냐? 멍청한 자식! 여봐랏!"

아르티어스의 부름에 밖에서 중무장한 경비병 두 명이 들어오며 외쳤다.

"옛, 전하."

갑자기 경비병들을 불러들이는 소녀 때문에 트로이아의 안색은 새파랗게 굳어졌다. 그런 트로이아를 손가락으로 가리키며 아르티어스 어르신은 무자비하게 말했다.

"저 싸가지 없는 녀석을 죽지 않을 만큼만 두들겨 패서 돌려보내도록!"

"옛, 전하."

트로이아는 경비병들에게 끌려가지 않으려고 바동거리면서 악을 썼다.

"전하, 외교 사절에게 이러실 수는 없지 않습니까?"

"흐헤헤헤헷, 헛소리하고 있군. 내가 된다면 되는 거야. 사신을 죽이지만 않으면 별 탈 없는 것은 오랜 옛날부터 전해져 내려오는 상식이라구."

"놀랍게도 협상이 결렬되었습니다."

"그런가? 트로이아 경은 어디 가고 자네가 왔는가?"
"예, 지금 치료를 받고 있는 중입니다."
"치료? 무슨 일이 있었나?"
"예, 아주 잘 다져서 보냈더군요."
"다져?"

무슨 말인지 못 알아듣는 의장을 향해 쑥스러운 듯 미소를 지으며 사죄를 했다. 그런 다음 그는 의장이 알기 쉽게 풀어서 설명했다.

"죄송합니다. 흠씬 두들겨 팼다는 말입니다. 후작의 호위병들이 피투성이가 된 채 일어설 힘도 없을 정도로 늘어져 있는 그를 부축해서 마법진을 통해 돌아왔으니까 말입니다. 사신을 그렇게 대하다니……. 정말 상식과 교양이라고는 눈곱만큼도 없는 무뢰배들입니다."

"흐음, 크라레스의 반응이 이상하군. 본격적으로 본국과 전쟁을 치르는 것보다는 그냥 항구 하나 양보하고 끝내는 것이 좋을 텐데 말이야. 3국에서 크라레스에 전쟁을 건 이상 크라레스로서도 이쪽에서 손떼 준다면 땅덩어리 하나 양보한다고 하더라도 훨씬 더 이익이 아닐까? 거기에다가 이쪽의 사신을 그 모양으로 만들면서 우리들의 심기를 건드리는 것을 보면, 뭔가 믿고 있는 것이 있지 않을까? 안 그런가?"

"예, 저도 그렇게 생각합니다. 우리가 모르는 뭔가가 있을 가능성이 있다고 저는 생각합니다. 그 증거로 현재 코린트의 행동을 봤을 때 도저히 납득하기 힘든 부분이 있기 때문입니다. 코린트의 기사단은 왕성하게 활동하고 있지만, 군대는 아직도 국경을 넘지 않고 있습니다. 점령지를 확보하려면 군대를 투입해야만 하는데도 말이지요. 이건 흡사 기동력이 좋은 기사단만을 사용하여 크라레스의 군대나 기사단에 조금씩의 타격을 주고 뒤로 빠지는 게릴라전을 감행하는 듯이 보이고 있어요. 이건 대단히 강력한 국가를 혼란에 빠뜨리기 위해 써먹는 전법이 아닙니까?"

"글쎄, 아직 확실하지도 않은 것을 미리 짐작하여 설전을 벌일 필요는 없을 것 같군. 코린트에서는 군대를 언제 투입할 것인지 알아 보게."

"예, 의장님."

"그리고 코린트에서 보내온 정보에 따르면, 오늘 새벽 크라레스는 스바시에 기사단을 6전대와 합류시켰다고 한다. 이로서 크라레스 서부전선 사령관은 아그리오스 후작이 되겠지. 아마도 힘든 싸움이 될 거야."

"그렇다면 오늘 새벽에 콘도르 기사단을 그쪽에 보낸 것이 정말 현명한 판단이었군요."

"나도 운이 좋았다고 생각한다네."

"하지만 그것으로 충분할까요?"

"저쪽은 모두 합쳐서 60대도 안 돼. 이쪽은 1백 대나 되는데 뭐가 그렇게 걱정인가?"

"그래도… 옛날부터 크라레스 기사들의 용맹성은 소문이 난 것이기에 약간은 우려가 되는군요."

"아, 그건 걱정할 필요가 없을 거야. 자네도 알다시피 크라레스의 최고 정예 기사단은 근위 기사단과 치레아, 스바시에 기사단이야. 코린트의 근위 기사단이 크라레스의 수도에까지 진입해 들어가서 격전을 벌였다는 정보가 들어와 있는 것을 보면, 놈들은 스바시에 기사단을 그렇게 오랫동안 이쪽 전선에 놔둘 정도로 여유가 있지는 않을 거야. 그동안만 잘 버티면 되는 거야."

"예, 의장님. 저도 그렇게 생각합니다. 의장님의 뜻을 클레멘스 후작에게 전하겠습니다. 가장 노련한 지휘관이니만큼 잘해 낼 것입니다."

"그래야 하겠지."

벼룩의 보고에 따르면…

"저기로 하자."

여기저기를 한참 돌아다니다가 다크가 지목한 곳은 3킬로미터 정도나 떨어져 있는데도 엄청난 덩치로 압박해 오는 거대한 성이었다.

그 덕분에 다크의 손을 따라가던 팔시온의 눈동자가 화등잔만 하게 커지고야 말았다.

"뭐, 뭐……. 저 큰 성을 공격하자고? 타이탄을 이용한다고 하지만 겨우 네 명이서?"

팔시온의 의견에 미카엘도 고개를 끄덕이며 찬성했다.

"맞아, 저건 너무 커. 딴 거로 고르자구. 여태까지 지나오면서 요새를 두 개 정도 봤잖아? 그 정도가 알맞다구."

"한 번 정했으면 그걸로 밀어붙이는 거야. 척 봐도 많이들 있을 것 같잖아."

찬란한 황금빛을 뿜어내며 드라쿤이 공간을 가르고 튀어나오는 것을 힐끗 보고 다크는 심드렁하게 말했다.

"타이탄은 집어넣어. 여기서 타이탄을 꺼내면 놈들은 결코 안 온다구."

"그러면 어쩌자는 거야?"

"어쩌기는……. 이렇게 하지."

다크는 자신의 짧은 검을 쭉 뽑아 들었다. 황금빛이 나는 검신의 끝이 성을 향하게 되었을 때 다크는 짤막하게 외쳤다.

"헬 파이어(Hell Fire)!"

그와 동시에 검에서 진홍색의 거대한 화염 덩어리가 무시무시한 열기를 토해 내며 성을 향해 돌진해 들어갔다. 그 열기가 성에 부딪치자 엄청난 굉음과 함께 성의 태반이 박살 나 버렸다. 만약에 방어 마법진이 쳐져 있었다면 그 정도까지 피해를 당하지 않았을 테지만, 변방에 있는 성 하나하나에까지 강력한 방어 마법진을 설치하고 있을 정도로 코린트의 마법사들이 할 일이 없지는 않았던 것이다.

"새로운 정보가 도착했사옵니다, 전하."

"그래, 뭐냐?"

"벼룩의 보고로는 오늘 새벽에 작전 회의가 있었다고 하옵니다. 그 작전 회의를 주도한 것은 고양이었사옵니다. 사실상 토지에르와 루빈스키가 없어진 지금 크라레스의 총사령관은 그녀가 될 수밖에 없을 테니까 말이옵니다."

로체스터는 미간을 찌푸리며 말했다.

"귀찮게 되었군. 그래, 거기서 토의된 내용은?"

"벼룩은 그 회의에 참관할 수 있을 정도로 지위가 높지 않았기에 자세한 것은 알 수 없었다고 하옵니다. 하지만 회의가 끝난 후 스바시에 기사단이 제6전대를 돕기 위해 서쪽으로 공간 이동을 했고, 제7, 8전대 및 3, 4전대의 잔여 세력이 모두 아르곤 전선을 돕기 위해 이동했다고 하옵니다. 그리고 치레아 기사단은 미란을 돕기 위해 미란으로 갔다고 하옵니다."

"그렇다면 수도의 방어력이 현저히 떨어질 텐데, 그때 만약 조금만 더 밀어붙였으면 수도 함락도 시간 문제였었는데……. 놈들은 그것을 깨닫지 못했다는 것인가?"

"예, 바로 거기에 문제가 있사옵니다. 부하들을 여기저기에 파견하여 급한 불을 끄면서도 고양이는 계속 수도에 남아 있다는 것이지요. 또 치레아 기사단 대신 제5전대가 그녀와 함께 행동하기 위해 대기 태세에 들어갔다고 하옵니다."

부하의 보고에 로체스터 공작의 표정이 확 찌푸려졌다.

"그렇다면 매우 귀찮게 되겠군. 어디도 건드릴 수 없지 않나? 어디를 치든 곧 그녀가 기사단을 이끌고 구원하러 올 건데……."

난감한 표정으로 말하는 로체스터에게 해골 가면을 뒤집어쓰고 있는 기사가 툭 던지듯 말을 걸었다.

"그렇지 않아."

"자네에게 뭐 좋은 생각이라도 있나?"

"국가라는 것은 말이지, 시민들에 대한 국가의 통제력이 무너지면 곧이어 망하는 거야. 그 통제력이 무너지는 방식에는 여러 가지가 있겠지. 군대가 무너진다든지, 최상층부에 있는 귀족들이 모두 죽는다든지, 왕족들이 죽는다든지……. 하지만 꼭 그렇게 위로부터 무너지는 것만을 생각할 필요는 없겠지."

"그렇다면?"

"광범위한 지역에 기사단을 투입하여 녀석들의 말단을 하나씩 파괴해 나가면 제국 전체는 오래지 않아 붕괴하게 되어 있어. 원래가 군대나 기사단의 임무가 그 속살이 밖으로 드러나지 않도록 감싸서 막는 데 있지만, 녀석들은 기사단의 보호에 너무 신경을 쓴 나머지 속살을 완전히 드러내고 있지 않나? 그러니 기회는 지금이라고 생각하네."

"좋아, 쓸데없는 피를 많이 봐야 한다는 것이 마음에 걸리기는 하지만……. 녀석들이 원한 거니까 사양할 필요는 없겠지."

로체스터 공작은 크라레스의 영토가 자세하게 그려져 있는 지도를 음흉스런 미소를 지으면서 훑어보기 시작했다. 꼭 상대방의 군대와 대결할 필요가 없다면 공격할 목표는 얼마든지 있었다. 상업 도시, 군사 거점, 행정의 중심지, 그리고 빼놓을 수 없는 곳들 중의 하나가 세금의 이동 통로 및 식량 저장고였다.

세금을 순전히 돈으로만 거둘 수는 없는 노릇이었다. 그렇기에 추수에 맞춰 각종 식량들을 거둬들여 쌓아 둔 저장 창고들은 바로 세금의 이동 통로와 밀접한 연관을 가지고 있었다. 그리고 그것들을 지키기 위해 군대도 주둔하고 있겠지만, 그들은 도적 따위를 방비하기 위한 것이지 결코 기사단의 적수가 될 수는 없었다.

"좋아, 여기와 여기, 그리고 여기부터 시작하기로 하지. 모두들 가장 큰 식량 집적소들이니까 말이야."

"식량 집적소뿐만 아니라 지방 행정을 담당하는 백작들의 저택이나 성들도 같이 뭉개 버리면 효과가 더욱 배가될 거야."

"그렇군, 그편이 더욱 효과적이겠지."

그들이 공격할 목표들과 그곳에 파견할 기사단 규모를 의논하고 있을 때 마법사 한 명이 헐레벌떡 달려와서 다급한 어조로 보고했다.

"전하, 밀티성이 공격당했다고 하옵니다. 시급히 원군을 청하고 있사옵니다."

"그래? 규모는 얼마나 된다고 하던가?"

밀티성이라면 코린트 동남부의 군사 요충지였다. 코린트의 동쪽에는 아르곤이, 남쪽에는 크라레스가 포진하고 있는 상황이었다. 남쪽의 크라레스에서 코린트로 들어오는 통로야 매우 많은 것이 사실이었지만, 아르곤과 코린트 사이에는 거대한 쟈코니아 산맥이 가로막고 있다.

그렇기에 아르곤에서 코린트로 들어올 수 있는 통로는 몇 개 되지 않았기에 밀티성은 아르곤을 대비하기 위한 확실한 방어선이었던 것이다. 그래서 평상시에는 1개 보병 사단과 함께 두세 명의 기사들이 파견되어 지키고 있을 정도로 중요시되는 전략적 요충지였다.

물론 크라레스와의 전쟁이 터진 후, 아르곤이 침공해 들어올 가능성이 사라진 상태이기에 기사들은 철수한 상태였지만, 군대는 여전히 주둔하고 있었다.

"그게, 적의 규모를 짐작할 수 없사옵니다."

"놈들이 공격을 가해 왔다고 하면서 적의 규모도 모른단 말이냐?"

"그것이 마법만으로 장거리 공격을 가해 왔기에 도저히 짐작할 수 없다고 하옵니다."

"마법이라고? 마법사라면 밀티성에도 있을 것 아니냐? 그리고 대타이탄용 장거리 병기들도 많을 텐데……."

"하지만 마법사의 등급이 너무 차이가 나는지라……."

모든 질문과 대답이 핵심을 비껴가는 듯하자 로체스터 공작은 약간 짜증스러운 어조로 물었다.

"도대체 어느 정도이기에 그러느냐?"

"자세한 것은 알 수 없사오나 대단히 강력한 위력의 마법이 사용된 것 같사옵니다. 어쩌면 대마법사 정도 되는 인물이 끼어 있을 수도 있사옵니다. 한 방에 성을 반쯤 박살 냈다고 하는 것을 보면 말이옵니다."

"뭣이? 마법 한 방에 성이 부서지다니……. 도대체 어떤 마법이기에?"

약간의 놀라움을 안고 있는 로체스터 공작의 질문에, 마법사는 약간은 난감한 듯한 표정으로 대답했다.

"제가 직접 본 것이 아니기에 확실한 것은 알 수 없사옵니다.

그것이 혼자서 공격했을 수도 있고, 아니면 여럿이서 한꺼번에 공격했을 수도 있기에 자세한 것까지는 알 수 없사옵니다. 어쨌든 지금 밀티성은 성으로서의 기능을 거의 상실한 것이 확실한 모양이옵니다."

"으음~ 놈들이 밀티성을 공격한 이유는 뭘까? 도대체가 영문을 모르겠군. 자네는 어떻게 생각하나?"

"글쎄……. 일단 적이 누구냐에 따라 다르겠지. 크라레스에는 토지에르 이상 가는 뛰어난 마법사는 없어. 그렇다면 놈들은 상당수의 우수한 마법사들을 이번 기습 작전에 동원했다고 봐야 하겠지. 하지만 그렇게 해서 얻어지는 것이 뭘까? 본국 동남쪽의 방어 거점 하나를 박살 낸다고 해서, 크라레스 쪽에 어떤 이익이 있지? 혹시 크라레스가 아니고 알카사스가 아닐까?"

"아니야, 그놈들이 그렇게 간덩이 크게 나올 수는 없겠지. 거기다가 지금은 크라레스라는 공동의 적이 앞에 있는데 말이야. 어쨌든 그냥 놔둘 수는 없으니 원군을 파병하기로 하지. 알파레인 후작을 불러라!"

"옛, 전하."

잠시 후 알파레인 후작이 도착하자 로체스터 공작은 그를 지도 쪽으로 불러들인 후 말했다.

"금십자 기사단을 동원해서 여기에 표시된 지점들에 20대씩의 타이탄을 투입하게."

"옛."

"그리고 정체불명의 적들에게 공격을 받고 있는 밀티성에는 남은 40대를 투입하도록! 상대의 규모가 어느 정도인지는 모르지만 대단한 실력의 마법사, 또는 마법사들이 함께 있는 것 같다. 그 점을 유의하도록!"

"옛, 전하."

자신감 있게 알파레인 후작이 방을 나선 후, 로체스터 공작은 후작이 나가는 뒷모습을 잠시 바라보다가 뭔가 떠오른 듯 레티안에게 물었다.

"참, 방금 전 치레아 기사단이 미란을 돕기 위해 움직였다고 했었나?"

"예, 전하."

자신의 기억이 잘못되지 않았다는 것을 확인받은 로체스터 공작은 음흉하게 웃으며 말했다.

"흐흐흐……. 그렇다면 일이 재미있게 되겠군. 그 정보를 크루마 쪽으로 흘려라. 그렇게 해서 크라레스와 크루마의 기사단이 충돌한다면, 더 이상 크루마도 저울질을 하며 참고 있기는 힘들겠지."

"예, 전하. 즉시 시행하겠습니다."

로체스터 공작의 명령을 받은 알파레인 후작은 부단장인 해리슨 드 윌리엄스 후작에게 40대의 타이탄과 보조 인력 10여 명을 주어 밀티성으로 급파했다. 그런 후 자신은 남은 전력들을 3등분하여 공작이 지시한 크라레스의 식량 집적소들을 공격하기 위해 출동했다.

윌리엄스 후작이 자신에게 할당된 기사단을 이끌고 밀티성에 도착했을 때, 그곳은 그야말로 엉망진창이었다. 성벽 한쪽이 완전히 박살 나 버렸고, 성 내부의 건물들도 상당수 무너져서 화염이 치솟아 오르고 있는 상태였다.

그런 와중에 건물 곳곳에는 사상자들이 무너진 건물 더미에 깔린 채 비명을 질러 대고 있었다.

대략적인 설명만을 듣고 홀가분한 기분으로 온 윌리엄스 후작에게 이 모습은 분명히 충격이었다. 이 거대한 성에 이 정도의 타격을 주려면 얼마나 집중적인 마법 공격을 펼쳐야만 할까? 윌리엄스 후작도 여러 전장을 돌아다녔지만, 마법에 의해 이 정도로 처참하게 묵사발이 난 곳은 본 적도 없었던 것이다.

"이게 도대체 어떻게 된 일이냐? 여기 지휘관은 어디 있나?"

성내에 설치된 영구 마법진에서 얼마 떨어지지 않은 곳에서 건물 더미에 깔린 부상자를 구출하고 있던 병사의 팔목을 그러잡고 묻자 병사는 상대방이 대단히 높은 인물이라는 것을 알고는 즉시 인사를 건네오며 답했다.

"부상자 구출을 위한 일부 병력을 제외한 나머지는 모두 사령관님을 따라 성 밖으로 나갔습니다. 그러니 밖에 나가셔서 찾으시면 될 것입니다."

"그런가?"

하기야 이 정도로 맹렬한 마법 공격을 한 번 더 당한다면 전멸을 면치 못할 것이다. 이곳 성주는 그것을 알고 병력을 성 밖으로 데리고 나가서 산개(散開)시킨 모양이었다.

"브러스!"

윌리엄스 후작의 외침에 뒤쪽에 서 있던 나이 많은 마법사가 음침한 목소리로 답했다.

"옛, 각하."

"너는 이 상황을 상부에 보고해라."

"옛!"

바로 그때, 저 멀리 보이는 언덕 쪽에서 금빛 광채가 뿜어 나오기 시작했다. 윌리엄스 후작이 그곳을 자세히 살펴보니 그것은 금색을 칠해 놓은 타이탄들이었다. 후작이 전해 듣기로는 금빛나는 타이탄들을 가지고 있는 국가는 단 한 곳뿐이었다. 크라레스의 속국인 치레아 공국이 보유하고 있는 드라쿤이라는 타이탄이었다.

정보에 의하면 드라쿤의 생산 대수는 20대 내외. 상대방이 치레아 대공의 개인 기사단이기에 실력이 뛰어나다고 해도 이쪽이 두 배는 많았다. 놈들의 마법사가 뒤에서 화력 지원을 해 준다고 해도 충분히 승산이 있는 전투였던 것이다.

윌리엄스 후작은 음침한 미소를 흘리면서 마법사에게 외쳤다.

"브러스, 너는 이 사실을 보고해라. 치레아 기사단의 드라쿤 세대 발견. 격퇴하겠다고 말이야."

"옛, 각하."

"오너들은 타이탄을 꺼내랏."

"옛, 각하."

모두들 타이탄을 꺼내고 있을 때 작전관이 망원경으로 상대편

진영을 자세히 살펴보고 있다가 외쳤다.

"각하."

"왜 그러는가? 작전관."

"예, 적들과의 거리가 너무 멉니다. 이쪽에서 다수의 타이탄들이 돌격해 들어간다면 놈들이 지레 겁을 먹고 후퇴해 버릴 수도 있습니다."

"딴은 그렇군. 그래, 뭐 좋은 의견이라도 있나?"

"예, 각하. 이 근처의 지형으로 봤을 때, 놈들이 저쪽으로 펼쳐진 평지에 탈출용 마법진을 갖춰 놓았다고 가정해도, 이쪽의 추격 속도가 빠르니까 공간 이동을 하기 힘들 겁니다. 물론 운이 좋다면 도망이야 칠 수 있겠지만, 상당한 피해를 받게 되겠지요. 대신, 저 뒤쪽에 있는 숲 쪽으로 도망친다면 얘기가 달라집니다. 원체 고목들이 많기에 아무리 덩치 좋은 타이탄이라도 숨기기 딱 좋지요. 놈들이 매복을 하고 있을 가능성도 있고 말이지요. 그러니까… 제 생각으로는, 그 숲의 뒤편으로 열 명 정도를 공간 이동시켜서 적의 퇴로를 막는 것이 좋지 않을까요?"

"글쎄, 좋은 생각이기는 하지만……. 녀석들한테 상당한 실력의 마법사가 있는 것 같은데, 일이 잘못되면……."

"그런 걱정은 하실 필요가 없습니다. 아무리 강한 마법사라도 타이탄과 승부할 수는 없으니까요. 처음에 이동해 들어갔을 때만 조심하면 별 문제는 없을 겁니다."

"좋아, 매트 경!"

"옛, 각하."

"경에게 아홉 명을 줄 테니 저 숲 뒤쪽으로 들어가라. 놈들에게 뛰어난 마법사가 있으니 조심하도록."
"염려 마십시오, 각하."

다크는 보통 여자가 아니야

　자욱하게 솟아올랐던 먼지가 차츰 가라앉고 여기저기서 연기가 피어오르는 가운데, 성은 벌집을 건드린 것처럼 수많은 인간들을 쏟아 내기 시작했다. 그렇게도 엄청난 폭발이 있었는데도 아직 이만한 인간들이 살아 있는 것을 보면 인간의 그 끈질긴 생존력에 찬사를 보낼 수밖에 없을 것이다.
　상대방에 엄청난 클래스의 마법사가 있는 게 분명했기에 그들은 일단 성을 포기하고 넓게 산개하면서 방어진을 치며, 또 한편으로는 부상자들을 구출하고 있었다. 그리고 아마도 마법사들은 지금쯤 구원군을 보내 달라고 요청하고 있으리라.

　"히야……."

"정말 대단하군."

모두들 눈앞에서 벌어진 일이 도저히 믿어지지 않는다는 듯 한마디씩 했다. 다크가 무슨 짓을 했는지는 잘 모르겠지만, 일단 성의 반쪽이 날아가 버릴 정도의 엄청난 폭발은 그들을 경악시키기에 충분했던 것이다.

"그게 마력검이었어? 거의 뽑는 모습을 본 적이 없어서 마력검인지도 몰랐군."

아무것도 아니라는 듯 다시 검을 검집에 집어넣고 있는 다크를 바라보며 팔시온이 부러운 듯, 또 탐난다는 듯한 시선을 보냈다. 그도 마력검을 사용하고 있었기에 저 정도로 강력한 마법을 쓸 수 있는 마력검이 얼마나 구하기 힘든 진품인지 잘 알고 있었던 것이다.

하지만 팔시온은 곧이어 고개를 절레절레 흔들며 머릿속의 탐욕을 쫓아냈다. 돼지에게 진주목걸이를 걸어 주는 것처럼 자신에게는 도저히 어울리지 않는 물건임을 스스로도 잘 알고 있었기 때문이다.

만약 자신이 저 검을 쓴다면 채 마법을 뿜어내기도 전에 마나가 고갈되어 죽을 수도 있다는 것을 잘 알고 있었던 것이다.

"어때? 내 말대로지?"

다크가 가리킨 곳으로 팔시온이 시선을 돌리자 그곳에서 공간을 뚫고 사람들이 나타나고 있었다. 거의 50여 명. 그들은 타이탄 50대로 마법사를 때려잡고, 혹시나 있을 지도 모르는 타이탄들을 없애는 데 그것만으로도 충분하다고 생각하고 있는 모양이었다.

"이제 어떻게 할 거지?"

상대방의 기사들이 저마다 타이탄들을 꺼내어 탑승하는 것을 지켜보며 미카엘이 물었다.

"조용히 해치우려면 일단 목격자 수가 적은 게 중요해."

"그렇다면?"

"녀석들을 저기 보이는 숲으로 유인하기로 하지. 나는 저쪽 숲에서 기다리고 있을 테니까 너희들은 대충 녀석들과 싸우면서 유인해서 끌고 와."

"자신은 있는 거지?"

미디아는 아직도 걱정이 되는지 조심스레 물었다. 다크가 아무리 마스터급의 검객이라고 하지만 상대방의 타이탄은 50여 대나 되는 것이다.

"걱정 말고 불러들여."

"알았어."

다크와 가스톤이 언덕 뒤에 펼쳐져 있는 숲 속으로 몸을 감추고 나자, 미디아의 타이탄을 선두로 해서 황금빛 나는 타이탄 세 대가 공간을 가르고 모습을 드러냈다.

"죽자고 싸우면 안 돼, 알았어?"

"잘 알고 있어. 내가 그렇게 돌머리인 줄 아냐? 대충 싸우고 빠지면 되는 거 아냐?"

"네 녀석은 적군이 앞에 있기만 하면 이성을 잃어버리니까 그렇지."

세 대의 황금색 타이탄이 성을 향해 달려 나가자 곧이어 성 쪽에서는 수십 대의 타이탄들이 모습을 드러냈다. 하지만 상대는 곧장 달려들지 않고 조금 웅성거리는 듯 보이더니, 그들 중 몇 명이 성 뒤쪽으로 가는 것이 보였다.

"뭐 하는 짓이지?"

"글쎄……. 이쪽이 양동 작전이라도 벌이는 것으로 착각하는 모양이지. 사실 여기 나타난 세 대는 숫자가 너무 적잖아. 앞에 몇 대 보여 주고 자신들의 뒤쪽으로 도는 것으로 생각하는 것은 아닐까?"

"쩝, 그럴 수도 있겠군. 하여튼 쓸데없이 잔머리를 굴리는군. 이렇게 되면 계획하고 조금 차질이 생기잖아."

"차질이 생길 것도 없어. 저 봐, 놈들 타이탄 숫자가 장난이 아니야."

거의 30여 대에 달하는 타이탄들이 출동 준비를 하고 있었다. 하지만 놈들은 일단 타이탄에 모두들 탑승한 상태에서도 돌격해 들어오지 않고 시간을 질질 끌고 있었다. 아무래도 뒤쪽이 켕기는 모양이었다.

"젠장! 되게 쫀쫀한 놈들이군. 뒤로 쳐들어가는 사람 아무도 없으니까 걱정 말고 달려오라니까."

상대는 한 20여 분 정도 웅성거리면서 시간을 끌더니 급기야 돌격을 시작했다. 30여 대의 타이탄들이 달려 나오는 것은 정말이지 장관이었다. 거대한 덩치와 무게에 짓눌린 대지는 비명을 질러 댔고, 더불어 뿜어 오르는 먼지로 인해 앞의 10여 대만이 제대로 보일 뿐, 그 뒤는 먼지만이 자욱했다.

"우힉! 저렇게 보니까 정말 엄청난데?"
"우리들끼리 연습할 때와는 비교도 안 되는 박력이야."
"어떻게 할래? 계획대로 여기서 한판 하고 튈 거야?"
"미, 미쳤냐? 저놈들하고 한판 하기 시작했다가는 곧장 포위당해서 도망칠 수도 없어. 빨리 도망치잣!"

"놈들이 퇴각합니다. 어떻게 할까요?"
 부하의 말에 후작은 잠시 고민을 했다. 놈들이 저쪽으로 도망치는 것으로 봤을 때 뭔가 대비가 되어 있을 가능성도 있었다. 하지만 매복을 하고 있다고 해도 그렇게 위협적인 숫자일 수는 없었다. 치레아 기사단의 정수는 20대. 숨어 있다고 해 봐야 17대를 넘을 수는 없었다.
 치레아 기사단 외에 또 다른 기사단이 지원을 왔다고 볼 수도 있겠지만, 사실상 크라레스와 연결되는 직접적인 전략적 이점도 없는 시골구석에 2개 기사단 이상을 밀어 넣는다는 것도 현실성이 없었다. 분명히 놈들의 규모는 1개 기사단을 넘어설 수는 없을 것이 분명했다. 후작은 이윽고 결심한 듯 외쳤다.
"쫓아라, 놈들이 숨어 있을 가능성은 있으니 주위를 경계하도록!"
"놈들이 숲 속으로 도망칩니다, 각하."
 과연 놈들이 언덕을 슬쩍 돌아서 평지 쪽으로 도망치지 않고 숲 속으로 들어갔기에, 후작은 쾌재를 외치지 않을 수 없었다. 놈들은 이제 자기들 꾀에 자기가 속아 넘어가게 되는 것이다. 만약 이런 상황을 예상하지 못했다면 모르겠지만, 놈들의 행동은 벌써 이쪽에서 예측하고 있는 그대로였다.

"흐흐흐, 숲 속이라……. 그렇다면 독 안에 든 쥐로군. 양쪽에서 협공하여 박살 낸다. 자, 돌격하라!"

80톤이나 되는 타이탄이 탑승한 기사와 동등한 속도를 낼 수 있도록 만들어 주는 엑스시온을 1.0급이라고 부르며, 대부분의 타이탄이 이 기준을 원칙으로 삼고 있었다. 금십자 기사단의 주력인 미노바-P2가 90톤이나 나가는 중형 타이탄이라고 하지만, 그 심장은 1.5나 되었기에 그 움직임은 더욱 빨랐다.

지축을 울리며 앞을 가로막는 모든 장애물을 파괴하며 돌진하는 그 위용은 이 세계 최강의 생명체라고 할 수 있는 드래곤과 견줄 수 있을 만큼 위압적인 것이었다.

10미터가 넘는 굵직굵직한 나무들이 모여서 숲을 이루는 장대한 삼림이라고 하지만 90톤이 넘는 타이탄들의 앞을 가로막을 수는 없었다. 쫓는 자들도, 쫓기는 자들도 걸리적거리는 나무들을 간단하게 밀어붙이며 달려가고 있었다.

"어? 저건……."

거대한 푸른색의 타이탄이 나무를 헤치며 쓱 나타나자, 여태껏 도망치기에 급급하던 금빛 나는 타이탄들은 마치 구세주라도 만난 듯 재빨리 푸른색의 타이탄의 뒤쪽으로 몸을 숨겼다.

"어떻게 하는 것이 좋겠습니까? 각하."

윌리엄스 후작은 상대편 타이탄을 구석구석 훑어봤다. 그러는 도중 후작의 등 뒤로는 식은땀이 흘러내리고 있었다. 악취미하게 이상한 황금색 드래곤을 그려 놓은 견갑부를 보는 순간, 아무래도 키에리를 때려 눕혔다는 그 타이탄인 것 같았다.

하지만 로체스터 공작은 '그녀'가 크라레스의 수도에 그대로 있다고 했다. 그렇다면 눈앞에 보이는 저 녀석은 누구라는 말인가?

"뭘 어떻게 해? 곧 있으면 매트 경이 뒤쪽에서 포진해 올 거다. 놈들의 퇴로는 막힌 상태니까 마음 놓고 몰아 붙여라."

"하지만 저 거대한 타이탄은……"

"어차피 대단한 상대는 아니다. 근위 기사단의 얘기를 못 들었나? 이번 기습 작전에서 저런 놈을 세 대나 격파했다는 무용담을 말이다. 겉모습만 대단할 뿐이야, 밀어붙여라."

부하들에게 그렇게 명령은 내렸지만 후작 자신은 한 발도 앞으로 나가지 않고 있었다. 금십자 기사단의 경우, 제1차 제국 전쟁 때 다른 곳에서 작전을 하고 있었기에 키에리를 격파시켰다는 그 타이탄을 본 사람은 없었다. 그렇기에 후작은 상대가 누군지 어느 정도 짐작은 하면서도 확실하게 결론을 내리지 못하고 있었다.

가능성은 50퍼센트. 진짜 아니면 가짜일 것이다. 그리고 그것이 확실하게 파악되지 않은 이상 후작 자신이 달려 나갈 생각은 눈곱만큼도 없었다.

거대한 타이탄의 검이 거대한 반원형의 푸른 원반을 그릴 때, 이미 두 대의 타이탄이 고철이 되어 뒹굴기 시작했다. 푸른 타이탄의 동작은 엄청나게 재빨랐다. 완전히 늑대가 양 떼를 헤치면서 그들 중에 맛있는 먹잇감을 고르듯 재빨리 움직이고 있었다. 검이고, 방패고 거의 도움이 되지 않았다.

그 거대한 타이탄이 휘두르고 있는 불타는 듯한 검은 앞을 가로막는 것이 검이든 방패든, 타이탄의 몸통이든 가리지 않고 둘로 쪼개고 있었다.

"이건, 악몽이야……."

몇몇 실력 있는 검사들이 타고 있는 타이탄들의 경우 검과 방패에 마나를 충만하게 주입하여 버텨 보기도 했지만, 그것도 잠시뿐. 상대방의 공격을 막는 것도 두세 번의 칼부림이 고작이었다. 곧이어 방패가 찢겨 나가고, 검이 잘라져 나갔다.

어느덧 코린트의 타이탄들은 엉거주춤 뒤로 물러서기 시작했다. 처음에 돌격해 들어갔던 그 패기만만하던 모습은 어디로 갔는지, 그들은 모두들 한껏 두려움에 떨고 있었다. 도저히 상대가 불가능한 괴물에 대해서…….

"후퇴, 후퇴하랏!"

몇 분 되지도 않는 격돌이었지만, 후작의 뒤를 따라 도망치는 타이탄은 열 대도 되지 않았다. 도대체가 어떻게 된 노릇인지 알 수가 없었다. 그리고 도망치는 후작의 뒤쪽에서 쿵쿵거리는 뭔가 거대한 물체가 땅에 부딪치는 소리가 따라오고 있었다. 그리고 '슉!' 하는 날카로운 칼부림 소리와 함께 곧이어 뭔가 거대한 물체가 땅바닥을 구르는 굉음이 함께 들려왔다.

"으아아아악! 이럴 수가……."

후작이 제일 먼저 도망쳤고, 또 그의 실력이 자신의 부하들보다는 우월한 만큼 적 타이탄으로부터 제일 멀리 떨어져 있던 것도 후작이었다.

처음 후퇴를 시작했을 때, 아니 도망치기 시작했을 때 후작의 타이탄을 뒤따르는 부하들의 발소리가 쿵쾅거리며 보조를 맞추고 있었다. 하지만 후작은 채 3분도 달리지 못해 더 이상 자신과 보조를 맞춰 달리는 부하들의 발소리를 들을 수 없었다.

쿵, 쿵, 쿵…….

그 대신 부하들이 내던 발소리보다는 훨씬 더 크고 둔중한 소리가 그의 뒤를 따르고 있었다. 이제 후작의 심장은 가슴을 박차고 뛰어나올 듯 두근거리고 있었다.

'이제 더 이상 길은 없어. 반전하여 반격을…….'

하지만 윌리엄스 후작의 생각은 더 이상 이어지지 않았다. 뒤에서 날아온 검에 의해 자신의 몸과 타이탄은 두 토막이 나 버렸던 것이다.

"젠장, 비무할 때는 몰랐는데, 정말 겁나는군."

"그러게 말이야. 우리들이 나설 틈도 없었어. 30대의 타이탄이 순식간에 전멸이라니……. 이게 말로만 듣던 마스터의 실력인가?"

"코린트에는 저런 실력자가 세 명이나 있는 거야. 그야말로 세계 최강이라고 할 수밖에 없겠지."

팔시온의 말에 미카엘이 고개를 가로저었다.

"그렇지 않아. 나도 마스터를 한 명 알고 있지만…, 결단코 저 정도는 아니었어."

이때 푸른색 타이탄의 머리 부분이 열리면서 다크가 뛰어내렸다.

"이봐, 가스톤!"

엄청난 실력에 얼이 빠져 있던 가스톤은 무심결에 바짝 긴장한 어조로 대답했다.

"옛!"

"예? 갑자기 무슨 생각을 하고 있었기에 대답이 그 모양이야?"

다크의 약간 짓궂은 듯한 물음에 그제야 정신을 차린 가스톤이 쑥스러운 듯 얼버무렸다.

"아…, 왜?"

"본국에 연락해서 5전대를 이리로 보내서 타이탄을 수거해 가라고 해."

"이봐, 다크."

"왜?"

"지금은 타이탄 수거가 문제가 아니야. 네 말대로라면 누군가가 첩자일 거 아냐? 5전대를 이쪽으로 불러들인다면 네가 이 일을 했다는 것을 광고하는 것이나 마찬가지야."

"그렇네……. 그럼 어떻게 하는 것이 좋을까?"

"그냥 놔두는 것이 좋지 않을까?"

"아니야……. 실력 있는 놈이라면 여기저기 엎어져 있는 타이탄의 잔해만 봐도 상대의 실력이 어느 정도인지 유추해 낼 수 있어. 그냥 놔두는 것도 좋은 방법은 아니야."

"그렇다면 어떻게 할까?"

"아빠한테 연락해. 그래 가지고……. 뭐 아빠한테 말하면 어떻게 하겠지."

"알았어, 연락하지."

잠시 후 수정 구슬에 예쁜 소녀가 권태로운 모습으로 나타났다. 그녀는 하품을 쓱 하더니 퉁명스레 말했다.

"아아아항~ 무슨 일이냐?"

가스톤은 아르티어스의 말투나 표정이 정말 다크와 쏙 빼 닮았다는데 속으로 쓴웃음을 지었다. 역할을 거꾸로 해 보니까 과연 이 부자(父子)가 얼마나 닮았는지 깨달을 수 있었던 것이다.

"예? 예, 아르티어스 님. 여기는 그러니까……."

가스톤은 허겁지겁 품속을 뒤져서는 지도를 꺼내 자신들이 위치한 곳을 찾기 시작했다.

"여기 좌표가 328345 234763인데요. 이곳에서 적 타이탄 부대를 해치웠습니다."

"그런데?"

"여기 적 타이탄의 잔해가 쭉 널려 있으니까 회수해 가시라구요. 그리고 절대로 증거를 남기지 말라는 대공 전하의 부탁이십니다."

가스톤의 말에 아르티어스는 콧방귀를 뀌며 대답했다. 자기를 이곳에 처박아 두고는 아들놈이 혼자서만 재미보고 다니는 것에 속이 상해 있었던 것이다. 그렇다고 그것을 아들 녀석에게 따지기에 아르티어스의 속마음은 너무나도 여렸다. 덕분에 그 분풀이를 애매한 가스톤에게 하고 있는 것이다.

"헷! 내가 그런 뒤치다꺼리나 해 주는 사람이냐?"

　중간에 끼인 가스톤만 입장이 난처해져서 버벅거렸다. 다크도 무서운 존재였지만, 아르티어스는 그보다 백배는 더 무서운 존재였다. 물론 다크가 앞에 있을 때는 그런 표정을 드러내지 않지만, 그녀가 눈앞에 없을 때는 그 표정부터가 몬스터쯤은 저리 가라 할 정도로 포악하고 잔인무도하게 바뀌는 것이다.

"저, 그런 말씀을 하셔도……."

　가까스로 반론을 제기하려고 드는 가스톤을 그 광포한 눈빛으로 제압하면서, 아르티어스는 퉁기듯 내뱉었다.

"자신의 일은 자신이 알아서 하라고 해."

　이때 옆에서 가만히 듣고 있던 다크가 슬며시 약이 올라서는 끼어들었다. 아르티어스의 소행이 괘씸했기 때문이다. 자신한테 직접 말하기 뭣하니까 밑의 사람만 들볶고 있어. 쪼잔한 드래곤 같으니라구…….

"뭐라구요?"

　갑자기 수정 구슬에 약이 바짝 오른 아들 녀석의 얼굴이 나타나자 아르티어스는 낮게 비명을 질렀다.

"엑! 그, 근처에 있었냐?"

"다 들었다구요. 아까 하신 말 다시 한 번 더 해 보세요."

　다크가 잔뜩 골이 난 표정으로 말하자, 아르티어스는 허둥지둥 뒷수습을 시작했다. 하지만 뒷수습이라기보다는 완전히 오리발 작전이었다. 아르티어스 어르신은 가스톤에게는 꼭 쥐를 눈앞에 두고 어떻게 잡아먹을까하고 노려보던 것 같은 그런 눈빛을 보냈

없지만, 다크가 나타나자마자 언제 그게 바뀌었는지 알 수 없을 정도로 표정이 확 바뀌어 버렸다. 오히려 먼저와는 반대로 꼭 고양이 앞의 쥐처럼 되어 버렸다고 해야 할까?

"응? 내, 내가 뭐라고 했다고 그러냐? 곧 누군가 보내서 아주 깨끗하게 처리할 테니 조금도 걱정할 필요가 없다고 했잖니. 그럼 나는 바빠서 이만……."

아르티어스는 허둥지둥 통신을 끊어 버렸다. 그러자 다크는 아차하는 표정으로 허둥지둥 말했다.

"이런 아직 할 말도 다 못했는데 끊어 버렸잖앗! 가스톤! 통신 다시 걸어."

"에, 그건 왜?"

"설마 너도 저기 엎어져 있는 타이탄들이 전부라고 생각하는 것은 아니겠지? 너희들이 오기 전에 저 뒤쪽에서 공간 이동해 온 놈들이 있기에 손을 좀 봐 줬는데 그것도 남김없이 회수해야 한다구. 알았어?"

"알겠어, 다시 연락할게."

또다시 아르티어스가 모습을 드러냈다. 하지만 이번에는 전과는 완전히 다른 분위기였다. 아르티어스는 약간 아부성 짙은 미소를 지으며 입을 열었다. 그것이 다크의 모습이었기에 너무나도 깜찍스러웠다.

"왜 또 연락을 했냐? 좌표 잊어 먹지 않고 기억하고 있다구. 곧 그리로 제5전대를 보내 줄 테니……."

"물론 아빠는 좌표를 기억하고 있겠죠. 그게 아니라 아직 전할 말이 더 있어서 다시 통신을 한 거에요. 여기 말고 숲 안쪽에도 고철이 된 타이탄 열 대가 더 있어요. 그것도 회수해야 한다구요. 그리고 절대로 증거는 남기지 말구요. 알겠어요?"

"알겠다."

"내가 없는 동안 무슨 일 없었어요?"

"글쎄다……. 뭐 별일은 없었다. 네가 말한 대로 론가르트 녀석에게 내 정체를 말해 줬고, 만약 타이탄을 써야 할 때는 어떻게 하라고 말해 뒀지. 그리고 참, 알카사스에서 서로 휴전하자고 사신이 왔었다."

"그래서 어떻게 했어요?"

"녀석들이 가소롭게도 항구 하나만 주면 군대를 철수하겠다고 하더구나."

"그래서요?"

"죽지 않을 만큼 두들겨서 보냈지. 어때, 잘했지?"

"아이고… 골치야. 그리고요?"

"그리고는 뭐가 그리고야. 그냥 두들겨서 보냈다구. 참, 미란에서 전쟁이 터진 모양인데……."

"미란에서요? 코린트가 미란에까지 손을 댔다는 말이에요?"

"아니, 그게 아니고 크루마가 침공했다고 하더구나. 웬 꼬장꼬장한 영감이 계속 그쪽을 도와줘야 한다고 떠들어 대서 치레아 기사단을 그리로 보냈다. 뭐, 잘해 내겠지."

"언제 보냈어요?"

"방금 전에 보냈지. 그래, 뭐 잘못되었냐?"

"아뇨, 별로 잘못된 것은 아니에요. 그리고 그 외는요?"

"뭐, 더 이상 중요한 일은 없었어."

"알겠어요. 그럼 이만 끊어요."

통신을 끝낸 후 다크는 씩 미소를 지으면서 일행들을 둘러봤다. 얼굴에는 미소가 가득했지만 그녀의 표정은 전체적으로 악의에 가득 차 있었다.

"왜? 왜 그래?"

"가스톤!"

"왜?"

"케락스로 가자. 코린티아가 박살 난 후 거기가 새로운 수도가 되었다면서?"

다크가 내린 의외의 결정에 가스톤은 경악해서 만류했다.

"뭐, 뭣? 지금 제정신이야? 코린트의 수도에 가서 뭐 하려고……."

"그거야 가 보면 알겠지. 자, 준비해 줘!"

"그만 둬. 우리들만으로 케락스로 간다는 것은 자살 행위야."

"절대로 자살 행위는 아니지. 지금 이곳을 박살 내 놨으니, 놈들은 곧이어 이곳에서 일어난 사건을 조사하기 위해 이곳으로 누군가를 파견할 거야. 그러니 녀석들의 전력은 상당히 줄어든다고 봐야겠지. 그 틈을 노리는 거야. 놈들도 나를 가지고 놀았으니 나도 그만큼은 갚아 줘야 할 것 아냐? 자, 빨리 준비해! 이건 친구로서가 아니라 치레아 대공으로서의 명령이야!"

명령이라는 말까지 나오자 가스톤은 마지못해 마법진을 그리기 시작했다. 친구였기에 어느 정도 허물없이 지내고는 있었지만, 사실상 그녀와 자신의 신분 차이는 하늘과 땅만큼이나 거리가 있었다. 그리고 지금 그녀는 우정이니 뭐니 그런 것을 따지기에는 너무나도 복수라는 단어에 미쳐 있었다.

케락스에서 무슨 일이 있었나

"전하, 치레아 기사단과 접전에 들어갔다고 연락했었던 윌리엄스 후작 말이옵니다."

레티안의 보고에 로체스터 공작은 흥미를 느낀 듯 질문을 던졌다.

"왜? 새로운 정보라도 있는가? 벼룩으로부터 보내온 정보에 따르면 고양이는 그대로 있다고 했잖은가? 또 치레아 기사단은 미란에 파견 나갔다고 했고 말이야. 그래서 밀티성에 나타난 것은 아무래도 치레아 기사단은 아닌 것 같다고 결론짓지 않았던가?"

레티안은 고개를 끄덕여 로체스터의 기억이 맞다는 것을 확인해 주며 말을 이었다.

"그랬사옵니다. 하지만 그게 아무래도 잘못된 것 같사옵니다.

윌리엄스 후작은 황금빛 타이탄들, 그러니까 치레아 기사단이 가지고 있는 드라쿤들과 교전에 들어갔다고 했었으니까요."

"뭣이? 그렇다면 미란에 간 것은 또 뭐라는 말이냐? 분명히 벼룩은 치레아 기사단이 미란으로 갔다고 했잖은가?"

"예, 그래서 미란에 있는 정보원들에게 자세히 알아 보라고 지시해 뒀사옵니다. 그리고 밀티성에서 연락이 왔사온데……."

"그런데?"

"윌리엄스 후작 이하 타이탄 부대가 그때의 보고 이후로 행방불명이 되었다는……."

부하의 보고에 로체스터 공작은 엄청나게 놀랐다. 타이탄 40대로 이루어진 막강한 부대가 행방불명이라니……. 그것은 도저히 있을 수가 없는 일이었기 때문이다.

"그렇게 중요한 사안을 왜 이제야 보고하는가?"

"적들을 향해 돌격해 들어갔던 타이탄이 40대이옵니다. 적들과 교전한 후 노획품을 가지고 돌아오는 것까지 생각하며 기다리다 보니 그렇게 된 것이지요. 그런데 아무리 기다려도 소식이 없어 숲 쪽으로 척후병을 파견했는데, 전투의 흔적만 발견했을 뿐 그 외에는 아무것도 발견하지 못했다고 하옵니다."

"멍청한 것들!"

로체스터 공작은 마법사의 꼴이 더 이상 보기 싫다는 듯 시선을 반대편으로 돌렸다. 그쪽에는 해골 가면을 쓴 용병대장이 뭔가 골똘히 생각에 잠긴 표정으로 서 있었다. 용병대장도 이번 사건이 뭔가 상당히 석연치 않다고 생각하는 것 같았다. 40대의 타이탄을 흔적도 없이 박살 낼 정도의 실력이라면, 이건 엄청난 적일 것이다. 로체스터 공작은 다시금 시선을 제임스 쪽으로 돌렸다.

"까미유는 어디 있나?"

"예, 후작 각하께서는 금십자 기사단을 도와준다고 나갔사옵니다, 전하."

"좋아, 까미유한테 수도로 돌아오라고 전해라."

"옛, 전하."

"그리고 근위 기사단에도 출동 명령을 내려라. 내가 직접 가겠다."

"예? 그렇게 되면 수도가······."

"괜찮아, 로젠 공작이 있으니까 말이야. 안 그런가? 로젠 경."

로체스터 공작의 호명에 로젠 드 발렌시아드 대공은 앞으로 한 발자국 나서며 외쳤다.

"맡겨만 주십시오, 전하."

로젠은 2차 제국 전쟁이 시작된 이래로 발렌시아드 기사단을 거느리고 이곳 수도에 진을 치고 있었다. 흑기사들로 이뤄진 발렌시아드 기사단이 있는 한 근위 기사단을 밖으로 빼도 크게 문제될 것은 없었으므로 로체스터 공작은 자신이 직접 근위 기사단을 이끌고 사고 현장으로 달려갈 생각이었다.

"한 30분쯤 후에 까미유의 제2근위대가 도착하면 경이 그 지휘를 맡아 주게. 발렌시아드 기사단과 제2근위대가 있으면 수도를 지키는 데 아무런 무리가 없을 게야."

"알겠습니다, 전하."

"좋아, 이동 마법진을 준비하라고 일러라. 참, 자네도 갈 텐가?"

로체스터 공작의 물음에 용병대장은 고개를 살짝 숙이면서 공손히 대답했다.

"예, 전하."

끝도 없이 펼쳐져 있는 거대한 도시. 이것이 코린트 최대의 상업 도시라고 할 수 있는 케락스의 모습이었다. 케락스는 예전에도 코린트 제2의 도시에 어울릴 정도로 거대한 도시였다. 그런데 지금은 이곳에 황궁이 들어서면서 황족들과 함께 모든 귀족들과 신하들까지 이곳으로 이주해 왔다. 거기에다가 덧붙여 기사단과 대규모 군대까지 주둔하게 되어 더욱 흥청거리는 거대 도시로 변모하고 있었다.

"흐흐흐훗! 저 거대한 성을 보니 제대로 찾아왔군."

시 외곽에 거대하게 자리 잡고 있는 엄청난 규모의 건물을 손가락으로 가리키며 내뱉은 다크의 소감이었다. 아닌 게 아니라 그 성은 최강의 제국 코린트를 상징할 만큼 규모가 대단했다. 그런 그녀의 모습을 보며 팔시온은 못 말리겠다는 듯 고개를 가로젓더니 참견을 시작했다.

"이봐, 진짜로 할 거야?"

"그럼, 내가 뭐 때문에 여기까지 왔다고 생각하는 거야?"

다크는 저 멀리 보이는 코린트의 황궁을 확인한 후 일행에게 지시했다.

"자, 이제 목표지에 도착했으니까 밥이나 먹자."

"뭐?"

"새벽에 출발한다고 아직 밥도 제대로 못 먹었잖아? 우선 식사나 하고 일을 시작하자구."

느긋하게 말하는 다크를 보며 모두들 혀를 내둘렀다. 도대체 그게 적국의 한복판에 도착해서 할 말인가 말이다. 하지만 어쨌든 명령은 떨어졌으니 할 수 없었다. 그들은 짐 보따리를 뒤적거려서 먹을 것을 꺼내기 시작했고 곧이어 식사가 시작되었다. 아닌 게 아니라, 저 멀리 보이는 거대한 황궁을 힐끗거리며 하는 식사는 상당히 스릴이 있었다.

가스톤은 음식을 우물거리며 걱정스러운 어조로 말했다.

"여기는 적국의 수도에 가까운 곳이니까 어딘가 탐지 마법진이 쳐져 있을지도 몰라. 놈들이 먼저 알아채고 공격해 오면 어쩔 거야?"

"어쩌기는… 싸우면 되지. 거기까지 찾아갈 수고를 덜 수 있으니 더욱 좋잖아."

태평스레 말하는 다크를 보며 모두들 쓴웃음을 지었다.

어쨌든 그들이 먹을 수 있는 음식의 양은 한정되어 있기에, 얼마 지나지 않아 식사 시간은 종료를 고했다. 다크는 천천히 일어서서는 뚜둑 소리가 나도록 이리저리 몸을 흔들더니 가스톤에게 지시를 내렸다.

"자, 이제 식사는 했으니 가볍게 한판 해 볼까? 너희들은 탈출 준비를 해 놓고 여기에서 기다려."

"뭐? 그렇다면 저길 너 혼자 갈 거야? 미쳤냐?"

"제정신이야. 대신 좀 위태로워지면 이리로 돌아올 테니 탈출 준비를 해 놓고 있으란 말이야. 재빨리 도망치게 말이야. 또다시 명령이란 단어를 떠올려야 말을 들을 거야? 자자, 군소리하지 말고 준비들 하라구."

"알았어."

가스톤이 마법진을 그리고 있을 때, 다크는 자신의 타이탄을 불러냈다. 거대한 청색 타이탄이 다시금 긴 잠을 깨고 공간을 가르며 모습을 드러냈다. 안드로메다는 타이탄 특유의 저음으로 말했다.

〈불렀는가? 주인이여.〉

"멍청한 녀석! 불렀으니까 나왔지. 자 가자구. 한바탕 멋지게 휘저어 놔야지."

〈바라던 바다. 오늘은 일거리가 많아서 좋군.〉

"자, 머리를 열어라."

다크는 청기사 위에 자리를 잡고 앉으면서 일행들에게 외쳤다.

"내가 돌아올 때까지 여기서 꼼짝하지 말고 기다려!"

이윽고 청기사의 그 거대한 머리가 원상태로 돌아갔다. 청기사는 허리에서 거대한 검을 뽑아 들었다.

"이건 시작일 뿐이야! 걸리는 놈은 모두 다 죽여 줄 테다! 자, 기대하라구. 오호호호홋!"

청기사는 거대한 덩치에 어울리지 않게 무시무시한 속도로 달려가기 시작했다. 지축을 울리는 굉음과 함께 대지에는 거대한 발자국을 남기며…….

"정말 못 말리겠군."

"어쩌겠냐? 아무리 해도 말을 안 듣는데……. 가스톤! 탈출 준비나 서두르라구. 우리가 할 일은 그것뿐이니까 말이야."

코린트의 새로운 수도 케락스. 코린티아시가 크루마의 마법 공격에 의해 먼지로 화해 버린 후, 코린트의 수도가 된 케락스시의 외곽 한구석에는 거대한 황궁이 위용을 자랑하며 자리를 잡고 있었다. 황궁은 파괴되어 버린 '피의 궁전'보다도 더 거대한 규모로 만들어지고 있었는데, 얼마나 크게 만들고 있는지 1차 제국 전쟁이 끝난 후 6년이 지났는데도 아직 완성되지 못하고 있을 정도였다. 그만큼 황궁이란 것은 코린트의 자존심이 담겨 있는 건물이었던 것이다.

아직 미완성인 황궁 건물의 한쪽 구석을 차지하고 있는 붉은 벽돌로 만든 건물이 코린트의 근위 기사단 사령부였다. 그리고 그 맞은편에 위치한 것이 로체스터 공작의 집무실이 마련되어 있는 코린트군의 사령부 건물이었다. 사령부 건물의 3층에 있는 넓은 회의실에서 큼직한 체스판을 놓아두고 땅콩을 씹으며 체스를 두고 있는 두 사람. 그중 한 명은 로젠 대공이었고, 또 한 명은 급히 전장에서 돌아온 까미유 후작이었다.

나이트(Knight : 기사)가 룩(Rook : 성장)과 비숍(Bishop : 승정)의 도움을 받으며 상대방의 방어 진형을 압박하고 있었다. 최대한 이쪽에서도 그에 대비하기 위해 전력을 집중시키고 있었지만 아무래도 전력이 조금 딸리고 있었다. 그런 상황에서 또다시 상대가 슬며시 퀸(Queen : 여왕)을 거기에 가담시키자 까미유는 짐짓 우는 소리를 늘어 놨다.

"이봐요, 로젠 형, 좀 봐주면서 두세요. 이거 원 이렇게 무자비하게 둘 수가 있는 겁니까?"

"하하핫! 이거 하수를 벗겨 먹으려니까 너무 미안하구면. 이걸로 1백 골드 벌었군. 어때, 지금이라도 항복하시지."

"젠장, 누가 그렇게 두 손 들 줄 알아요? 자, 어때요?"

까미유는 여태껏 아껴 두고 있던 나이트를 방어진에 가담시켰다. 이제 어느 정도 평수를 유지했다고 생각했지만 그 순간, 로젠은 이미 까미유의 수법을 예상했는지 회심의 미소를 지으며 퀸을 대각선으로 크게 전진시켜, 까미유의 킹(King : 왕)을 사정거리에 잡았다.

"체크!"

물론 까미유의 킹이 도망갈 자리는 있었기에 체크 메이트는 아니었다. 하지만 그가 왕을 회피시키면 왕과 함께 사정거리에 잡혀 있는 룩이 비명횡사할 것이다.

"젠장! 얍삽하게……."

그때 밖에서 분주한 발자국 소리가 들리더니 문이 덜컥 열렸다. 문을 열고 뛰어 들어온 사람은 오른편 가슴 위에 금색 표식만이 없을 뿐 로젠과 똑같은 복장을 하고 있었다. 그는 재빨리 부동자세를 취하며 보고를 올렸다.

"적의 기습이옵니다, 대공 전하. 일단 프로글리 경이 막고 있지만 역부족이옵니다."

"뭣이? 누가 감히 본국의 수도에 기습 공격을 했단 말이냐? 그래, 적의 수는 얼마나 되느냐?"

"그것이……."

"빨리 보고해라."

"옛, 적은 단 한 대이옵니다."

"뭐라고? 너 지금 제정신이냐?"

"제정신이옵니다, 전하. 적은 엄청나게 큰 청색 타이탄을 타고……."

까미유는 거기까지 듣고 밖으로 재빨리 뛰쳐나갔다. 까미유의 표정을 보고 뭔가 이상함을 느낀 로젠도 그의 뒤를 따라 달려왔다.

"자네, 뭔가 알고 있는 것이 있나?"

"형은 청기사라는 타이탄에 대해 못 들었수?"

"크라레스의 근위 타이탄이라는 그거 말이야? 하지만 이번 크라레인시 기습 작전에서 단시간에 세 대나 파괴했다면서? 그것을 보면 단독으로 쳐들어올 만큼 그렇게 대단한 놈은 아닌 모양일 건데?"

"그거야 그 안에 누가 타고 있느냐에 달린 거겠죠."

둘이 대화를 나누는 사이, 그들은 벌써 사령부 건물의 제일 위에 마련되어 있는 망루에 도착했다. 그리고 그들의 눈에 보이는 것은 거대한 푸른 타이탄과 그것을 막기 위해 분투하고 있는 흑기사들이었다. 이미 로젠에게 보고가 들어가기도 전에 적이 달려오는 것에 대한 보고를 들은 기사들이 먼저 달려갔기에 전투가 이미 벌어진 상태였던 것이다.

로젠은 청기사의 검이 불타오르듯 푸른 광채를 뿜어내고 있는 것을 보고 경악해서 말했다.

"저것이… 청기사? 정말 대단한 기사가 타고 있군. 어떻게 아버님만이 익히셨다는 신기(神技)인 '오라 파이어(Aura Fire)'를 익혔지?"

오라 파이어는 코린트가 낳은 최강의 검객인 키에리 드 발렌시아드 대공이 직접 이름을 붙인 최강의 검술이었다. 키에리는 그것을 익혔지만, 아무리 가르쳐도 딴 사람은 그 기술을 익힐 수 없었다. 심지어 마스터인 로체스터나 리사마저도…….

"그거야 당연하죠. 대공 전하를 이긴 상대니까요."

까미유의 설명을 듣고, 로젠의 눈동자는 분노에 불타올랐다. 로젠의 아버지인 키에리가 모든 것을 잃고 은거하게 만든 웬수 같은 놈이 눈앞에 나타난 것이다.

"뭐야? 저놈이?"

미처 까미유가 말릴 틈도 없이 로젠은 건물 아래로 뛰어내렸다. 그리고 곧이어 시커멓게 생긴 육중한 타이탄이 모습을 드러냈다. 그것을 보고 까미유는 기겁을 해서는 뒤따라 달려온 기사에게 명령을 내렸다. 로젠도 뛰어난 기사이기는 했지만, 도저히 그녀의 상대가 될 수는 없다는 것을 잘 알기 때문이었다.

"모든 타이탄들을 다 출동시켜라. 발렌시아드 기사단과 제2근위대를 모두 다! 즉시 명령을 전달해라!"

"옛, 각하."

까미유는 명령을 내리자마자 건물의 아래쪽으로 뛰어내렸다. 그리고 곧이어 사령부 건물 옆에는 붉은색의 거대한 타이탄이 모습을 드러냈다.

"이거 제법 반응이 있는데? 상당한 실력자들이야. 안 그래?"

방패와 검으로 양쪽에서 날아오는 검들을 각각 막아 내며 다크가 중얼거렸다. 확실히 아무런 반응도 없는 놈들을 무차별 살상하는 것보다는 이렇듯 발악을 할 줄 아는 놈들을 죽이는 편이 훨씬 재미있는 것이다.

"자, 이건 어떻게 할까?"

그와 동시에 거대한 청기사가 엄청난 속도로 회전하며 사방으로 검기를 내뿜었다. 굉음과 함께 순간적으로 자욱한 먼지가 솟아올랐다. 그리고 청기사를 포위하고 있던 10여 대의 흑기사들이 방패를 앞세운 채 거의 20여 미터에 걸쳐 뒤로 밀려 나갔다. 흑기사들이 뒤로 밀린 자리에는 길게 땅이 파여 있었기에, 그들이 뒤로 재빨리 후퇴한 것이 아님을 설명해 주고 있었다. 105톤이나 되는 거구들이 20여 미터나 뒤로 밀려날 정도로 다크의 일격은 엄청난 것이었지만, 뛰어난 실력의 기사들이 타고 있었기에 그들은 마나를 이용하여 그것을 막아 낸 것이다.

"정말 대단해. 여태껏 이만한 놈들은 보지 못했어. 호호홋!"

사실 다크도 그 정도 일격에 상대가 전멸당할 거라고는 생각하지 않았다. 대신 놈들이 뒤로 밀려나며 넓어진 공간을 이용해서 앞으로 돌진해 들어갔다. 청기사는 그 엄청난 덩치와 무게에도 불구하고 비둘기를 향해 돌진해 들어가는 매와 같은 움직임을 보여 주었다. 앞쪽에 있던 흑기사는 뒤로 밀려나느라 정신이 없는 상황일 텐데도, 먼지를 뚫고 상대가 자신을 향해 돌진해 들어오자 침착하게 대응해 왔다. 정말 무섭도록 훈련을 잘 받은 기사들이었다.

하지만 그것까지도 예상하고 있었던 다크는 이번에는 검이 아니라 방패로 상대를 후려쳤다. 12톤이나 나가는 방패에 엄청난 힘이 보태져 있었기에 그것을 방패로 막은 흑기사는 예상치 못한 엄청난 충격에 뒤로 튕겨나갔다. 그리고 먼지를 피워 올리며 흑기사가 땅에 곤두박질쳤을 때, 그 옆에는 방패를 꼭 쥔 흑기사의 팔이 함께 떨어졌다. 엄청난 충격으로 팔이 부서져 나갔던 것이다. 일단 첫 번째 목표를 밀어붙인 후, 다크는 그 녀석의 옆에 서 있는 놈에게로 공격의 방향을 바꿨다.

그러면서 검과 검이, 그리고 방패와 검이 부딪쳤다. 전투 중량이 160톤이나 되는 거대한 청기사에서 뿜어져 나오는 파괴력은 엄청난 것이었다. 단 한 번의 충격으로 흑기사들은 형편없이 뒤로 밀려 나가고 있었다. 흑기사도 집단전을 위해 만들어진 105톤이나 되는 무거운 타이탄임을 감안한다면, 그것을 압도하고 있는 청기사가 비정상적일 정도로 무겁기에 얻어지는 효과였다.

이때, 공간이 열리면서 새로운 타이탄들이 쏟아져 나오기 시작했다. 붉은색과 검은색의 조합으로 이루어진 타이탄들. 거의 20여 대가 넘는 타이탄들이 새로이 가담한 것이다. 그런데 이상한 것은 10대의 흑기사가 대충 평수를 이루면서 격전을 벌였기에, 35대로 그 숫자가 불어난다면 코린트 쪽이 압도적으로 우위를 점할 것 같았는데, 오히려 그 반대의 현상이 벌어진 것이다. 코린트 쪽의 타이탄들은 오히려 동료들에게 걸려서 회피 기동력이 떨어진 데 반해, 다크는 이제야 해 볼 만하다는 듯 봐주지 않고 정면 공격을 시작했기 때문이다.

 청기사의 불타는 듯한 검이 대기를 가를 때마다, 불꽃이 튕겨 올랐다. 그리고 뭔가가 박살 나는 것이다. 그 전에는 공격을 당한 흑기사가 충격으로 뒤로 튕겨 나가면서 그 틈을 옆의 타이탄들이 메우며 청기사의 공격이 한 사람에게 집중되는 것을 막았지만, 지금은 뒤로 튕겨도 쭉 밀리는 것이 아니라 아군 타이탄 때문에 도중에 서 버렸다. 그리고 그 순간 청기사의 검이 정신없는 상대의 몸통을 그어 버렸다.

 다섯 대의 흑기사가 땅에 쓰러지자, 루엔은 지금 뭐가 잘못되었는지 즉시 간파하고는 10여 대만 앞으로 돌리고 나머지는 뒤쪽으로 뺐다. 소수의 적을 다수가 상대할 때 애용되는 전법을 쓰기로 마음먹은 것이었다. 상대의 실력이 뛰어날 때 장시간 격투를 벌임으로써 적의 힘을 빼고, 또 이쪽은 전력을 다해 적을 단시간에 막아 낸 후 뒤쪽의 힘이 넘치는 동료들과 교대를 하여 지속적인 힘을 유지하는 전법, 즉 차륜전법(車輪戰法)을 쓰도록 지시한 것이다.

 "제법 하는군."
 〈이 상태로 가면 위험하다.〉

안드로메다는 태어나서 처음으로 위험 신호를 주인에게 보냈다. 안드로메다가 봤을 때 위험한 것이 사실이었다. 여태껏 다크는 타이탄 전투를 벌이면서 실력 없는 다수의 적을 상대한 적이 대부분이었고, 키에리와 승부를 벌일 때도 다른 적들은 크루마의 기사단이나 유령 기사단이 막아 줬기에 거의 일대일의 상황으로 전투를 전개했었다. 하지만 이번의 경우는 얘기가 달랐다. 대단히 능력 있는 놈들로만 이뤄진 집단이었다. 그리고 아무도 도와주지 않는 외로운 싸움이었다.

한 대, 한 대 파괴되어 나뒹구는 흑기사들의 수가 늘어나기 시작했다. 하지만 그만큼 청기사의 몸집에도 상처가 늘고 있었다. 워낙 많은 적에게 둘러싸여 있었기에 다크의 장기라고 할 수 있는 빠른 몸놀림이 힘들었기에 벌어진 결과였다. 그리고 무엇보다 다크를 힘들게 한 것은 타이탄에 탄 채 강력한 적들을 상대로 싸워 본 경험이 전무하다는 사실이었다. 일대일이나 뭐 그런 경우에는 대충 힘으로 밀어붙이면 되는 일이었지만, 이번 경우는 그것이 통하지 않았다. 타이탄과 자신이 완전히 한 몸이 되어 격전을 벌여야 하는데, 여태껏 혼자서 검을 들고 설쳐 댔던 습성이 미묘한 불일치를 조성하고 있었다. 덩치 큰 안드로메다가 아무리 빨리 움직여 주고 있다고 해도, 그녀 자신의 움직임을 그대로 표현해 내지 못하기에 벌어지는 문제였다.

"제기랄! 이렇게 되면 속도가 아니라 힘으로 승부하겠다."

다크는 계속되는 간발의 차로 적을 놓치자 신경질이 바짝 나서 외쳤다. 두 명의 적을 공격한 후 또 다른 타이탄을 먹이로 휘두른

검이 허공을 갈랐을 때 내린 결정이었다. 그녀는 또다시 적들과 격투를 벌이는 것을 포기하고 그대로 검을 대지에 박아 넣었다.

쿠콰콰콰콰…….

대지의 기운과 검의 기운을 충돌시키는 최강의 검법. 그 검법을 타이탄에 탑승한 채 시현한 것이다. 흑기사들의 제일 앞 열은 그 순간 흔적도 없이 바스러져 버렸고, 외곽을 싸고 있던 타이탄들은 그것을 봄과 동시에 뒤로 후퇴했지만 거대한 강기의 회오리를 벗어날 수는 없었다. 반경 수백 미터에 걸쳐 순식간에 강기의 회오리가 퍼져 나갔다. 그리고 그 회오리가 지나간 후에 남은 것은 철저한 파괴의 현장이었다.

강렬한 검강의 회오리가 지나간 후 살아남은 코린트의 타이탄은 단 한 대. 겉이 너덜너덜해져 버린 적기사뿐이었다. 그 적기사는 주인의 생명을 지켜 내는 데 모든 힘을 소진했는지 천천히 땅바닥에 그 거대한 몸체를 눕혔다.

〈정말 대단하다. 도대체 어떻게 한 것인가?〉

한참 동안 말이 없던 안드로메다가 자신이 이런 엄청난 기술을 쓴 것이 믿어지지 않는다는 듯 뇌까렸다.

"자기가 하고도 몰라? 이 머저리야. 후우~ 힘들어 죽겠군."

다크는 가쁜 숨을 몰아쉬며 주위를 천천히 훑어봤다. 일어서 있는 적의 타이탄은 단 한 대도 없었다. 일단 자신의 계획이 성공했다는 것을 확인한 후 다크는 천천히 말했다.

"이봐."

〈왜 그러는가? 주인이여.〉

"내가 말이야. 지금 기…, 아니 마나를 좀 보충해야 하는데 말이야. 지금 마나를 빨아들여도 너한테 상관없을까?"

〈그것은 안 된다. 나 또한 마나를 흡수해서 생을 유지하는 몸. 나의 마나를 뺏긴다면 생명을 마칠 수밖에 없다.〉

"제길, 그럼 머리 열어. 그리고 너는 돌아가. 나도 어디 가서 손실된 마나를 좀 보충해야겠어. 이 기술을 타이탄에 탄 채 쓰는 것은 아무리 나라도 좀 힘들군."

안드로메다는 선뜻 머리를 위로 들어 올렸다. 다크는 아래로 뛰어내린 후 자신이 만든 작품을 다시 한 번 감상했다. 형체를 제대로 유지하고 있는 타이탄은 단 한 대도 없었다. 심지어 청기사의 가장 가까운 곳에 위치했던 10여 대의 타이탄은 거의 몸체의 절반 이상이 파괴된 채 널브러져 있을 정도였다.

"휘유~ 대단하군."

다크는 청기사가 공간을 가르고 돌아가는 모습을 확인하지도 않고 재빨리 팔시온 일행이 기다리고 있는 곳을 향해 몸을 날렸다. 아무리 지쳤다고 해도, 이렇듯 위험한 곳에서 운기조식을 하는 것은 자살 행위라는 것을 잘 알기 때문이었다.

"어떻게 이럴 수가 있는가?"

급보를 받고 돌아온 로체스터 공작은 자신을 기다리고 있는 처절한 광경에 입을 다물 수 없었다. 단 한순간에 키에리라는 검호가 공들여 키웠고, 또 흑기사라는 막강한 타이탄들로 무장한 발렌시아드 기사단이 전멸을 당한 것이다. 그것도 적기사들로 이뤄진 제2근위대와 함께 말이다.

"생존자는 있느냐?"

"옛, 전하. 다섯 명이 생존했사옵니다."

"단 다섯 명인가? 누가 생존했느냐?"

"옛, 로젠 대공 전하와 까미유 후작, 그리고 제2근위대 소속의 오스카 경, 스칼 경, 그리고 발렌시아드 기사단의 메글리 경이옵니다, 전하. 지금 마법사들이 치료를 하고 있사오나 최소한 두 달은 정양을 해야 한다고 하옵니다."

부하의 보고에 로체스터 공작은 안도의 한숨을 내쉬었다. 로젠과 까미유가 살아남았다는 것이 그에게는 그나마 커다란 위안이 되었다.

"그런가?"

로체스터 공작은 그제야 주위를 쭉 둘러봤다. 황궁의 한쪽 귀퉁이가 완전히 박살이 나 있었다. 이것을 어떻게 단 한 명의 인간이 했다고 할 수 있겠는가? 로체스터 공작은 용병대장에게로 잠시 시선을 멈췄다. 용병대장 또한 이 엄청난 파괴의 현장을 보고 할 말을 잊은 듯했다.

"용병대장!"

"예, 전하."

"잠시 나 좀 보세."

"예."

부하들로부터 멀리 떨어진 후에야 로체스터 공작은 소리를 낮춰 얘기했다.

"무슨 기술인 것 같나?"

"글쎄……. 나도 생전 처음 보는 기술이야. 이런 기술이 있다는 말도 못 들어 봤어. 어떻게 수십 대의 타이탄을 한꺼번에 박살 낼 수가 있는지 이해할 수가 없군."

로체스터 공작은 힐끗 파괴의 현장을 다시금 바라본 후 입을 열었다.

"이로써 분명해졌군. 그녀가 있는 한 크라레스는 무적이라는 사실이 말이야. 이제부터는 무슨 일이 있더라도 근위 기사단을 밖으로 빼면 안 되겠군. 근위 기사단 전력을 그대로 보존해 놓고, 부하들만으로 크라레스의 뿌리부터 흔들어 놓는 수밖에 없어. 이번 기회에 크라레스를 멸망시키지 못한다면 나중에는 역으로 본국이 크라레스에게 먹히고 말 거야."

로체스터 공작은 확신에 찬 얼굴로 비장하게 말했다.

로체스터 공작이 크라레스를 무너뜨려야 한다고 다시금 다짐하고 있을 때, 다크는 일행들과 함께 멀찌감치 공간 이동하여 운기조식에 들어간 후였다. 그녀가 운기조식에서 깨어났을 때, 그녀를 걱정스런 표정으로 바라보고 있던 일행들의 얼굴은 활짝 펴졌다. 거의 모든 힘을 소진한 듯 하얗게 탈색된 얼굴로 돌아온 그녀가 아주 걱정스러웠던 것이다.

"이제 몸은 괜찮아?"

"어느 정도는……. 그건 그렇고 그동안에 아버지하고는 연락해 봤어?"

"응, 가스톤이 했지. 그런데……."

"그런데?"

"카슬레이 백작이 출발한 후 30분 이상이 흘렀는데도 아직 연락이 없다고 하시더군. 원래는 그 전에 보고가 올라와야 정상이거든."

"그게 언제야?"

"한 20분쯤 전이었던가?"

"젠장, 그럼 나를 불렀어야지."

"하지만 네가 그러고 있을 때는 주변에 다가가기가 겁난다구. 저걸 봐."

팔시온은 다크가 운기조식을 위해 앉아 있던 곳 주변에 서 있는 나무를 가리켰다. 나무에는 별로 이상이 없는 듯 보였지만, 다크가 앉아 있던 곳 주위에는 수많은 벌레들이 떨어져 있었다. 그리고 그것들은 한눈에 척 봐도 죽었다는 것을 알 수 있었다.

"네가 그러고 있을 때 주위에 있는 마나를 엄청난 기세로 흡수한다구. 아마 잘은 모르겠지만 저 나무도 하루만 지나도 나뭇잎이 다 떨어져 버릴걸? 전에도 그런 일이 있었잖아."

다크도 그 나무를 본 후 깨닫는 바가 있었다. 북명신공을 이용해서 있는 대로 기를 빨아들였으니, 주위의 생명체가 살아남을 수 없었던 것이다. 그렇기에 다크는 더 이상 그것을 문제 삼지 않고 다음 주제로 넘어갔다.

"그럼 어떻게 하지? 가스톤, 가스톤은 어디 있지? 미란으로 가야겠어. 가스톤에게 마법진을 그리라고 해."

"이미 그리고 있어. 네가 마나를 빨아들이는 바람에 여기서는 마법을 쓰기 어렵다고 멀찌감치 떨어져 저쪽에서 작업을 하고 있지."

팔시온의 말에 다크는 슬쩍 미소를 보냈다. 역시 오랜 시간 일해 왔던 동료들은 자신의 마음을 잘 알고 있었기 때문이다.

미네르바 전하의 특명

 이곳은 미란 국가 연합.

 6년 전 전쟁에서 코린트와 크루마 사이에서 일어난 대 전쟁의 소용돌이에 휘말려 그 전쟁터가 되었기에 미란의 피해는 막대했었다. 이제 그 악몽에서 서서히 벗어나려 하는데 갑자기 크루마가 대대적인 기습 공격을 가해 왔다.

 미란의 정규군은 보병 10개 사단, 기병 4개 여단, 2개 기사단 체계였다. 거기에 6년 전 전쟁 때 편성한 4개 용병 사단이 아직도 남아 있었다. 웬만한 다른 중소 국가들과 비교한다면 대단히 강력한 전력이라고 할 수 있었지만, 딴 것은 몰라도 미란의 기사단만은 상당한 문제가 있었다. 미란의 기사단은 6년 전의 전쟁에서 결정적인 타격을 입었다. 거의 90퍼센트에 가까운 타이탄이 파괴되었고, 전체 기사의 반 이상이 전사했다. 그야말로 미란 역사상 최악의 전쟁이었던 것이다.

하지만 그 이후로 6년이라는 평화로운 여유 시간이 있었기에 타이탄의 질과 양은 그전 수준으로, 아니 그 이상으로 갖출 수 있었다. 하지만 타이탄과 함께 움직일 수 있는 실력 있는 기사를 겨우 6년 동안 대량 생산한다는 것은 불가능했다. 타이탄이야 승전국의 대열에 들어갔기에 노획품이나 파괴된 타이탄을 수거하여 알카사스에 의뢰하여 재생산할 수 있었지만 이미 죽어 버린 기사들을 되살릴 길은 없었던 것이다. 그런 취약한 미란을 크루마의 근위 기사단을 선두로 해서 수많은 병력이 한꺼번에 밀어붙였으니, 미란의 군대가 그야말로 손쓸 여지도 없이 무너진 것은 당연한 결과였다.

크루마 제국이 미란을 집어삼키려고 한 이유는 6년 전 전쟁에서 획득한 쟉센 평원과 관계가 깊다. 새로운 점령지인 쟉센 평원과 크루마 본국 사이에 위치한 미란 국가 연합은 그야말로 크루마로서는 눈에 들어 있는 가시 같은 존재였던 것이다.

소수로 구성되어 있는 기사단의 경우 마법진을 이용해서 신속히 본토에서 쟉센 평원으로 이동이 가능했지만, 군대의 경우는 그게 힘들었다. 그렇기에 크루마의 군대가 대규모로 이동하려면 부득이 미란의 영토를 통과해야 하는데, 미란이 그걸 순순히 허락할 리가 없었다. 평상시라면 마법진을 이용해서 필요한 만큼의 병력을 수십 번에 나눠서 수송하면 되겠지만, 만약 전쟁이라도 벌어지면 대규모의 병력이 통과해야 하므로 미란의 처분만을 기다려야 하는 사태까지 몰리게 되는 것이었다.

그 때문에 크루마는 전쟁을 일으키자마자 그토록 갈구해 왔던 미란의 도로망부터 집어삼켰기에 쟉센 평원으로 향하는 도로망을 갖추고 있던 토란과 가므 왕국이 제일 먼저 함락되었다.

꿈에도 원하던 도로망을 손에 넣게 되자, 크루마의 군부에서는 이제 더 이상 바쁠 것이 없다는 듯 주력 부대를 그대로 쟉센 평원 쪽으로 이동시켜 버렸다. 이미 가므 왕국과 토란 왕국을 집어삼키는 대규모 전투에서 미란은 기사단의 70퍼센트를 상실한 상태였기에 남은 잔여 세력을 소탕하는 데에는 소규모 기사단만으로도 충분하다는 결론을 내렸던 것이다.

아름다운 호반 도시인 마로니카의 변두리 쪽에 미란 국가 연합의 의장인 지크프리트 데 가므 3세의 왕궁이 아름다운 자태를 뽐내며 서 있었다. 하지만 그곳은 오늘 아침에 있었던 격렬한 전투로 인해 군데군데 파괴되어 있었고, 여기저기에 파괴된 타이탄들과 시체들이 널려 있었다. 부상자들을 처리하기에도 바빴기에, 타이탄의 수거라든지 전사자의 매장(埋葬)에까지 신경 쓰기 힘들었던 것이다.

마로니카에는 현재 5개 연대(5천 명) 정도의 보병이 주둔하고 있었고, 다섯 명의 기사가 남아 있었다. 크루마의 주력 부대는 이미 쟉센 평원을 향해 출발한 후였고, 미란의 잔여 세력을 소탕하기 위한 부대들은 그들을 쫓아 남하(南下)하고 난 후였다.

그런데 마로니카의 왕궁 한쪽 귀퉁이에 마련되어 있는 영구이동 마법진이 한순간 밝게 빛나더니 거기에서 사람들이 튀어나오기 시작했다. 그 사람들은 미란 국가 연합의 주요 인물들이 국외로 탈출하는 것을 도와주라는 아르티어스로부터 명령을 받고 미란의 맹주인 가므 의장과 상의하기 위해 급히 도착한 치레아 기사단이었다.

하지만 치레아 기사단을 이끌고 도착한 카슬레이 백작은 마법진 주위에 배치된 병사들의 군복이 크루마의 것임을 한눈에 알아보고, 자신이 다크에게 완전히 속았다고 생각했다. 미란이 아직 점령당하지 않으니 가서 구출하라는 명령이었는데, 이미 크루마에게 점령당했다는 것을 직감적으로 알아챈 것이다.

"어서 오십시오! 사령관 각하를 만나 뵈려고 오셨습니까?"

급히 정신을 수습한 카슬레이 백작이 마법진 주위에 서 있던 세 명의 경비병들을 해치우려고 하는데 이미 저쪽에서 인사를 건네오고 있었다. 보통 마법진이 원활히 돌아가는 경우 높은 인물들이 그것을 통해서 이동해 오기에 주의를 기울이게 된다. 하지만 아직 여기저기에 죽어 나자빠져 있는 시체들을 치울 일손도 없는 판국에 여기에까지 신경을 쓸 수 없어서 하급 병사 몇 명을 마법진 주위에 배치해 둔 것이 카슬레이 백작 일행에게 행운을 안겨 주었다. 어쨌든 경비병들도 그 한순간의 인사로 인해 목숨을 건진 것이다.

카슬레이 백작은 검 쪽으로 가던 손을 황급히 들어 올려 슬쩍 흔들면서 얼버무렸다.

"어? 어……. 그래, 수고가 많구먼."

마법진 주위에 서 있던 크루마의 경비병들은 번쩍거리는 옷을 입고 있는 이 사람들이 본국에서 지원 나온 기사들인 줄 착각하고 는 최대한 사근사근하게 대했다. 그 번쩍거리는 옷에는 저마다 자신들의 신분을 드러내는 문장들이 그려져 있었지만 낮은 지위 의 경비병들은 그 수많은 문장이 뜻하는 바가 뭔지를 잘 몰랐기 때문이었다. 만약 이곳에 좀 더 높은 계급을 지닌 인물이 있었다 면 이들이 적이라는 것을 한눈에 알아봤을 것이다.

경비병들의 인사를 받으면서 카슬레이 백작은 주위를 쭉 둘러 봤다. 아직도 군데군데 시체들이 누워 있는 것이 보였다. 그것을 보면 이 일대가 점령된 지 얼마 지나지 않았다는 것을 알 수 있었 다. 하지만 그렇다고 이 복장을 하고 이 주위를 어슬렁거릴 수는 없었다. 다행히도 이 멍청한 경비병 녀석들은 자신들의 신분을 눈치 채지 못하고 있지만, 자신들을 알아볼 수 있는 놈이 언제 나 타날지 알 수 없기 때문이다.

"모두들 저쪽으로 가시지요. 사령관께서는 성안에 계십니다."

여기까지 말한 경비병은 동료에게 급히 말했다.

"한스, 자네는 윗분들이 오셨다고 대대장님께 통보하게."

카슬레이 백작은 부하들의 일부가 경비병이 달려가는 것을 보 고 흠칫하는 것을 눈짓으로 막았다. 그런 다음 시치미를 떼고는 경비병에게 슬쩍 질문을 던졌다. 어쨌든 상대는 이쪽의 정체를 모르는 듯했고, 그것을 이용해서 정보를 취득하는 것이 급선무라 고 생각했던 것이다.

"가므 의장은 잡았나?"

"옛, 죄송하지만 저는 그런 것은 잘 모릅니다요, 기사님. 대대장님이 오시면 물어보시지요? 아마 곧 오실 겁니다."

"아니, 대대장보다는 사령관에게 안내하게. 그쪽에 볼일이 있으니까."

"옛, 이리로 오시지요."

성실하게 자신들을 안내해 가는 경비병의 뒤에 따라 붙으면서 카슬레이 백작은 슬며시 질문했다. 주위를 쭉 둘러보니 시체들이 즐비하게 깔려 있었고, 심지어 파괴된 타이탄까지 두세 대가 눈에 띄었다. 이걸 보면 이것들을 치우고 회수할 인원이 모자란다는 말일 것이다. 사실 주위에 시체를 치운다고 들것을 들고 다니며 힘을 쓰는 인물들도 간혹 보이기는 했지만, 그 수는 그렇게 많지 않았다.

"전투는 언제 끝났나?"

"예, 약 30분 정도 전에 끝났습니다, 기사님."

"30분이라……. 미란이 패배했다고 하지만, 아직 잔당들이 많이 남아 있을 테니 고생이 많겠구먼."

"잔당이라고 할 것도 없습니다요. 놈들은 황급히 남쪽으로 철수했고, 여기 수비군을 남기고 모두들 놈들을 추격해 들어갔으니까요. 기사님들 대부분이 추격전에 가담하신 것을 보면, 미란도 이제 끝장 난 것이겠지요."

그 말에 카슬레이 백작의 눈동자가 묘하게 빛났다. 이 경비병들은 기사들이 아군인지 적군인지 구별할 줄도 모를 정도니까, 결코 높은 계급은 아닐 것이고 또 그렇다면 군대의 사정이 어떻게 돌아가는지 알 수도 없을 것이다. 하지만 그들도 그들 나름대로 보고 들은 것은 있을 것이 분명했다. 슬쩍 유도 심문을 하니까 경비병은 대략적으로 자신이 아는 바를 토해 냈다. 물론 이쪽에서 너무 노골적으로 물으면 수상하게 여길 테니 지나가는 듯한 말로 물었을 뿐이었기에 대략적인 대답밖에 듣지 못했지만, 그래도 현재의 상황을 파악하는 데 엄청난 도움이 된 것은 사실이었다. 크루마의 주력 부대가 여기에 없다면 안심하고 행동해도 상관없을 것이다. 만약 들키면 그때는 재빨리 튀면 될 것이고…….

"그런가? 오늘과 같은 대 승리를 거둔 것도 다 자네들 같은 하급 병사들이 열심히 해 줬기 때문이야. 아무리 기사단이 강하다고 해도, 병사들이 약하다면 힘들거든. 안 그런가?"

"그렇습죠, 기사님. 헤헤헤……."

카슬레이 백작이 슬쩍 띄워 주자, 병사는 상관에게 치하를 받아서 신이 났는지 입이 헤벌쭉 벌어졌다.

"내가 이곳에 미네르바 전하의 특명을 받고 온 것은, 미란에 불온한 움직임이 있다고 들었기 때문이야."

능청스레 말하는 카슬레이 백작에게서 '미네르바 전하의 특명'이라는 말이 나오자 병사는 바짝 긴장한 어조로 즉각 답했다.

"옛!"

"아무래도 미란의 동맹국인 크라레스가 움직이기 시작한 것 같다 이거지. 그래서 혹시나 하고 왔는데, 예상외로 잘 풀리고 있는 모양이로군. 하지만 녀석들이 언제 손을 써 올지 모르니까 경계를 늦추면 안 되겠지."

상관이 매우 긍정적인 어조로 말했기에 한껏 굳었던 병사의 표정은 조금 풀렸다.

"예, 전투가 끝난 후 사령관 각하의 모습을 한 번도 보지 못했는데, 아마도 그것 때문에 바쁘신 모양입지요. 그렇게 급하신 일이시라면 빨리 사령관 각하를 만나 뵈어야 하겠군요."

병사가 걸음을 점점 더 빨리 하고 있는데, 저쪽에서 한 장교가 뛰어오는 모습이 보였다. 외양은 병사들이나 마찬가지인 투박한 갑옷을 입고 있었지만, 갑옷에 작은 문장이 그려져 있었고, 대대장임을 뜻하는 표식이 붙어 있었다. 그것을 보고는 병사가 카슬레이 백작에게 보고했다.

"저기 대대장님이 오십니다."

"아, 그렇군."

이제 일은 급해지기 시작했다. 아직 거리가 좀 멀어서 대대장은 이쪽이 누군지 알아보지 못하고 있는 듯했다. 하지만 조금만 더 거리가 가까워져서 옷에 붙어 있는 문장을 알아보기만 한다면 산통은 다 깨질 것이다. 그 때문에 카슬레이 백작은 다급히, 하지만 자신의 그 초조함을 병사가 눈치 채지 못하도록 슬쩍 말했다.

"파시르, 자네는 부하 몇 명 데리고 대대장과 함께 이 근처 경비 상황을 점검하게나. 한시가 급하다."

카슬레이 백작이 한쪽 눈까지 찡긋 하며 말했기에, 오랜 세월 용병 생활로 잔뼈가 굵은 파시르가 그 속뜻을 알아채지 못할 리가 없었다. 그는 "옛!" 하고 대답함과 동시에 몸을 날렸다. 기사들의 속도는 엄청나게 빨랐기에, 그가 대대장에게 도착한 것은 거의 순식간이었다.

대대장은 갑자기 튀어나온 크라레스의 기사를 보고 기겁을 한 모양이지만, 파시르는 살짝 상대의 목에다가 다정스레 팔을 거는 척하면서 목뼈 안쪽에 숨어 있는 숨골을 지그시 압박했다. 대대장은 저항도 하지 못하고 순식간에 저세상으로 떠나 버렸다. 정말 대단한 살인 기술이었다. 파시르는 일부러 호들갑스럽게 이미 시체가 되어 버린 대대장에게 말을 걸며 그 대대장을 그야말로 물건 들듯이 양쪽 어깨를 잡아들고 쏜살과 같이 사라져 버렸다. 하지만 남은 크루마의 병사들은 그 기사가 빨리 주위를 둘러보기 위해 걸음이 느린 대대장을 도와준 줄 알았을 것이다. 자신들의 대대장이 이미 시체가 되었다는 사실도 모르고…….

가므의 국왕을 구출하는 것도 중요하긴 했지만, 여기에 남아 있는 적의 기사들이 몇 명인가 확인하는 것도 중요했다. 잘못하면 그들과 정면충돌을 벌일 수도 있기에, 카슬레이 백작은 조급해지려는 마음을 억눌렀다. 여기에 자신들이 침입한 것이 밝혀진다고 하더라도, 몇 명 남아 있지 않은 적의 기사들은 충분히 해치울 자신이 있었다. 하지만 기사가 있다면 반드시 주위에 마법사도 있는 법. 마법사들이 사방에 퍼져 있는 적의 주력 부대를 불러들이면 일이 아주 복잡해질 수 있었다.
카슬레이 백작은 슬쩍 걸음을 늦춰 뒤로 쳐지면서 뒤에서 따라오는 부하에게 낮은 어조로 속삭였다.
"건물에 들어가면 행동을 개시한다. 준비하도록!"
카슬레이 백작의 명령은 뒤따라오는 10여 명의 부하들에게 신속하게 전달되었다. 카슬레이 백작은 왕궁 안에는 보나마나 고급 장교들이 있을 것이 분명하기에, 그 안에 들어가기만 하면 정체가 발각되는 것은 시간문제라고 생각했다. 그렇기에 건물에 들어가는 그 순간 행동을 개시해야만 했다.

카슬레이 백작 일행이 건물 안으로 돌격해 들어간 지 20분쯤 흘렀을까? 그들이 처음 모습을 드러냈던 왕궁 한쪽에 구축되어 있는 그 영구 마법진은 이제 두 번째 손님을 맞이하고 있었다. 영구 마법진 위로 수많은 사람들이 밝은 빛과 함께 새롭게 모습을 드러냈던 것이다. 그들은 처음 이곳에 모습을 드러냈던 치레아 기사들처럼 화려한 복장을 하고 있었는데, 그들의 어깨 쪽에는 쌍두의 그린 드래곤이 새겨진 문장이 붙어 있었다.

새로 나타난 인물들 중 두 명에게는 특이한 문장이 하나씩 붙어 있었다. 바로 드래곤 슬레이어의 문장. 전 세계를 뒤져 봐도 드래곤을 죽였다는 인물은 거의 없었다. 그런 만큼 그들의 실력은 거의 보장되어 있는 것이나 다름없었다. 그리고 그들의 실력을 크루마도 인정한다는 듯 그들의 갑옷 위에는 하얀 유니콘의 문장도 함께 붙어 있었다.

그 둘 중의 한 명이 조용한 주위를 둘러보며 말했다. 먼저 입을 연 사람은 늘씬한 여기사(女騎士)였다.

"조용한데? 스펜, 여기가 아닌 것 아니야?"

"글쎄······. 여기가 아니라면 토란 왕국이겠지. 그쪽에는 워렌과 아더가 갔으니까 잡을 수 있을 거야. 그렇지 않고, 아직 점령하지 못한 판 왕국으로 갔다면 어쩔 수 없지. 알!"

스펜의 뒤쪽에 서 있는 기사들 중 한 명이 즉시 대답을 했다.
"옛!"
"자네는 먼저 가서 살펴봐라. 혹시 아무런 이상이 없다면 여기 사령관보고 나 좀 보자고 전해. 정보가 정확하다면, 놈들은 가므의 요인들을 구출하기 위해 이쪽으로 올 가능성이 크다. 그에 대한 대비를 해야지."
"알겠습니다."
알이 왕궁을 향해 달려간 후 스펜은 샤트란을 향해 시선을 돌렸다.
"일단은 왕궁 근처를 경계하는 것이 순서겠지?"
"당연하지."
"에드먼드."
"옛."
"자네는 부하들을 궁 주위에 매복시켜라. 놈들이 언제 나타날지 모른다, 서둘러라."
"옛!"
에드먼드가 기사들을 이리저리 배치시키고 있을 때, 왕궁을 향해 달려갔던 알이 헐레벌떡 돌아오며 다급하게 외쳤다.
"적입니다. 이미 놈들이 와 있습니다. 안은 시체투성이라구욧!"
"뭣? 이거 일이 아주 재미있게 돌아가네. 정보가 아주 정확한 것 같아. 그건 그렇고 놈들은 벌써 도망쳤을까?"
"그거야 가 보면 알겠지."
스펜은 시선을 저쪽에서 인원을 움직이고 있는 에드먼드 쪽으로 돌렸다.

"에드먼드!"

"옛!"

"실력 있는 녀석으로 20명 정도 차출해라. 궁 안으로 돌입하겠다. 그리고 남은 대원들은 왕궁을 포위해, 쥐새끼 한 마리 빠져나가지 못하도록 막아라."

"알겠습니다."

일단 에드먼드에게 대비 태세를 유지시킨 후 스펜은 샤트란에게 말했다.

"너는 밖을 맡아. 내가 들어갈 테니까."

"훗! 정보에 의하면 이리로 온 것은 치레아 기사단이야. 드라쿤이라는 카프록시아급의 변형 20대밖에 되지 않아. 밖에 남아 있으면 어디 내 몫이나 있겠어?"

샤트란은 스펜의 말은 들은 척도 하지 않고 왕궁 안으로 걸어갔다. 그리고 스펜은 서둘러서 부하들을 인솔하여 그 뒤를 쫓았다. 왕궁 안에 들어서자 자극적인 피 냄새가 코를 찔렀다. 건물 안에는 먼저 정찰 갔던 알이 발견한 적나라한 적의 침입 흔적이 남아 있었다. 여기저기에 크루마군의 복장을 한 시체들이 널려 있었던 것이다. 샤트란은 시체에 나 있는 검상을 유심히 살펴본 후 말했다.

"역시 정보대로 기사들이 침입한 게 분명하군. 조심해야겠는데?"

"역시 정석대로 나가는 것이 좋겠지. 녀석들의 목표는 아마도 요인들의 구출일 거야. 그러니 지하 감옥을 뒤지는 것이 우선이겠지."

"나도 그렇게 생각해."

"좋아, 알!"

"옛!"

"자네가 앞장서라. 놈들은 실력 있는 기사들이다, 각별히 조심해라."

"염려 마십시오."

"그리고 나머지는 알의 뒤를 따른다. 모두들 타이탄을 꺼내라."

"저 대장님, 여기서 타이탄 전투를 하실 생각이십니까?"

"당연하지. 놈들도 기사들이니 아마 타이탄이 있을지도 모른다. 그런 상태에서 맨몸으로 들어갔다가는 죽음뿐이야. 자, 걸리적거리는 것은 몽땅 다 부숴도 상관없으니 타이탄을 꺼내!"

"알겠습니다."

크루마의 지원군이 도착했을 때, 카슬레이 백작은 부하들과 함께 왕궁의 지하 감옥에 있었다. 강력한 적의 도착을 알지 못한 채, 카슬레이 백작은 감옥에 수감되어 있는 죄수들을 풀어 주는 데 전력을 기울이고 있었다. 하지만 그는 곧 한 가지 난감한 문제점에 봉착하게 되었다.

"젠장, 이게 무슨 꼴이란 말이냐? 완전히 뒷북 친 격이로군······."

감옥 곳곳에 수감되어 있던 가므 왕국의 요인들을 구출했지만,

그들 중에서 가므 국왕은 찾을 수 없었던 것이다. 가므 국왕은 체포된 후 곧장 크루마의 수도인 엘프리안시로 끌려갔기 때문이었다.

가므 국왕이 미란 국가 연합의 의장이라는 직책을 가지고 있었지만, 사실상 각 국가들은 개별적으로 움직였다. 그렇기에 그의 이용 가치는 그렇게 높지 않은 것 또한 사실이었지만, 그래도 의장은 의장이었다. 일단 가므 의장을 세뇌를 하든지 협박을 하든지 해서 허수아비로 만들어 놓으면 남은 미란의 저항 세력을 잠재우는 데 상당한 도움이 될 것이 확실했기에 서둘러 엘프리안으로 끌고 간 것이다.

"글쎄 말입니다. 설마, 곧장 엘프리안으로 끌고 갈 거라고는 생각도 못 했습니다. 사실 가므 왕국이 이렇듯 손쉽게 무너질 거라고도 생각 못 했으니까요. 이제 어떻게 하시겠습니까? 가므 의장의 구출도 중요하지만 겨우 치레아 기사단만으로 엘프리안에 잠입해 들어간다는 것은 자살 행위입니다."

카슬레이 백작은 난감한 표정으로 이리저리 머리를 굴리더니 이윽고 결심한 듯 외쳤다.

"일단은 여기서 구출한 요인들과 의장의 가족들을 안전한 장소로 옮겨 놓는 것이 우선이다. 나머지 일은 그다음에 생각하기로 하자."

"알겠습니다."

"마법진을 완성하려면 아직도 멀었나?"

카슬레이 백작의 물음에 저쪽에서 마법진들을 만들고 있던 마법사들 중의 한 명이 대답했다.

"적어도 15분은 더 필요합니다."

"좋아, 언제 놈들이 몰려올지 모르니까 최대한 서둘러 주게."

"예."

이때 위쪽에서 망을 보고 있던 기사 한 명이 헐레벌떡 달려 내려왔다.

"적의 지원군이 도착했습니다."

기사의 말에 카슬레이 백작은 놀랄 수밖에 없었다. 자기 딴에는 완벽한 기습 작전이라고 생각하고 있었는데, 어떻게 적의 지원군이 이토록 빨리 올 수 있었는지 도대체 상상할 수가 없었기 때문이다.

"뭣! 이건 너무 빠르군. 설마, 그 와중에 도망친 놈이 있다는 말인가? 그래, 적의 수는?"

"예, 마법진으로 60여 명이 도착했습니다. 그 녀석들이 지금 곧장 이쪽으로 오고 있습니다."

"이리로 온다고? 그렇다면 뭔가 알고 오는 것이겠지. 설혹 이게 우연이라고 하더라도, 건물 안으로 들어서기만 하면 널려 있는 시체들을 보고 무슨 일이 벌어졌는지 곧 눈치 챌 거다. 이걸 어떻게 한다?"

"시체들을 좀 치울까요?"

"사방에서 피비린내가 진동을 하는데 겨우 시체 몇 구 따위를 치워서 뭣 하려고. 일단 기사들은 나를 따르라. 혹시 놈들의 대비 태세가 별로 좋지 못하다면 우리 쪽에 기회가 있을지도 모르지."

"옛!"

카슬레이 백작은 처음에 적들이 아무 생각 없이 이쪽으로 떼 지어 이동해 온다면, 건물 부근에서부터 기습을 가해 승리를 거둘 수 있을 거라고 생각했다. 거의 배 이상이나 되는 적이기는 하지만, 기습에는 어쩔 수 없을 것이기 때문이다. 하지만 이번에도 카슬레이 백작의 기대를 무참히 짓밟고야 말았다.

카슬레이 백작 일행이 위로 올라왔을 때, 이미 적의 기사가 정찰을 한 후였고, 적들은 벌써 본격적인 움직임을 보이기 시작하고 있었다. 40여 명 정도의 기사들이 왕궁을 향해 포위망을 완벽하게 형성한 후 남은 인원이 왕궁을 향해 조심스럽게 접근해 오고 있었던 것이다.

카슬레이 백작은 이쪽으로 접근해 오는 적들의 숫자를 보며 뭔가 찜찜한 기분을 느꼈다. 22명. 정확히 22명이었다. 포위망을 형성한 인원과 안으로 치고 들어오는 인원 비율이야 쳐들어오는 녀석들 마음이겠지만, 치레아 기사단의 정원수와 비슷한 22명이라는 인원은 뭔가 묘한 일치감이 있다고 느꼈던 것이다.

'놈들은 우리가 치레아 기사단이라는 것을 알고 있다는 말일까? 아니야, 그것은 너무 비약적인 상상이야. 아마도 녀석들은 우리들이 미란의 기사단이라고 판단한 것이겠지.'

속에 들어 있는 적의 숫자와 대충 맞춰서 싸우는 것은 타이탄 전투의 승패를 좌우하는 철칙이었다. 승리하고 싶다면 적보다 한 대라도 많은 타이탄을 동원해야만 하는 것이다. 그런 와중에 놈들은 나머지는 밖에 놔두고 20여 대만을 끌고 들어왔다. 그게 치레아 기사단의 정족수와 같았기에 약간 찝찝했던 것이다. 하지만 미란의 중앙 기사단도 전대급이 20대였기에 카슬레이 백작은 고개를 슬쩍 흔들면서 불안감을 털어 내 버리려고 했다.

"좋은 방향으로 생각하자. 이봐, 모두들 철수시켜. 퇴각하기 좋도록 지하로 내려가는 계단 부근에서 격투를 벌이는 것이 좋겠다."

"알겠습니다."

치레아 대공의 문장

　제일 앞에서 여기저기를 기웃거리며 조심스럽게 나가는 기사. 그리고 그 기사의 뒤로 거의 20여 대의 타이탄이 약간 떨어진 상태로 따라가고 있다. 시야가 탁 트인 넓은 들판이라면 구태여 이런 방식을 취하지 않겠지만, 여기는 왕궁 안이었다. 위엄을 보이기 위해 최대한 넓게 복도를 설계해 뒀지만, 아무리 그래도 타이탄 세 대가 딱 가로막으면 거의 빈틈이 없었다.
　그리고 복도에 이어져 있는 작은 방들은 벽을 조금 허물지 않는다면 거대한 타이탄이 들어갈 수도 없었다. 거기에다가 가장 큰 문제점은 타이탄에 탑승한 기사들의 경우 좁은 창틈으로만 밖을 보기에 시야가 아주 좁아진다는 최대의 문제점을 안고 있었다. 그 때문에 이런 복잡한 곳에서 타이탄 전투를 하는 멍충이들은 거의 없었지만, 상대가 타이탄을 쓸 가능성이 있는 이상 이쪽도 대비를 하지 않을 수 없었다. 그 때문에 앞에 기사가 슬그머니 돌아다니며 정찰을 하고, 그 뒤를 타이탄들이 어기적거리며 따라가고 있는 것이다.

적이 어디에 숨어 있는지 알 수 없었기에, 전진 속도는 대단히 조심스러우면서도 느렸다. 상당한 시간이 지났는데도 적이 나타나지 않자 저마다 나지막이 투덜대면서, 샤트란 일행은 지하로 연결된 계단에 거의 접근해 있었다. 지하 감옥으로 들어가는 통로는 언제나 하나뿐이다. 도주나 침입을 막기에 그편이 훨씬 좋기 때문이었다. 그런데 이렇게 먼 거리를 이동해 왔음에도 적들이 모습을 드러내지 않고 있었다.

"벌써 탈출해 버린 것 아니야?"

샤트란이 나지막이 투덜거리고 있을 때, 알이 복도를 가로막고 있는 문에 접근해서 뒤쪽에서 들리는 기척을 확인한 후 살짝 문을 열기 시작했다. 문 뒤에 누군가 숨어 있는지 슬쩍 살펴보기 위해서였다. 하지만 문이 약간 움직이기 시작했을 때, 갑자기 문을 관통하고 거대한 검이 튀어나왔다. 그 검은 문을 일(一) 자로 훑고 지나갔고, 문에 바짝 붙어서 살며시 열고 있었던 알의 몸통은 피를 뿜으며 아래위로 분리되어 나뒹굴었다.

"적이닷!"

이제 누구도 사방에 막힌 벽 따위는 신경 쓰지도 않았다. 쌍방은 서로를 확인하는 그 순간 벽을 허물고, 걸리적거리는 것을 박살 내며 무조건 검과 방패를 휘두르기 시작했다. 거대한 검과 검이 부딪치고, 검과 방패, 방패와 방패가 부딪치며 불꽃과 함께 굉음을 토해 냈다.

　이렇듯 왕궁 내에서 쌍방이 본격적인 대결을 시작했을 때, 왕궁의 외곽에 마련되어 있는 영구 이동 마법진은 이제 세 번째의 손님을 맞이하고 있었다. 번쩍하고 섬광이 약하게 빛나는 그 순간, 다섯 명으로 이뤄진 단출한 손님들이 도착했다.
　"어라? 저것들은 또 뭐야?"
　거대한 타이탄들이 여기저기에서 왕궁을 향해 서 있는 모습을 보고 다크가 말했다. 보통 기사들이라면 자신의 목숨이 왔다 갔다 하는 문제이기에 타국 타이탄들의 성능과 모습, 그리고 문장 등등을 열심히 외운다. 하지만 다크는 그런 것 따위를 외울 생각도 안 했기에 한 질문이었다. 그녀는 왕궁을 향해 왜 타이탄들이 늘어서 있는지 그것이 궁금할 뿐이었던 것이다.
　하지만 그녀의 동료들의 반응은 달랐다. 그들은 저 타이탄의 종류가 뭐고, 또 그 성능이 어떤지 잘 알고 있었던 것이다.
　"크, 크루마의 타이탄이야. 역시 벌써 미란은 점령당했어."
　경악하는 동료들과 달리 다크는 여유롭게 주위를 빙 둘러보며 투덜거렸다.
　"치레아 기사단은 어디 있지? 이리로 보냈다고 했잖아."
　"글쎄……. 보이지 않는데? 나는 여기서 한판 하고 있을 줄 알았는데, 이제 어쩔 거야?"
　이렇게 대화를 주고받는 사이, 저쪽에서 뭔가를 하고 있던 크루마의 마법사와 팔시온의 시선이 딱 마주치고 말았다. 마법사는 또다시 적들이 나타났다는 것을 알고는 재빨리 소리 높여 외쳤다.
"적이다! 저쪽 마법진 쪽이얏!"
그제야 마법사의 주위에 서 있던 세 대의 타이탄들이 허리를 뒤로 돌렸다. 현재 왕궁 안에서 격전이 벌어지고 있었기에, 타이탄들은 모두들 건물 안에서 적이 도망쳐 나오기를 기다리고 있었다. 그 때문에 그들은 뒤를 보지 못하고 있었던 것이다.
"젠장! 타이탄을 불러!"
팔시온의 등 뒤에서 금색의 타이탄이 모습을 드러내기 시작했다. 하지만 이미 이쪽을 알아본 적들은 이쪽에서 타이탄에 탑승할 기회를 줄 리가 없었다. 그들은 엄청난 먼지를 일으키며 다크 일행이 있는 곳으로 달려들었다. 상황을 지켜보고 있던 다크는 적의 움직임을 보고, 지금 타이탄을 꺼내는 것은 너무 늦다는 것을 알아챘다. 그녀는 자신의 타이탄을 불러내는 것을 포기하고, 저쪽에서 달려드는 적의 타이탄들을 향해 정면으로 돌진해 들어간 후 그중 한 대를 향해 높이 몸을 날렸다. 자그마한 그녀의 신체는 놀랄 만큼 높은 점프력을 보이며 공중으로 솟아올랐다.
웬 계집애 하나가 날아오는(?) 것을 보고 선두에서 달려오던 타이탄이 그녀를 향해 방패를 후려쳤다. 하늘 위로 몸을 날린 이상 더 이상 궤도 수정이 불가능할 것이기에 이것은 아주 적절한 공격인 듯 보였다. 하지만 그 타이탄의 육중한 방패는 공기를 가르는 엄청난 소리만을 냈을 뿐, 다크의 털끝 하나도 건드리지 못했다.

다크는 상대가 방패를 휘두르는 그 순간 재빨리 사태를 파악하고 발 밑쪽을 향해 장풍을 쏘았다. 자그마한 그녀의 몸은 밑으로 뿜어져 나가는 장풍의 반동에 의해 그 궤적이 변화했던 것이다. 그녀의 몸은 이제 처음보다 훨씬 더 높은 위치로 올라섰다. 그리고 그 순간 그녀의 황금빛 검이 빛나며 엄청난 푸른 빛줄기가 타이탄의 머리 쪽을 향해 작렬했고, 엄청난 굉음과 함께 빛과 연기가 뿜어 나왔다.

하지만 그것뿐, 옅은 연기가 걷혔을 때 드러난 타이탄의 피해는 그렇게 커 보이지 않았다. 원체 철갑이 두꺼워서 그런지 철판 위쪽이 움푹 파여 나가고 페인트들이 폭넓게 벗겨져 나갔을 뿐, 구멍이 뚫리지는 않았다. 하지만 상대의 생각을 바꾸기에는 충분한 공격이었는지, 타이탄은 주춤주춤 물러서며 방어 자세를 갖추기 시작했다.

바로 그때 다크는 장풍을 하늘 위로 쏘아 올리며 그 반동을 이용해 재빠르게 땅에 착지했다. 그리고 검을 땅에 박아 넣으며 대지의 기운을 폭주시켰다. 그녀로서는 오늘만 두 번째로 쓰는 최강의 기술이었다. 이곳에 오기 전 그녀는 거의 대부분의 마나를 보충할 수 있었기에 그 위력은 변함없이 파괴적이었다.

쿠콰콰콰콰…….

그 순간 거대한 폭발이 일어났다. 그리고 그것이 방패가 되어 세 대의 타이탄들은 뒤로 주춤거리면서 물러났다. 치솟아 오른 흙더미와 먼지로 앞이 하나도 안 보였기 때문에 취한 행동이었다. 하지만 그들의 기다림은 길게 이어지지 않았다. 다크가 시간을 끄는 동안 타이탄에 탑승하는 데 성공한 팔시온, 미디아 그리고 미카엘이 황금빛 찬란한 타이탄들을 이끌고 그 폭풍을 뚫고 공격해 들어왔기 때문이다.

이동 마법진이 있는 곳을 기준으로 근방에서 합계 여섯 대의 타이탄들이 어우러져서 격전을 벌이기 시작하자, 그 소리를 듣고 왕궁을 포위하고 있던 타이탄들이 모여들기 시작했다. 처음에는 얼핏 보아 몇 대 되지 않았지만, 왕궁 뒤쪽에 가 있던 타이탄들까지 무슨 일인가 하고 몰려와 그 수가 30여 대에 달했다.

사방에서 모여 드는 타이탄들은 과거 크루마의 근위 타이탄이었던 에프리온들이었다. 에프리온은 전투 중량이 1백 톤 정도로서 드라쿤과 비슷했지만 출력은 월등하게 높았다. 적 타이탄의 성능이 어떤지 이미 교육을 받아서 알고 있었던 팔시온 등은 그것들이 정확히 28대나 모여들기 시작했기에 기가 죽을 수밖에 없었다.

"젠장! 엄청나게도 모여 있었군."

하지만 적들은 이쪽에 나타난 타이탄들이 드라쿤 세 대인 것을 알고는 두 대를 제외하고는 모두 다시 제자리로 돌아가기 시작했다. 이곳에 있는 적들을 처리하는 데는 그 정도로만으로도 충분하다고 생각했던 것이다. 어떻게 튀어나왔는지 모르지만, 여기서 드라쿤 세 대가 분탕질을 일으키는 동안 다른 적들은 비어 있는 딴 곳으로 도망간다는 작전일 가능성도 있기에 취해진 조치였다.

바로 이때, 아직도 자욱하게 솟아올랐던 먼지를 헤치며 또 다른 거대한 타이탄이 모습을 드러냈다. 오늘 벌써 세 번이나 모습을 드러낸 청기사 안드로메다로서는 아주 바쁜 하루임에 틀림없었다. 군데군데 페인트칠이 찢겨지듯 벗겨져 있었지만, 청기사라는 사실을 알아보기는 어렵지 않았다. 그 짙푸른 색의 위압적인 생김새를 알고 있는 녀석들이 있는지 군데군데에서 경악스러운 외침이 터져 나왔다.

"청기사다!"

"빨리 가서 대장에게 보고해라. 저 문장… 치레아 대공의 문장이다. 어떻게 해야 할지 보고하란 말이다."

분명히 적들은 술렁거리고 있었다. 크루마의 기사들 중에서 6년 전 전쟁 때 중앙 집단에서 싸웠던 사람들은 청기사를 타고서 키에리를 해치운 영웅이 누군지를 알고 있었다. 그들은 뒤로 주춤주춤 물러서며 대형을 정비했다. 그리고 사방으로 흩어지던 타이탄들도 한 곳으로 뭉쳐서 진형을 짜려고 움직이고 있었다. 하지만 적들이 진형을 완전히 갖추기를 기다리고 앉아 있을 다크가 아니었다. 청기사는 그녀의 충실한 종인 듯 그녀의 생각대로 곧장 적들을 향해 돌진해 들어갔다.

수색하던 기사를 베는 것으로 불붙은 왕궁 내 전투는 이제 최고조를 달리고 있었다. 밑을 받치던 기둥이 무너지면서 위층이 아래로 무너져 내리건 말건 그들은 사력을 다해서 치고받고 있었다. 상호 간의 타이탄 전투 중량은 비슷했다. 크루마 쪽의 엑스시온 출력이 0.4 정도 높았지만, 크라레스 쪽은 기사들의 실력이 뛰어났기에 그 정도의 격차는 충분히 메울 수 있었다.

하지만 그것도 적이 에프리온일 때 해당되는 말이었다. 크루마 기사단을 지휘하는 킬러 마크가 붙어 있는 두 대의 거대한 안티고네들. 드래곤 슬레이어인 만큼 기사의 실력도 괜찮은 편이었지만 드라쿤에 비해 10톤은 더나가는 덩치와 월등한 출력을 자랑하고 있었다.

그것 때문에 안티고네들을 상대하고 있는 것은 가장 검술 실력이 뛰어난 카슬레이 백작과 파시르였다. 카슬레이 백작은 원체 뛰어난 실력자였기에 어느 정도 버티고 있었지만, 파시르는 뒤로 밀리고 있었다. 그것을 본 카슬레이 백작이 자신의 적을 밀어붙이고는 파시르를 지원하기 위해 2대 1로 싸우고 있었다. 그리고 카슬레이 백작의 공백을 다른 기사들이 메우며 수적으로 열세한 대결을 벌이자니, 전투는 쉽사리 끝나지 않고 있었다.

카슬레이 백작은 점점 초조해지기 시작했다. 왕궁 밖에는 더 많은 적들이 포진하고 있었다. 밖에 있던 적들 중 다만 다섯 대라도 이쪽을 돕기 위해 합류한다면 박살 날 수밖에 없는 상황이었다. 지금도 간신히 균형을 유지하고 있는 상황이었기 때문이다. 그렇기에 시간은 흐르고 흘러 이제 후퇴해야 할 때가 지나가고 있었다. 하지만 이런 상황에서 적을 뒤로하고 후퇴할 수는 없었다. 적들이 이쪽을 순순히 놔 줄 리가 만무하기 때문이다.

더군다나 뒤로 그냥 내뺀다고 모든 게 해결되는 것이 아니었다. 지하로 이어져 있는 계단을 내려가야만 하는 것이다. 지하로 내려가는 계단은 타이탄이 지나갈 만큼 넓지 못했다. 그렇다면 탈출하는 사람은 타이탄을 버리고 지하로 내려가야 한다. 그렇다면 남은 타이탄은 적들의 아주 좋은 먹잇감이 될 것이다. 공간 저편으로 사라지는 데도 조금은 시간이 필요하기에. 그 때문에 그들은 시간이 다 되었는데도 이러지도 저러지도 못하고 격전을 계속하고 있었다.

이때 복도를 가로질러 맹렬하게 뛰어오는 적 타이탄이 카슬레이 백작의 눈에 보였다. 자신들만으로 쉽게 제압하기 힘들자 추가로 지원군을 부른 것이 확실했다. 서서히 카슬레이 백작의 눈에 절망감이 어리기 시작했다. 저 두 대의 안티고네만 아니라면 어떻게든 적들을 밀어붙이고 튈 수 있을 것 같은데, 안티고네를 몰고 있는 녀석들의 실력은 보통이 아니었다.

"밖에 큰일이 났습니다. 강적이 나타났다구요, 대장."

그 기사의 말은 카슬레이 백작 일행에게 있어서 정말 천사의 구원의 음성과도 같이 들렸다. 그 말 한마디에 안티고네의 움직임이 약간 둔해진 것으로 보아, 적의 대장도 당황하는 듯했다. 적에게 안 좋은 일이라면, 어쩌면 이것이 기회일지도 모른다고 카슬레이 백작은 생각했다.

"뭐라고? 젠장! 적의 응원군인가?"

스펜의 물음에, 달려온 기사는 다급하게 말하려니 상대의 이름이 잘 생각나지 않는지 생각나는 대로 풀어서 설명했다.

"옛, 미네르바 전하께서 누차 말씀하시던 그녀가 부하들과 함께 나타났습니다. 빨리 지시를 내려 주십시오."

미네르바 전하가 누차 말하던 그녀……. 적으로서 전장에서 만나면 절대로 상대하지 말라던 다크 폰 치레아 대공을 말하는 것이

치레아 대공의 문장 151

었다. 그린 드래곤을 포획하던 작전 때 입은 상처를 치유하기 위해 휴양하던 와중에 전쟁이 터졌기에, 스펜은 그 사실을 뒤늦게 말로만 전해들을 수밖에 없었다. 그 후 크라레스 황자가 결혼식을 올리는 것을 저지하기 위해 미란에 파견되었을 때 멀리서 그녀의 모습을 본 적이 있었다. 그녀는 여자라고 믿기 힘든 우락부락한 근육질을 가진 검호였다. 그리고 그 근육에서 나오는 거대한 힘은 키에리에게 사망에 이르는 상처를 안겨 줬다고 하지 않던가?

스펜은 그 사실이 머릿속에 떠오르자 상대방 타이탄을 힘껏 밀어붙이기 시작했다. 적을 떼어 내고 이 격전지에서 이탈하기 위해서였다. 하지만 지금까지 스펜을 상대하고 있던 노련한 카슬레이 백작은 스펜의 뜻대로 움직여 주지 않았다. 카슬레이 백작도 적들이 나누는 말을 들었고, 그러니 당연히 스펜을 붙잡고 늘어진 것이다. 그러자 자신의 초조함을 대변하는 듯 스펜의 검은 어지러워지기 시작했다. 빨리 몸을 빼내야겠는데 뜻대로 되지 않으니 마음만 앞섰고, 그러다 보니 타이탄과의 동조가 잘 맞지 않기 시작한 것이다. 그런 스펜을 향해 카슬레이 백작은 정말 얄밉도록 완벽하게 응수를 해 왔다. 검을 이용해서 그의 공격을 교묘하게 흘려버리고, 또 방패로 가로막으면서 오히려 더 적극적으로 스펜을 물고 늘어지기 시작했던 것이다.

이때 스펜의 시야에는 옆에서 싸우고 있던 샤트란이 자신의 상대들을 밀어내고는 뒤로 반전하여 달려가는 모습이 보였다.

"뒤를 부탁해!"

샤트란의 가녀린 목소리가 스펜의 귀에 들려왔다. 어쨌든 둘 중 한 명은 이 난장판에서 이탈해서 외부에 있는 부하들을 지휘할 수 있게 된 것이다. 스펜은 일단 정신을 수습하고 상대의 공격을 방어하는 것에 온 정신을 집중하기 시작했다. 그에 따라 스펜의 타이탄도 점차 안정적인 움직임을 보이기 시작했다.

스펜의 타이탄이 슬슬 안정 상태를 찾아가고 있었지만, 전세는 서서히 뒤집히기 시작했다. 샤트란이 빠지고 나니까 샤트란이 상대하고 있던 크라레스 타이탄 둘이 여유를 가지게 된 것이다. 그들은 곧장 한 대씩 적을 골라서 달려들었다. 이제 바야흐로 숫자도 일대일로 딱 맞아 떨어졌기에 크라레스의 기사들은 용기백배하기 시작했다.

모두들 힘을 내어 자신이 맡은 타이탄과 격전을 벌이기 시작하자, 전세는 금세 크루마 쪽이 불리하게 돌아가기 시작했다. 크라레스의 기사들은 여태껏 숫자와 성능에서 밀리고 있었지만, 치레아 대공으로부터 직접 검술을 사사받은 최고의 정예들이었다. 몇 분간 팽팽한 대결이 펼쳐졌지만, 이윽고 한 대의 에프리온이 파괴되는 것을 시작으로 사방에서 에프리온들이 쓰러지기 시작했다. 그것을 보고 스펜은 완전히 일이 글러 버렸다고 판단했다. 그리고 그는 더 이상 생각할 것도 없다는 듯 외쳤다.

"후퇴하라!"

무자비한 종교 재판

"저, 저럴 수가······."

왕궁 밖으로 나선 샤트란이 본 것은 미친 듯이 전장을 누비는 거대한 청색 타이탄이었다. 거대한 타이탄이 불타는 듯 타오르는 검을 휘두를 때마다 에프리온들이 파괴되어 뒹굴고 있었다. 실력 자체에서 상대가 되지 않았던 것이다.

"후퇴햇!"

샤트란은 최대한 빨리 그곳으로 달려 들어갔지만, 그사이에도 벌써 두 대의 타이탄이 파괴되었다. 정말이지 무서운 상대였다.

"모두 후퇴해랏! 도망쳐! 빨릿!"

그녀 자신이 앞장서서 전장을 이탈하기 시작했다. 그 거대한 타이탄을 따르는 세 대의 타이탄들과 싸우던 에프리온들도 대장의 명령에 따라 반전을 시도했다. 하지만 적을 떨쳐 낼 수 있었던 것은 단 한 대뿐이었다. 다른 에프리온들도 자신이 낼 수 있는 최대한의 속도로 이탈을 시도했지만, 청색의 타이탄은 그 커다란 덩치에도 불구하고 놀라운 속도로 움직이며 뒤에서부터 사냥을 멈추지 않고 있었다.

"모두들 흩어져라!"

에프리온들은 대장의 명령에 따라 모두들 뿔뿔이 흩어져서 도망치기 시작했다. 그래야만 조금이라도 살아남을 가능성이 있었다. 사방으로 흩어져서 도망치는 에프리온들을 쫓아, 신이 난 팔시온 패거리들과 다크는 사방으로 흩어졌다. 그리고 그곳에는 토막 난 타이탄들의 잔해들이 쓸쓸히 흩어져 있었다.

적들을 섬멸하러 왕궁 안으로 들어갔다가 되려 쫓겨나온 스펜과 그의 부하들. 샤트란이 함께 있음으로 해서 초전에는 어느 정도 우위를 점하고 있었는데, 샤트란이 빠져나감으로 인해 완전히 사태가 역전되어 거꾸로 상대에게서 도망치는 신세가 됐다. 스펜 일행이 도망치는 동안, 카슬레이 백작은 이 호기를 이용하여 부하들을 수습해서 지하로 내려간 후 탈출해 버렸다. 카슬레이 백작은 적들이 말하던 '그녀'가 설마 자신의 상관인 치레아 대공을 말하는 것인 줄 생각도 못 했던 것이다. 만약 알았다면 그는 위쪽에 상관이 버티고 있으니 당연히 적을 추격해서 치레아 대공이 있는 곳으로 몰아갔을 것이다.

어쨌든 일은 간발의 차이로 어긋나 버렸다. 카슬레이 백작이야 최악의 상황에서 그야말로 신의 도우심으로 찬스를 맞이하여 원래의 목적을 어느 정도 이룰 수 있게 되었지만, 스펜의 입장은 완전히 다르게 전개되고 있었다. 그가 부하들과 함께 쿵쾅거리며 타이탄을 조종하여 밖으로 달려 나왔을 때, 거기에는 아무도 없었다. 십수 대에 이르는 타이탄들의 잔해만이 널브러져 있었다. 타이탄의 머리 부분이 꽉 닫혀 있는 것을 보면, 샤트란은 부하들을 구출할 엄두도 못 내고 도망친 것이 확실했다. 그리고 적도 없는 것을 보면 샤트란을 따라간 모양이었다.

스펜은 침착하게 주위를 빙 둘러본 후 부하들에게 지시했다.

"빨리 부상자들을 구출해라."

"그래도 그녀가 언제 돌아올지 모르는데 그냥 탈출하는 것이 좋지 않겠습니까?"

스펜은 타이탄의 잔해들 중에서 안티고네도 없었고, 또 파괴된 수도 그렇게 많지 않다는 것을 벌써부터 알고 있었다. 그렇기에 적은 도망치는 아군을 쫓아서 가 버렸을 거라고 판단하고 있었다. 그렇다면 적들이 다시 돌아올 때까지 조금은 시간이 있을 것이다.

"아니, 벌써 멀리 간 것 같다. 빨리 구출해라. 그런 후 재빨리 철수한다."

"옛!"

부하들이 구조 작업을 벌이고 있는 동안에 스펜은 토막 난 타이탄을 향해 천천히 다가갔다. 타이탄은 정말이지 그 앞에 선다면 얼굴이 비칠 정도로 깨끗하게 잘려져 있었다. 타이탄도 쇠, 검도 쇠. 모든 것이 다 쇠였다. 그렇기에 타이탄을 검으로 자른다는 것은 가능한 일이 아님에도 불구하고 상대는 그것을 손쉽게 해낸 것이다. 스펜은 타이탄의 머리를 위쪽으로 젖혀 버린 후 아래를 내려다 봤다. 타이탄의 머리를 뒤로 젖히고 나니 한결 관찰하기가 용이했다.

"정말 무서운 검술이군. 도대체 어떻게 했기에 이렇게 반질반질하게 잘라 버렸지? 통상 타이탄들끼리 격전을 벌일 때 '자른다' 라는 개념보다는 '부순다' 는 개념에 더 가까울 텐데……."

스펜은 좀 더 자세히 관찰해 보기 위해 타이탄에서 슬쩍 내렸다. 일단 모든 부하들을 구출해 나가는 데는 조금의 시간 여유가 있었기 때문이었다. 바로 이때, 저 멀리서 쿵쿵거리는 지축의 울림이 들리는가 싶더니 곧장 그 시커먼 타이탄이 들이닥쳤다.

상대가 무슨 마술을 부려서 이렇게도 빨리 움직였는지 알 수가 없었지만, 어쨌든 적은 모습을 드러냈고 그를 향해서 부하 두 명이 돌진해 들어가고 있었다. 스펜은 재빨리 자신의 타이탄 위로 몸을 날렸다. 타이탄에 탑승하기는 했지만 아직 뒤로 젖혀졌던 두부(頭部)는 제자리로 돌아오지 못한 상태였다. 그때, 웬 여자의 목소리가 또렷하게 들려왔다.

"호호홋, 이거 재미있군. 그때의 은혜(?)를 어떻게 갚아 주나 했었는데, 여기서 이렇게 만나게 될 줄이야……. 정말 반갑군."

이건 또 뭔 소린가? 일단 상대가 은혜 운운하며 반갑다는 말을 하자, 무슨 소린가 해서 모두들 움직임을 멈췄다. 상대는 간단하게 동료 둘을 해치운 엄청난 실력자였다. 일단 상대가 대화를 시작했으니, 어떻게 보면 대화로 해결할 수도 있을 듯했기 때문이다.

스펜은 궁금증이 치밀어 올라 타이탄의 두부를 원상태로 만드는 것도 잊고 목소리가 들려온 쪽으로 슬쩍 시선을 돌렸다. 그 거대한 청색 타이탄은 어느 틈엔가 자신에게 돌진해 왔던 타이탄 두 대를 간단하게 토막을 내 버린 후 천천히 스펜의 타이탄을 향해 전진해 오고 있었다. 그리고 그 타이탄의 두부가 천천히 위로 올라갔다. 마침내 드러난 탑승자의 모습……. 스펜도 익히 알고 있던 얼굴이었다.

"너, 너는……."

한껏 눈이 커진 채 중얼거리는 스펜. 청기사에 타고 있는 여기사(女騎士)는 익히 그가 치레아 대공일 것이라고 짐작했던 두툼한 근육질의 강인해 보이는 여성이 아니었다. 사랑스러운 황금빛 머리카락을 길게 기른, 청순한 생김새를 가지고 있으면서도 그 외모에 어울리지 않게 입이 거칠었던 괴상한 아가씨. 그리고 그 아가씨는 그린 드래곤을 포획하던 작전에서 드래곤을 꾀는 미끼로써 사용되었었다.

"정말 반갑군, 반가워. 아마도 옛날에 헤어졌던 친구를 다시 만나도 이것보다는 덜 반가울 거야."

하지만 청기사에 타고 있는 그녀의 눈동자는 광기에 번들거리고 있었고, 타이탄은 천천히 검을 하늘 위로 들어 올리고 있었는데 그것은 또 무슨 이유인가? 스펜의 앞과 뒤에 서 있는 그의 부하들은 잘 모르고 있었지만, 스펜은 그녀가 이렇듯 자신을 광기 어린 표정으로 반기는 이유를 잘 알고 있었다.

　스펜이 조종하는 타이탄은 검을 꽉 틀어쥐었다. 그리고 그와 함께 상대를 향해 몸을 날렸다. 상대가 자신을 가만히 놔둘 리가 없다는 것을 너무나도 잘 알기에, 아직 상대가 전투 준비가 덜 되었을 때를 노린 행동이었다.

　점령한 지 하루 정도밖에 되지 않았기에 아직은 부산스러운 바크론 요새. 이곳은 저 옛날 크라레스 제국이 대 제국이었던 아르곤을 막기 위해 건설한 요새였다. 그 후 주인이 코린트로 바뀌었고, 또다시 크라레스로 바뀐 후에도 그 역할은 변하지 않았다. 하지만 지금은 주인이 아르곤으로 바뀌면서 그 임무가 약간 변해 버렸다.

　아르곤에서는 중간 단계의 계급에 '사목관(使牧官)'이라는 것이 있는데, 그들은 가장 말단 계급인 사제(司祭)와 수사(修士)들을 통괄 지휘하여, 주교원의 뜻을 실행하는 계급이었다. 주교원 소속의 대신관이나 주교들의 수가 아주 적은 데다가, 특별한 일이 아니라면 주교원에서 벗어나지 않는다는 점을 미루어 본다면 아르곤을 이끌어 나가는 실질적인 힘과 권위의 상징은 사목관이라고 할 수 있었다.

　또 사목관부터는 한 가지 강력한 권한을 가지게 되는데, 그것이 뭐고 하니 '종교 재판권'이었다. 사목관부터 종교 재판소를 열어 '이단 재판'을 할 수 있었다. 일단 이단으로 선언당한 인물은 샤이하드의 경전 〈니트라〉에 따라 살아 있는 채로 화형에 처해졌다. 자신의 말 한마디로 인해 사람들의 생사여탈이 좌우 되었기에, 사목관이 지닌 힘이 강력하다고 할 수 있는 것이다.

어쨌든 아르곤에서는 이곳 점령지에 사목관 다섯 명을 파견했다. 그리고 그 사목관들은 저마다 여기저기에다가 종교 재판소를 개설해서 열심히 사람들을 노릇노릇하다 못해 시커먼 통구이로 만들고 있는 중이었다. 여태껏 크로노스교를 믿지 않던 국가에 들어와서 종교 재판을 열고 있으니, 통구이당하는 불행한 시민들의 수가 결코 적을 수가 없었다.

그런 종교 재판소들 중의 하나가 바크론 요새였다. 인근 마을에서 체포되어 끌려오는 수많은 시민들이 바크론 요새의 광장에 설치된 임시 수용소에 갇힌 채 화형당하는 사람들을 바라보고 있었다. 물론 낯선 인물들이 더 많겠지만, 그들 중에는 자신이 아는 인물들도 있을 것이다. 개중에는 눈물을 흘리거나 비통해하는 인물들도 있었지만, 대부분의 인물들은 더 이상 그럴 힘도 없는지 울타리 너머로 보이는 화형대를 향해 허망한 듯한 시선만 하염없이 보내고 있었다.

이때 멀리서 말발굽 소리가 울려 퍼지며 튼튼해 보이는 마차가 한 대 도착했다. 20여 명이나 되는 기병들의 호위를 받으며 당당하게 마차 문을 열고 내린 인물은 포스타나 대신관이었다. 마차 문을 열고 나타난 인물이 대신관임을 즉시 알아본 몇 명의 수사들이 종교 재판소를 향해 달려갔고, 곧이어 그곳에서 피로에 지친 듯한 표정의 사목관이 수사들을 거느리고 달려왔다.

"어서 오십시오, 대신관님."

"그래, 수고들이 많구먼."

광장에서 수십 명을 화형에 처하고 있었기에, 짙은 나무 연기와 함께 뭐라고 말하기 힘든 매캐한 시체 타는 냄새가 진동을 하고 있었다. 대신관은 슬쩍 자신의 품속에서 손수건을 꺼내어 코를 막으면서 말했다.

"이것들은 다 뭔가?"

"예, 이단으로 판결된 자들입니다. 될 수 있다면 포교가 가능한 사람이라고 판단되면……."

"내 말은 그게 아닐세. 저기 있는 저걸 말하는 거야. 왜 저렇게 사람들이 많은가 하는 거지."

대신관이 가리킨 것은 화형대가 아니라 임시 수용소였다. 거기에는 수많은 사람들이 화형대를 절망에 찬 멍한 눈길로 바라보고 있었다.

"예, 어제만 해도 1천5백 명 이상이 잡혀 왔기에 병사들에게 지시해서 임시로 수용소를 설치했습니다."

"그런데 왜 저렇게 사람들이 많은가? 지금부터 더 많은 사람들이 잡혀올 텐데 이렇게 진행 속도가 느려서야 어쩐단 말인가?"

"하지만 대신관님, 저들도 확실한 판결을 받을 권리가 있습니다. 저들의 상당수는 열심히 포교한다면 개종할 가능성이 있습니다. 그들을 골라내는 것이 저의 임무가 아닙니까? 어제 밤새도록 재판을 열었지만……."

"그러니까 자네가 일 처리를 잘 못 하고 있다는 거야. 하나하나 재판해서 언제 저 많은 인원들을 처리한다는 말인가? 내가 시범을 보여 줄 테니 죄수들을 데려와 보게."

"예."

"한 번에 50명 정도 데려와. 그래야 손쉽게 끝나지. 그리고 화형대는 악취가 나니까 요새 밖에다가 설치하게. 살타는 냄새가 그렇게 유쾌한 것도 아닌데, 꼭 여기서 태울 필요는 없지 않나?"

"그렇게 조치하겠습니다."

잠시 후 병사들이 50명의 죄수들을 끌고 왔다. 이틀 전만 해도 종교의 자유를 누리고 있었고, 그에 따라 각자의 취향대로 여러 신들 중에서 하나의 신을 믿거나 또는 무신론자로 살고 있던 인물들이었다. 그런데 그런 그들이 지금 어떤 종교를 일방적으로 강요당하고 있는 것이다. 목숨을 담보로 말이다.

대신관은 두려움에 가득한 얼굴로 서 있는 죄수들을 쭉 둘러본 후 외쳤다.

"너희들 중에서 샤이하드 외에 그 어떤 신도 존재하지 않는다고 주장할 수 있는 사람은 오른편에 서라. 그 사람들에게는 크로노스교를 믿는 형제로서 대우를 해 줄 것이다. 그리고 그렇게 하지 않는 자는 화형에 처할 것이다. 자, 뭘 꾸물거리느냐? 빨리 선택해라. 샤이하드를 믿을 것인지, 아니면 자신이 믿는 종교를 위해서 순교를 할 것인지 말이야."

상당수의 사람들이 오른편으로 갔지만, 그렇게 하지 않은 사람들도 많았다. 대신관은 죄수들이 이리저리 움직이는 것을 바라보다가 자신과 함께 온 사목관에게 말했다.

"형제는 저들에게로 가서 확인을 해 주게. 그리고 오늘부터라도 당장 포교 작업을 시작하게나. 하루라도 빨리 개종을 시켜야 하니까 말이야."

"알겠습니다."

그런 후 대신관은 자신의 주위에 서 있는 한 장교에게 지시했다.

"저기 남아 있는 인물들은 모두 다 요새 밖에서 처형해 버리게. 요새 안에서 태우니까 냄새가 지독하구먼."

"옛."

그 장교는 부하들을 통솔하여 거의 20여 명 정도 남은 죄수들을 끌고 요새 밖으로 나갔다. 그것을 보며 대신관은 사목관에게 말했다.

"자, 이렇게 하는 거야. 시간이 훨씬 절약되지 않나? 이번에는 1백 명 정도 데려오게. 빨리빨리 끝내야 다른 일도 처리하지."

"하지만 이런 식으로 한다면 웬만한 사람들은 다 죽이는 결과가 나올 것입니다. 그래도 각자와 대화를 나눠 보고 포교를 할 수 있을 만한 자그마한 가능성이라도 있다면……."

"자네 말이 틀렸다는 것은 아닐세. 물론, 평상시라면 철저히 따져야 하겠지만, 지금은 전시야. 그리고 점령지에서 수많은 포로들이 들어오고 있네. 그들 하나하나와 면담하며 포교 가능성을 타진해 본다는 것은 시간 낭비라네. 자, 다음 데려와!"

이렇듯 대신관이 무자비하게 이단자들을 선별하고 있을 때, 갑자기 뭔가 거대한 것의 그림자가 지상 위를 훑고 지나갔다. 대신관이 하던 일을 잠시 멈추고 하늘을 바라보았다. 그것은 꼭 드래곤처럼 생겼으나 덩치가 작은 걸로 봐서 와이번 같았다. 물론 그것들이 야생의 와이번이라든지, 아니면 적들이 타고 있는 것이라면 모두들 혼비백산을 했겠지만 그런 일은 벌어지지 않았다. 와이번의 등 위에는 짙은 녹색의 펄럭거리는 로브를 걸친 성기사가 두 명씩 긴 창을 잡고 앉아 있었다. 그리고 와이번의 배 쪽에는 신성 아르곤 제국을 뜻하는 쌍십자 문장이 큼직하게 새겨져 있었다.

와이번들은 착륙할 곳을 찾으며 둥글게 돌면서 활강하여 천천히 내려오기 시작했다. 그것을 보고 대신관은 슬며시 미소를 지었다.

"드디어, 성기사들이 도착한 모양이군. 흐흐흐……."

주교원에서는 그린 드래곤 작전 이후로 마법을 사용하는 타국에 비해 기사단의 이동 속도가 상당히 떨어진다는 점을 파악해 냈다. 그린 드래곤 때문에 크루마와 맞섰을 때도 이동 속도만 빨랐다면 중앙의 강력한 성기사단을 파견할 수 있었을 것이고, 그렇다면 그토록 큰 피해를 당하지도 않았을 것이 분명했다. 그 때문에 지난 6년 동안 주교원은 성기사단의 기동력 증강에 엄청난 투자를 했다. 그 결과가 바로 와이번이었다. 거의 대부분의 기사단들에 와이번을 50마리씩 지급할 수 있었다. 그야말로 자금 동원력의 승리였던 것이다.

하늘 위에서 천천히 요새를 향해 하강해 오고 있는 저 다섯 마리의 와이번에는 모두 열 명의 성기사들이 타고 있을 것이 분명했다. 그리고 그들이 도착한다면 대신관은 자신이 원하던 목적을 더욱 빠른 시간에 이룩할 수 있을 것이 분명했다. 대신관의 얼굴에 슬며시 싸늘한 미소가 어리기 시작했다. 이번에 자신이 맡은 일을 아주 성공적으로, 그리고 단시간에 해낸다면 자신의 출세는 보장되는 것이나 다름없었기 때문이다. 그리고 그것은 저 성기사들이 보장해 줄 것이다.

다크는 귀환할 수 없어

"전황은…, 전황은 어떻게 되어 가고 있느냐?"

토지에르 폰 케프라 공작이 지팡이에 몸을 의지한 채 절뚝거리며 들어오자, 그 모습을 본 마법사들이 기겁을 했다.

"토지에르 전하, 아직 몸도 성하지 않으신데……."

"지금 그런 것 따질 때인가? 조국이 침공을 당하고 있는데 어찌 침대에 편히 누워 있을 수 있겠는가? 빨리 전황이나 설명해 보게나."

재촉을 당한 마법사는 토지에르의 뒤에 사색이 되어 따라와 있는 다론을 향해 먼저 눈길을 돌렸다. 다론은 더 이상 스승을 막을 방법이 없다는 것을 깨달았는지 약간 고개를 끄덕여 허락을 표했다. 다론의 허가가 떨어지자 마법사는 커다란 지도 쪽으로 토지에르를 안내한 후 설명을 시작했다.

"지금 상황은 그야말로 최악이라고 할 수 있습니다."

"최악이라고 했느냐?"

토지에르는 자신에게 들어오는 정보를 차단하고 있던 제자인 다론을 향해 무시무시한 분노를 머금은 눈으로 째려본 후 다시 눈길을 돌렸다.

"설명을 해 보거라. 그래도 아직은 가능성이 있을지도 모른다."

"옛, 적들의 대대적인 침공으로 위치가 노출되어 있었던 3, 4전대가 전멸당했고……."

부하의 설명을 듣고 있던 토지에르는 다리에 힘이 빠지는지 비틀비틀 의자에 가서 앉았다. 의자에 앉은 토지에르의 안색은 회의실에 들어설 때보다 더욱 창백해져 있었다.

침상에 누워 있을 때 시중드는 하녀들이 쑤군거리는 말을 엿듣고 어느 정도 사태가 위급할 거라고는 생각했지만, 설마 이 정도로 악화되어 있을 것이라고는 상상도 못하고 있었다. 코린트가, 그 강력한 대 제국 코린트가 혼자도 아니고 주변의 강대국들을 끌어들여 전쟁을 시작할 줄이야…….

"코린트의 소규모 기사단들이 본국의 영내를 휩쓸고 있사옵니다. 오늘 파괴된 곡물 저장고만 해도 무려 여섯 군데이옵니다. 그리고 저장고와 인접해 있는 요새들을 마구 파괴하고 있사옵니다. 이런 식으로 나간다면 도저히……."

"그만 해라. 대충 어떻게 되어 가는지 알겠다. 루빈스키 전하께서는 어디에 계시느냐?"

"그게 저……."

"무슨 일이냐? 빨리 말해라."

부하가 계속 눈치를 보며 말하지 못하고 있자, 보다 못한 다론이 뒤에서 끼어들었다.

"루빈스키 전하께서는 중상을 입으시고 치료 중이십니다, 스승님."

다론의 보고에 토지에르는 그야말로 경악했다. 그만큼 그는 루빈스키 대공의 실력을 신뢰하고 있었던 것이다. 또 루빈스키 대공이 자리를 비우게 되면 어떤 결과를 초래하게 될지도 잘 알고 있었다. 루빈스키 대공이야 말로 크라레스를 받치고 있는 가장 굵직한 기둥이었기 때문이다.

"뭣이? 누가 그분께 중상을 입혔단 말이냐? 설마 전하께서는 그 전멸당했다는 2개 전대만을 거느리고 적과 대치하셨다는 거냐?"

"아닙니다, 스승님. 루빈스키 전하께서는 전쟁터가 아니라 적의 계략에 걸리셔서 중상을 입으신 겁니다. 비열한 코린트 놈들이 협상을 하자고 꾀어내서는 기습을 가한 것이죠. 중상을 입으시기는 했지만, 거기에서 탈출하신 것만도 천행이었습니다."

"전하께서는 어디에 계시느냐? 안전에 문제는 없겠지?"

"예, 크로돈시로 후송하여 치료하고 계십니다. 크로돈은 본국의 모든 타이탄 생산 시설이 밀집되어 있는 곳이고, 또 그만큼 경비가 철저한 곳이라서 안심하셔도 될 것입니다. 또 여차하면 영구 마법진을 이용해서 곧장 기사단도 투입할 수 있고 말입니다."

"그렇다면 지금 군대를 지휘하는 사람은 누구냐? 폐하께서 직접 하시고 계시느냐?"

"아닙니다, 치레아 대공 전하께서 총사령관이 되셨습니다."

토지에르는 이제야 치레아 대공을 생각해 내고는 고개를 주억거렸다.

"참, 그랬지. 치레아 대공 전하께서 계셨었지. 그래, 전하는 어디에 계시느냐? 설마, 뒷일은 생각하지도 않고 기사단들을 이끌고 전장에 달려가신 것은 아니겠지?"

"염려 놓으십시오, 스승님. 전하께서는 집무실에 계십니다. 동쪽에 7전대를 파견하시고, 서쪽에는 치레아 기사단을 파견하신 후 돌아가는 사태를 관망하고 계십니다."

"그래? 별일도 다 보겠군. 그렇게 가만히 앉아 있을 분이 아니신데……."

토지에르가 평상시에 알고 지내던 다크라면 뒷일은 생각하지도 않고 무조건 전장으로 달려갔을 것이다. 토지에르는 그녀가 자신이 빠져나간 후 허술해진 황궁이 적에게 기습을 당하건 말건 그런 것에 신경을 쓰는 위인이 절대로 아니라는 사실을 너무나도 잘 알고 있었던 것이다. 또 코린트는 텅 빈 상대방의 수도를 가만히 놔둘 정도로 멍청한 녀석들이 아니었다. 토지에르가 아는 한 코린트는 이동 마법을 통한 기습전을 매우 잘 활용할 줄 아는 교활함이 넘치는 제국이었던 것이다.

만약 루빈스키 공작이 건재한 상태라면 괜찮겠지만, 지금은 너무나도 위험한 작전이었다. 어쨌든 토지에르로서는 다크가 수도에 남아서 사태를 관망하고 있다니 내심 안심이 되었다.

"론가르트 경은?"

"예, 치레아 대공 전하의 명을 받고 수도 방어를 위해 힘쓰고 계십니다. 이리로 부를까요?"

"아니다. 먼저 치레아 대공 전하부터 만나 뵙고 상의를 드리는 것이 순서겠지. 론가르트 경은 그다음에 만나도 된다. 자, 그럼 안내하거라."

"예, 스승님."

"오오, 어서 오게나, 토지에르 경."

토지에르는 총사령관의 집무실에 들어서는 자신을 환영하는 다크의 태도가 조금은 의외라고 생각했다. 다크를 여자로 만든 것이 토지에르였기에 다크의 태도는 언제나 친밀한 가운데서도 상당히 차가운 무언가를 느끼게 했었기 때문이었다.

하지만 오늘 만나 보니 그런 어색함이 전혀 느껴지지 않았다. 토지에르는 자신이 수척한 얼굴로 제자의 부축을 받으면서 들어오다 보니 그녀가 약간 측은하게 생각한 것일지도 모른다고 생각하며 별 생각 없이 넘겨 버렸다.

"오랜만에 뵙습니다, 전하."

"그렇군. 그런데 몸은 왜 그런가? 자네가 아프다는 보고는 듣지 못한 것 같은데……."

"예, 전하께 심려를 끼칠 것 같아서 입단속 좀 시킨 것이지요."

"그건 그렇고, 내가 돌아갈 수 있는 방법은 알아냈나? 자네가 부상당한 것이 혹시나 그것을 조사하다가 생긴 변고가 아닌가 추측되네만……. 그렇지 않고 루빈스키처럼 전쟁터에서 당했다면 내가 모를 리가 없었겠지.”

그 말을 하는 아르티어스의 눈동자는 아주 강렬하게 빛났다. 토지에르가 그 방법을 알고 있다면 수단과 방법을 가리지 않고 뺏어 내겠다는 뜻이 매우 강력하게 내포되어 있는 눈빛이었다.

토지에르는 그 눈동자를 보고 주눅이 드는 자신을 느꼈다. 도저히 가냘픈 소녀의 눈에서 흘러나오는 것이라고는 상상도 하기 힘든 힘과 광기를 담고 있었기 때문이다. 그렇기에 토지에르는 여태껏 그러해 왔듯 상관의 비위를 맞추기 위해 둥글넓적 말해야 했다.

하지만 아르티어스가 자신도 모르게 광기 넘치는 눈으로 토지에르를 노려보게 된 이유는 따로 있었다. 만약 그 방법을 토지에르가 알아냈다면 수단과 방법을 가리지 않고 그것을 빼앗은 다음, 그 일을 아예 묻어 버릴 속셈을 가지고 있었던 것이다. 그리고 그것을 묻어 버리기 위해서 국가 하나를 잿더미로 만들어야 한다고 해도 아르티어스는 결코 사양하지 않았을 것이다.

아르티어스는 차마 다크보고 이곳을 떠나지 말아 달라고 말은 못 하고 있었지만, 속으로는 그녀가 떠나지 못하게 막을 궁리를 열심히 하고 있었던 것이다.

“제가 부상을 당한 것은 크루마의 자객들 때문이었습니다. 마법사들 수십 명을 풀어서 조사하고 있으니 조만간에 결과가 나올 것입니다. 그러니 여태까지와 같이 저에게 모든 것을 맡겨 주십시오. 결코 실망시켜 드리지는 않겠습니다."

'으음, 내가 너무 과민 반응을 보였던 것 같군.'

아르티어스는 이렇게 생각하며 헛기침을 했다. 이제 자신이 알고 싶었던 사항을 알아낸 만큼, 토지에르에게 들키지 않고 슬그머니 넘어가기만 하면 된다.

"험험, 알겠네. 그래, 무슨 일인가? 참, 세린! 차를 내오거라."

세린이 차를 가져다가 각자 앞에다가 한 잔씩 놔뒀지만 아르티어스는 찻잔에 손도 대지 않았다. 전에도 론가르트와 대화가 잘 풀리다가 그놈의 차가 나온 후에 들통 났던 뼈아픈 기억이 있기 때문이었다.

토지에르는 차를 조금 마신 후 입을 열었다.

"전하께서는 이번 전쟁을 어떻게 이끌어 나가실 요량이십니까? 세 방향에서 적의 대군이 몰려오고 있습니다. 그런데 다론에게 보고를 들으니 알카사스에서 휴전을 교섭하러 왔던 사신을 반쯤 죽여서 보내셨다구요? 적의 사신을 그 모양으로 만드셨다면, 뭔가 다른 계획이 있으실 것 아닙니까?"

"헛! 겨우 그따위 일을 가지고 그러나? 나는 그놈의 능글거리는 낯짝이 보기 싫었을 뿐이지, 특별한 계획이 있었던 것은 아니야."

이 무계획적인 아르티어스의 대답에 토지에르는 억장이 무너지는 것 같았다. 지금 삼면이 적인데, 그것들 중의 하나를 없앨 수 있는 절호의 기회를 아르티어스가 날려 버린 것이다.

"어휴, 그렇다면 이제 일을 어떻게 처리하실 생각이십니까? 거기에 자극받은 알카사스는 전면 공세를 취해 올 텐데요."

"스바시에 기사단을 보냈으니 별 문제는 없을 거야."

"하지만 서쪽은 그렇다고 쳐도, 동쪽은요? 겨우 2개 전대만으로 얼마나 막아 낼 수 있다고 생각하시는 겁니까? 그리고 코린트를 막을 기사단은 하나도 없지 않습니까? 이대로 나간다면 파멸이라는 것을 모르십니까?"

"파멸은 무슨 파멸. 미란에 보낸 치레아 기사단이 돌아오면 상태는 좋아질 거야. 안 그런가? 자자, 최악의 상황으로만 생각하지 말고 희망을 가지라구."

"하지만……"

"아아, 그렇게 나쁘게만 생각하지 말래두 그러네. 자, 나는 할 일이 많으니까 이만 가 보게나. 총사령관의 자리는 매우 바쁘다네."

"그러지요."

더 이상 다크와 말이 통하지 않음을 느끼자 토지에르는 더 이상 실랑이를 벌일 생각을 깨끗하게 포기했다. 다크와 의논을 해 봤자 건질 게 없었으며, 그 역시도 다크의 허락 없이도 아직은 모든 일을 장악해 나갈 힘이 있었기 때문이다.

의외로 스승이 일찌감치 손을 털고 나오자 불안감을 느낀 것은 다론이었다.

"이대로 놔둬도 되겠습니까? 스승님."

"당연히 안 되지."

"그렇다면?"

"최악의 사태를 가정해서 뒷일을 대비해 두는 것이 좋을 것 같다. 일단 둘째 황자님을 타이렌 제국으로 피신시키도록 해라. 본국의 입장에서 봤을 때는 쓸모가 없지만, 그분이 적들의 손에 넘어간다면 문제가 커진다. 타이렌 제국은 힘이 있는 남방(南方)의 대국(大國)이니, 코린트가 압력을 가해 온다 하더라도 문제는 없을 거야."

"예."

"그리고 둘째 황자님과 함께 데이비드 폰 그래지에트 후작도 보내라. 만의 하나 이번 전쟁이 잘못되었을 때를 대비함이다."

"예."

엘리안 황자가 크루마에 인질로 가게 되었을 때 만약을 대비해서 키워진 인물들이 데이비드와 타일러였다. 둘 다 황제의 친척들이었는데, 타일러가 조금 더 자질이 뛰어나다고 인정받고 있었기에 지금에 이르러서는 두 번째 황위 계승권을 확보하고 있었다.

하지만 그건 나중에 어떻게 뒤집어질지 아무도 알지 못하는 사실이 아니던가? 황위 계승권은 평상시에는 엄청난 것이겠지만, 지금과 같이 뒤를 알 수 없는 전시에는 매우 미래가 불확실해지는 것이다.

"그리고… 다른 너는 지금 당장 크로돈으로 가거라."

"예? 크로돈에는 무슨 일로 말입니까?"

"아무래도 상황이 안 좋아. 수도는 좀 위험하니 폐하를 크로돈에 계시게 하는 것이 좋을 것 같아. 그러니 너는 폐하께서 그곳에서 일을 보시기에 충분하도록 만반의 준비를 해 두거라."

"알겠습니다, 스승님."

"지금 당장 가 보거라."

"예, 잘 처리해 두겠습니다."

"이틀 내로 모든 것을 처리해 두도록! 폐하께서는 그날 근위 기사단의 호위를 받으시며 크로돈으로 행차하실 것이다."

"저, 스승님. 그렇다면… 크로나사 평원을 포기하는 것입니까?"

"포기라고 하기에는 좀 그렇지만, 아무래도… 힘들 것 같구나. 크로나사 평원을 지탱하고 있던 동맥(動脈)들이 하나하나 잘려 나가고 있다. 이런 식이라면 머지않아 크로나사 평원은 통제 불능의 대지가 되고 말아. 오히려 이런 때는 적들이 원하는 땅을 내주고, 뒤로는 협상을 하여 최악의 사태만은 미연에 방지하는 것이 가장 좋을 것 같다는 생각이 든다. 너는 지체하지 말고 빨리 가 보거라. 나는 기회를 봐서 폐하와 상의해 볼 테니 말이야."

"알겠습니다, 스승님."

"후우, 일이 왜 이렇게까지 꼬여 버렸는지……. 자네는 빨리 가서 와리스 후작보고 이리 오라고 전하게."

토지에르의 말에 마법사는 고개를 숙이며 대답했다.

"예, 전하."

오래지 않아 와리스 후작은 비대한 몸집을 이끌고 나타났다. 그는 오랜만에 만나 보는 토지에르 공작의 모습을 보고 충격을 받은 듯했지만 곧이어 최대한 내색을 하지 않고 평상시처럼 말했다.

"안녕하시옵니까? 전하."

토지에르는 뭔가 열심히 서류를 작성하다가 와리스 후작의 목소리를 듣고는 고개를 들면서 반겼다.

"그래, 빨리 왔구먼. 내 경을 부른 것은 한 가지 중대한 일을 부탁하기 위해서야. 해 주겠나?"

"명령만 내려 주십시오, 전하."

"경은 지금 바로 크루마로 가 주게. 지금 남은 희망은 크루마를 우리 쪽으로 끌어들이는 것뿐이야. 다소간의 출혈이 있더라도 상관없네. 자, 이건 전권을 위임한다는 위임장일세. 최대한 빨리 일을 성사시키도록 노력해 보게."

"이토록 저를 신임해 주셔서 감사드리옵니다."

"하지만 이 일은 상당히 위험할 수도 있다네. 크루마가 딴 마음을 먹는다면 자네는 거기에서 곧바로 체포될 수도 있네."

"외교관에게 그 정도 위험이 없을 수가 있겠사옵니까? 사력을 다해 명령을 완수하기 위해 노력할 뿐이지요. 그럼 가 보겠사옵니다."

"그래, 수고해 주게나."

토지에르는 방을 나서는 와리스 후작의 뒷모습을 보면서 일이 잘 성사되기를 기원했다.

토지에르는 잠시 후 비틀비틀 자리에서 일어섰다. 그가 밖으로 걸어 나오자 방 앞에서 대기하고 있던 마법사가 즉시 부축을 하며 말했다.

"어디로 모실까요? 전하."

"이동 마법진으로 가세."

"예?"
"치레아 공국에 볼일이 있어서 그래."
"알겠사옵니다."

다크가 크루마로 간 까닭

　수정 구슬 저 너머에서 들려온 보고는 썩 마음에 드는 것이 아니었다. 아무리 고관들을 많이 구출했다고 하더라도, 정작 국왕이 빠져서는 아무런 가치도 없었다. 미란 연합의 각 국가들은 모두 다 국왕이 통치하는 체제였기 때문이다.
　"뭐라고? 그러니까 가므 국왕 구출에는 실패했다 이건가?"
　"그렇사옵니다, 전하."
　"그건 그렇고, 너희들은 지금 어디에 있는 거야? 가므에 간 것이 아니었나? 지금 딴 곳에 있는 거야?"
　"예, 지금 저희들은 가므 왕국의 남부에 와 있사옵니다. 정확히 말하면 수도로부터 남쪽으로 15킬로미터 떨어진 곳이옵니다."
　"가므 남부에? 거기에는 왜? 그곳에 감옥이 있었나?"

"그건 아니옵니다. 가므의 왕궁 잠입에는 성공했사온데, 갑자기 적의 대 부대가 들이닥쳐서 포위당했사옵니다. 그래서 서둘러서 탈출을 하다 보니 장거리 공간 이동을 하기에는 시간 여유가 없어서, 단거리 이동으로 이곳에 온 것이옵니다. 지금 마법사들이 장거리 공간 이동 마법진을 그리고 있사오니, 한 시간쯤 후에는 크라레인시로 돌아갈 수 있을 것이옵니다, 전하."

"좋아, 그렇다면……."

다크는 부하들과 합류하자는 말을 꺼내려다가 즉시 입을 다물었다. 아무래도 첩자의 존재가 영 찝찝했던 것이다. 그렇기에 그녀는 다시 말을 바꿨다. 부하들은 지금 다크 일행이 어디에 있는지 알지 못할 테니까 말이다.

"알았다. 될 수 있으면 적들과의 충돌은 피하고 조심해서 돌아오도록!"

"옛, 전하."

다크가 통신을 끝내자마자, 팔시온이 질문을 던졌다.

"자, 이제 어떻게 할 거야?"

"어떻게 하기는……. 엘프리안으로 가야지."

"엘프리안? 크루마의 수도인 엘프리안 말이야?"

놀라서 외치는 팔시온에게 다크는 마치 옆집에 놀러가는 듯 태평하게 대답했다. 그녀는 크루마가 언제 중립국에서 적국으로 돌변할지 따위는 안중에도 없는 듯했다.

"엘프리안시가 거기 말고 딴 곳에도 있었나?"

"그건 아니지만… 크루마라면 별로 사이가 좋은 나라가 아니잖

다크가 크루마로 간 까닭 179

아. 그리고 이번에는 미란까지 침공해 들어왔고 말이야. 이렇게 되면 적국이나 다름없다구. 거기에 가서 뭘 하겠다는 거야?"

"아직 정식으로 선전 포고를 주고받은 것은 아니야. 그러니까 가서 미네르바를 만나자고 요청하면 들어줄 거야."

"미쳤군, 그건 자살 행위야. 너무 위험하다구."

"자살 행위인지 아닌지는 가 보면 알겠지."

다크는 팔시온에게 대충 대답을 해 준 후 가스톤에게로 시선을 돌렸다.

"가스톤!"

"응?"

"엘프리안으로 갈 수 있도록 준비를 해 줘!"

"하, 하지만……."

"무조건 반대만 하지는 말아 줘. 미네르바를 설득해야만 일이 풀린다구. 아무리 내가 있다고 해도 코린트를 상대한다는 것은 힘들어. 요 근래 벌어진 전투가 그걸 증명해 주고 있잖아. 녀석들이 나와 싸우지 않으려 한다면 나도 어쩔 수 없어. 그러니 그 녀석들이 나와 싸우지 않으면 안 되게 만들어야 해. 그러려면 크루마의 도움이 필요하고 말이야. 미란의 국왕을 돌려받는 것은 그 다음 일이라구."

"알았어, 준비할게."

가스톤은 주머니를 뒤적거려 얇은 책자를 꺼낸 다음 이리저리 뒤적이기 시작했다.

"어디 보자, 크루마 크루마…, 여기 있군. 엘프리안 근처에 공간 이동하기에 괜찮은 장소가… 좋아, 엘프리안 근처로 강이 흐르고 있어. 그 위로 공간 이동하기로 하지."

다크 일행은 마법진을 통해 크루마의 수도인 엘프리안시 외곽으로 공간 이동을 감행했다. 마법을 역 탐색하여 추적하는 것은 알카사스에서나 가능한 일이었기에 그들은 엘프리안 근처까지 곧장 공간 이동할 생각을 했던 것이다.

작은 실개천이 흐르는 곳, 그곳의 위쪽에서 흰 빛이 번쩍하더니 사람들이 떨어져 내렸다. 만약에 있을지도 모르는 장애물을 생각해서 15미터 상공에 공간 이동한 것이었기에, 모두들 엄청난 가속도가 붙은 채 땅에 떨어져야만 했다.

다크는 역시 고수의 면모를 보이며 마법사인 가스톤까지 껴안은 채, 안전하게 아래쪽에 착지했다. 그녀는 자신의 발 저 아래쪽에 얕은 개천이 흐르는 것을 알고는 한쪽으로 장풍을 일으켜 그 추진력으로 옆쪽으로 이동하여 땅 위에 착지한 것이다. 하지만 다른 사람들은 그대로 그 얕은 개천 위에 곤두박질을 쳤다.

"이런, 젠장할!"

아예 강이었다면 몰라도 얕은 개천이었기에, 모두들 진흙투성이가 된 채 엉금엉금 개천에서 기어 나왔다.

"이봐! 분명히 강 위라고 했잖아. 그런데 이게 뭐야."

"모르겠어. 분명히 지도에는 강 위라고 되어 있는데 말이야."

가스톤은 당황하여 주위를 훑어봤다. 개천이 흘러가는 주변 지형을 봤을 때 개천의 규모가 훨씬 더 커야 함에도 그 흐르는 물의 양은 이상하리만큼 적었다.

"위쪽을 둑 같은 거로 막아 놨나? 지형으로 봤을 때, 꽤 많은 양의 물이 흘렀던 것 같은데 말이야."

"에퉤퉤……. 벌써 흙투성이가 되어 버렸으니 그따위 것은 중요하지 않아. 젠장! 가스톤 너 또다시 이따위로 공간 이동을 하면 가만히 안 둘 거야."

"그건 그렇고 여기는 어디야?"

"저쪽으로 한 20킬로미터 정도 걸어가면 엘프리안시가 나올 거야."

"좋아, 제대로 온 모양이군. 자, 가자구."

"전하, 큰일났사옵니다."

허겁지겁 달려 들어오는 이블리스를 바라보고, 미네르바는 인상을 찌푸렸다. 평소에 조심스러운 그가 이렇듯 당황하는 것을 보면 아마도 큰일이 벌어진 듯했기 때문이다.

"무슨 일인데 그러느냐?"

"예, 미란에 치레아 기사단을 막기 위해 파견한 부대가……."

"그 부대가 왜? 치레아 기사단을 놓쳤단 말이냐? 50대나 보냈는데?"

"그것만이 아니옵니다."

"그렇다면?"

"30대 이상 파괴당한 채 후퇴했사옵니다."

"설마, 그럴 리가……."

아연한 표정으로 자신을 바라보는 미네르바를 향해 이블리스는 다급하게 말했다.

"설마가 아니옵니다, 전하. 전사자들 중에는 스펜 안트리아 경도 있사옵니다."

스펜 안트리아라면 녹색 도마뱀 작전에 파견되었을 정도로 제법 실력 있는 근위 기사였다. 그런 그가 전사하다니…….

"뭣이? 그 정도의 실력자가 전사할 정도로 치레아 기사단이 강하단 말이냐?"

"그런 것은 아니옵니다. 결정적으로 치레아 기사단을 몰아붙였을 때, 지원군이 나타났다고 하옵니다."

"지원군? 크라레스에 그렇게나 많은 여유 부대가 있었단 말이냐? 도저히 믿어지지 않는구나."

"그것이 아니옵니다. 또 다른 기사단을 파견한 것이 아니라 치레아 대공이 움직인 모양이옵니다. 우스꽝스러운 황금색 드래곤의 문장을 붙인 초대형 청색 타이탄. 그것을 조종하는 것은 그녀뿐이잖습니까."

이제야 일이 어떻게 돌아간 것인지 알아챈 미네르바는 탁자가 움푹 패도록 두들기며 노성을 터뜨렸다.

"젠장, 샤트란은 어디 있나? 스펜과 함께 있었을 텐데."

"지금 상처를 치료하는 중입니다."

"뭐? 상처라고? 설마, 중상은 아니겠지?"

"다행히 샤트란 경의 상처는 그렇게 심하지 않사옵니다. 다만 타이탄이 좀 심하게 부서졌을 뿐이지요. 상처가 치료되는 대로 이리로 오라고 일러뒀사옵니다."

"젠장, 어쩐지 시작이 순조로운 것 같더라니……. 이렇게 될 줄은 상상도 못 했군. 크라레스는 코린트와 싸우는 데 바빠서 이쪽은 신경도 못 쓸 줄 알았는데, 나의 실수야."

이때 밖에서 발자국 소리가 요란하게 들리더니 경비병에게 미네르바를 만나게 해 달라고 요청하는 다급한 목소리가 들려왔다. 경비병이 미네르바에게 그 말을 전하기도 전에 그녀는 밖을 향해 큰 소리로 외쳤다.

"무슨 일이냐?"

"옛, 뮤토 백작님께서 전하를 뵙기를 청하고 있사옵니다. 급한 일이라고 하옵니다."

"들라고 해라."

"옛!"

뮤토 백작은 경비병이 문을 열어 주자마자 급히 달려 들어왔다.

"무슨 일인데 그러는가?"

"옛, 치레아 대공 일행이 도착했사옵니다. 정문 경비병들로부터 연락이 들어왔기에 설마하면서 가 봤는데 진짜였사옵니다. 전하를 만나 뵙겠다며 시비를 걸고 있사옵니다. 어떻게 처리하면 되겠사옵니까?"

뮤토 백작의 보고에 미네르바의 인상이 확 찌그러들었다.

"시비를 걸고 있다니, 그건 또 무슨 말이지?"

"만약 전하를 뵙지 못한다면 가만히 있지 않겠다는 뜻을 아주 노골적으로 드러내고 있다는 말이옵니다."

"젠장! 아이구, 골치야."

도대체가 그놈의 치레아 대공은 자신이 잊을 만하면 찾아와서 뭔가 사건을 일으켜 대니 정말 골치 아픈 존재가 아닐 수 없었다. 그렇다고 그걸 힘으로 못 하게 막으려니, 보통 어려운 것이 아니고……. 머리를 쥐어뜯듯 감싸 안았던 미네르바는 갑자기 고개를 쳐들며 의문을 제시했다.

"그녀가 왜 왔지? 동맹국인 미란을 집어삼켰다고 항의하러 왔나? 아냐, 그런 일이라면 그 뚱보 녀석을 보내도 충분할 텐데… 도대체 이유를 모르겠군."

미네르바가 혼란스럽게 말하자, 이블리스가 옆에서 충고를 했다.

"혹시 동맹을 맺자고 온 것은 아닐까요? 정보에 의하면 크라레스는 지금 매우 힘든 모양이옵니다. 기사단 전력의 반 이상이 무너졌을 정도로 큰 타격을 받았으니까 말이옵니다. 아무리 그녀가 키에리를 물리쳤을 정도로 강하다고 하지만, 그것은 그녀 개인의 힘이지요. 국가 전체를 방어하는 데 있어 혼자만 강해 봐야 별로 도움이 되지는 않는다는 것을 그녀도 아마 깨달았을 것이옵니다. 그러니까 치레아 기사단의 일로 미란에서 본국의 기사단과 한판 붙기는 했지만, 아무래도 이쪽을 적으로 돌렸을 때 뒤처리가 힘들다는 것을 그쪽에서도 느끼고는 뒷수습을 하러 왔다고 보시는 것이 맞을 것이옵니다."

미네르바는 고개를 주억거렸다.

"그럴 가능성도 있겠군."

"어떻게 하시겠사옵니까? 일단 만나야 하지 않겠사옵니까? 대공이라는 그녀의 신분으로 봤을 때 만나 보지도 않고 내칠 수는 없사옵니다."

이블리스의 의견은 타당성이 있었다. 상대국의 대공이 사신을 보낸 것도 아니고 직접 찾아왔는데 그것을 거절하는 것은 예의에 어긋나는 행동이었던 것이다. 미네르바는 뮤토 백작에게 지시를 내렸다.

"좋아, 이쪽으로 모셔라."

이때 이블리스가 옆에서 끼어들었다.

"귀빈들을 위한 숙소로 안내하는 것이 좋지 않을까요? 일단 상대와 어떤 식으로 대화를 나눌 것인지, 또는 저쪽에서 어떤 것을 들고 나올지 의논하고 대비책을 세울 시간이 필요하옵니다."

"그것도 그렇군."

미네르바는 고개를 끄덕이며 수긍한 후 뮤토 백작에게 다시금 명령을 수정해서 지시했다.

"그들을 귀빈들을 위한 숙소로 안내해라. 그런 다음 그들이 의심을 가지지 않도록 아주 성대하게 대접을 해 줘라."

"예, 전하."

지시를 받은 뮤토 백작이 밖으로 나가려고 하는데, 미네르바가 급히 그에게 질문을 던졌다. 한 가지 잊고 알아 보지 않은 것이 있었기 때문이다.

"참! 누구와 함께 왔던가? 혹시 붉은색 머리카락을 길게 기른, 어쩌면 여자로까지 혼동할 만큼 아름다운 미청년의 모습은 보이지 않던가?"

뮤토 백작은 잠시 치레아 대공과 함께 온 일행들의 모습을 떠올렸다. 하지만 아무리 생각해 봐도 미네르바가 말한 인물과 대충 비슷한 인물조차도 거기에 포함된 사람은 없었다. 근육질, 아니면 나이 많은 비쩍 마른 마법사뿐이었으니까 말이다.

"그런 사람은 없었사옵니다. 일행은 네 명이 더 왔사온데… 생김새로 봤을 때 세 명은 기사였고, 한 명은 마법사인 것으로 추측되옵니다. 기사들 중에서 둘은 남자, 하나는 덩치 좋은 여자였사옵니다. 마법사는 한 40대쯤 되어 보였사온데, 뭔가 비범함 같은 것은 엿보이지 않았고 흔히 볼 수 있는 마법사들과 다름없었사옵니다."

"그런가? 그렇다면 드래곤은 오지 않았나?"

"예? 드래곤이라니 무슨 말씀이시옵니까?"

"아닐세, 그냥 혼잣말이야. 그건 그렇고 만약을 대비해서 기사들이나 병사들에게 철저하게 입단속을 시키게나. 그녀가 이곳에 왔다는 사실을 코린트가 알아서 좋을 게 없어. 혹시라도 코린트가 우리들끼리 동맹을 맺으려고 한다고 오해하고 군대를 보내온다면 매우 귀찮은 사태에 직면하게 된다. 알겠는가?"

"명심하겠사옵니다, 전하."

"모든 것을 은밀하게 처리해 주게. 자, 빨리 가 보게."

"옛!"

뮤토 백작이 나간 후 미네르바는 이블리스에게로 시선을 돌렸다.

"쟉센에 나가 있는 근위 기사단을 불러들여라. 그리고 고위급 마법사들도 모두 다 소집해라. 만약에 협상이 결렬되었을 때를 대비해서 준비를 좀 해 두는 것이 좋지 않겠나?"

"현명하신 판단이시옵니다, 전하."

"일단 숙소로 안내하기는 했는데, 예의에 어긋나지 않으면서도 시간을 좀 끌 수 있는 방법은 없나? 근위 기사단이 도착하는 데도 시간이 제법 걸릴 테고 말이야."

이블리스는 창밖을 바라봤다. 정오는 한참 넘었지만, 아직도 해가 지려면 시간이 많이 남아 있었다.

"저녁 식사에 초대하시는 것은 어떻겠사옵니까? 최소한 서너 시간은 벌 수 있을 것이옵니다."

"그게 좋겠군. 자네가 직접 가서 통보하게. 그러면서 상대를 관찰해 봐. 참, 마법사 몇 명을 데리고 가서 상대방에 대해서 확실하게 조사해 보게."

"알겠사옵니다, 전하."

이블리스와 의논하고 있는데, 뮤토 백작이 다시금 헐레벌떡 들어왔다. 그의 눈 주위는 방금 전 나갔을 때와는 달리 퍼렇게 멍이 들어 있었다. 명령받은 대로 손님들을 숙소로 안내하려고 하다가, 다짜고짜 미네르바를 먼저 만나겠다고 우기는 다크에게 한 대 맞았던 것이다. 뮤토 백작은 이 성가신 방문객을 어떻게 좀 처리해 달라고 미네르바에게 다시금 간청하기 위해 올라온 것이었다.

"전하! 도저히 안 되겠사옵니다. 일단 전하를 뵙겠다고 하는데 어떻게 좀 선처를 해 주시옵소서."

뮤토 백작도 꽤 뛰어난 검객이라고 하지만, 미네르바가 알고 있는 한 치레아 대공은 그보다 훨씬 윗줄에 놓이는 검객이었다. 뮤토 백작 정도는 한 다스가 덤벼도 이길 수 없는……. 미네르바는 한숨을 푹 내쉬며 말했다.

"안내해라."

"옛, 전하."

미네르바는 방문을 나서며 이블리스에게 지시하는 것을 잊지 않았다.

"방금 상의해 둔 일을 모두 처리해 두게."

"옛, 전하."

귀한 손님을 이따위로 접대하나

"오랜만이군. 요즘 크루마에서는 귀한 손님을 이따위로 접대하나?"

새파란 꼬마 숙녀에게서 나오는 말투치고는 매우 고약했다. 하지만 미네르바는 꾹꾹 참으며 미소를 띠고 대답했다.

"아니야, 내가 지금 아주 바빠서 말이지. 그러니까 제발 좀 기다려 주면 안 될까?"

"언제까지?"

"오래 기다려 달라고는 하지 않겠어. 급한 일만 대충 처리하고 바로 만나면 되잖아. 너도 멀리서 왔으니 좀 쉬어야 할 거고 말이야."

미네르바는 다크와 그 일행들을 슬며시 관찰한 후 다크가 데려온 부하들의 옷에 상당량의 먼지가 묻어 있는 것을 알아챘다.

"일단 휴식부터 좀 취하고 있으라구. 따뜻한 물로 샤워를 하면 한결 기분이 좋아지지 않겠어?"

"이봐, 나는 언제까지 기다려야 하는지 그걸 물었어."

미네르바는 끝까지 뻑뻑하게 나오는 상대를 향해 욕지거리가 튀어나오려는 것을 필사적으로 참으며 다시금 미소를 보냈다.

"오늘 저녁 식사 시간에 함께 대화를 나누기로 하지. 어때? 식사도 하고, 그러면서 함께 대화도 나누면 좋잖아? 지금 나로서는 그게 최선의 대답이야. 지금 나는 몸이 열 개라도 모자랄 정도로 바쁘다구."

"좋아, 그렇게 바쁘다니 기다려 주지. 하지만 저녁 식사 시간까지만이야. 더 이상은 못 기다려, 알았어?"

"분명히 약속은 지킬게. 자, 뮤토 백작이 안내해 줄 거야. 샤워나 하면서 피로를 풀라구."

미네르바는 다크를 좋은 말로 어르고 달래서 보내는 데 성공했다. 다크가 시야에서 사라진 후에야 미네르바는 욕지거리를 내뱉으며 자신의 집무실로 돌아갔다.

다크 일행은 뮤토 백작의 안내로 황궁의 한쪽 구석에 마련되어 있는 근사한 숙소에 자리를 잡았다. 그곳은 외국의 사신들이 왔을 때 묵는 곳이었기에 방들은 대단히 호화롭기는 했으나 감시하기 좋은 구조로 만들어져 있었다. 일단 건물 자체가 황궁에서 조금 떨어진 곳에 위치하고 있었고, 그 건물 주위에는 경비병들의 막사들이 물샐틈없이 에워싸고 있었다. 아마도 사신들이 안전하게 체류하다가 돌아갈 수 있도록 경호하는 것과 함께, 그들이 몰래 첩보 활동을 하지 못하도록 막기 위해서인 것 같았다.

다크 일행은 오늘 새벽에 크라레인시를 떠난 후 전투를 세 번이나 겪었기에 온몸이 땀으로 끈적거리고 있었으므로 숙소로 안내되자마자 서둘러 목욕부터 했다. 뜨끈한 물로 간단하게 씻으면서 그들은 눈치 빠른 크루마 측의 배려에 감사하는 마음을 가지고 말이다. 그들이 욕실에서 나오자 하녀들이 신선한 과일들과 주스, 차 따위를 가져왔다. 미카엘은 차 맛을 살짝 본 후에 감탄사를 연발했다.

"정말 좋은 차로군. 맛도 좋지만 향이 정말 근사해. 확실히 여행은 신분이 높은 사람하고 같이 다녀야 해. 대접이 다르거든."

미카엘이야 폼 잰다고 차를 마시고 있었지만, 여태껏 변두리 전쟁터를 돌아다니는 데 익숙했던 털털한 팔시온은 차가 영 입맛에 맞지 않았는지 찻잔을 내려놓고는 입맛을 쩝쩝 다시면서 시녀에게 물었다.

"시원한 맥주는 없소?"

맥주는 서민들이 마시는 대중적인 음료수였다. 하지만 귀족들은 그런 천박한 음료를 마시지 않았기에, 황궁에는 그런 것이 준비되어 있지 않았다. 그야말로 자신이 촌놈이라고 광고하는 상대의 모습에 시녀는 얼굴에 떠오르는 비웃음을 최대한 감추려고 노력하면서 정중하게 대답했다.

"죄송합니다. 맥주는 드시는 분이 안 계셔서요. 대신 포도주를 가져다 드릴까요? 밖에 사람을 보내어 맥주를 사 오려면 시간이 많이 걸리니까 말입니다."

"그럼 포도주를 가져다주시오. 그리고 독한 술이 있으면 한 병 가져다줬으면 좋겠소."

"알겠습니다."

이때 다크가 안으로 들어왔다. 그녀도 샤워를 했는지 머리카락이 촉촉하게 젖어 있었다.

"이봐, 이런 거 말고 술은 없어?"

다크의 말에 시녀는 공손히 대답했다. 시녀는 바로 이 눈앞에 오만한 표정으로 서 있는 소녀가 가장 극진히 모셔야 할 높은 분이라는 귀띔을 이미 받았던 것이다.

"저기 시원한 포도주가 있사옵니다, 전하. 혹시 백포도주를 원하시옵니까?"

"그런 거 말고 맥주는 없어? 뜨끈하게 목욕한 후에는 맥주가 최곤데 말이야."

투덜거리는 소녀의 말에 시녀는 자신의 귀를 의심했다. 이런 고귀해 보이는 소녀가 맥주 같은 천민들이나 마시는 술을 달라고 할 줄은 생각도 못했던 것이다.

"죄송하옵니다, 전하. 곧 사람을 보내어 준비해 올리겠사옵니다."

"빨리 가져와. 여기 맥주 맛은 어떤지 궁금하군."

"예, 전하."

시녀가 나가고 나자 팔시온이 입을 열었다.

"저녁 식사 시간까지는 꼼짝없이 여기에 있어야 하는 거로군."

"어쩔 수 없지. 미네르바가 바쁘다니까 말이야. 일단 이쪽에서 부탁을 하러 왔으니 그 정도 기다려 주는 예의는 지켜 줘야지."
모든 것을 간단히 넘겨 버리는 다크였다.

다크 일행이 저녁 회담을 기다리며 한가하게 시간을 보내고 있을 때, 미네르바는 여러 가지 일로 한창 바쁜 시간을 보내고 있었다. 미네르바에게는 지금 일분일초가 모자라는 실정이었다.
"그래, 일은 어떻게 되었나?"
"옛, 쟉센 방면에 나가 있던 마법사들과 근위 기사단이 방금 도착했사옵니다."
"좋아, 제법 서둘러서 왔군. 그리고 조사해 보라고 한 것은 어떻게 되었지?"
"예, 역시 세 명은 기사였고, 한 명은 마법사였사옵니다. 루크란의 말로는 마법사를 제외하고 기사들의 경우 모두들 꽤 실력이 좋다고 하더군요. 마법사는 아무리 후하게 봐줘야 4사이클급 정도로 실력이 떨어졌사옵니다. 그리고 그녀의 경우는 아무런 것도 알아낼 수 없었사옵니다. 루크란은 아마도 그녀가 마법이나 뭐 그런 것으로 자신을 숨기고 있을 거라고 했습니다."
"확실한 건가?"
"옛! 루크란에게서 제가 직접 들은 것이니만큼 착오는 없을 것이옵니다."
마법사는 신체 내에 포함되어 있는 절대적인 마나의 양을 조사하는 뷰 마나 포스와 마법을 포착하는 뷰 매직 포스라는 마법을 쓸 수 있었기에 상대방의 실력을 조사하는 데는 적격이었다. 부관의 보고를 들은 미네르바는 고개를 끄덕이며 미소를 지었다.

"좋아, 그렇다면 드래곤이 오지 않은 게 확실하군."

"예? 드래곤이라니요?"

"아니, 아니다. 자네가 지휘해서 근위 기사단원들을 사방에 배치하고, 마법사들 또한 원거리에서 지원할 수 있도록 만반의 준비를 하도록 해라."

"옛."

"그래, 치레아 대공 일행은 지금 뭐 하고 있다고 하던가?"

"예, 시녀들의 보고로는 모두들 한 방에 모여서 잡담을 나누고 있는 모양이옵니다. 저녁 식사를 함께하자고 전했으니까 아마 그때까지 잡담이나 하면서 시간을 보낼 생각인 모양이지요."

"좋아. 계속 감시하고, 뭔가 특이한 일이 있으면 지체 없이 나에게 보고하도록 해라."

이때 밖에서 노크 소리가 들려왔다.

"똑똑."

"무슨 일이냐?"

문이 살짝 열리고 경비병이 안으로 들어와서는 부동자세로 보고했다.

"뮤토 백작님이 전령을 보내오셨사옵니다."

뮤토 백작은 눈이 퍼렇게 멍든 꼴사나운 모습을 지극히 높은 상관에게 보이기가 싫었기에 전령을 보내온 것이었다. 경비병은 전령에게서 전달받은 서류를 미네르바의 책상 위에 올려놓은 후 경례를 하고 밖으로 나갔다. 미네르바는 그 보고서를 급히 읽어 본 후 중얼거렸다.

"알 수가 없군."

"예?"

미네르바는 그 서류를 이블리스에게 건네주었다.

"자네는 어떻게 생각해?"

거기에는 지금 크라레스에서 와리스 후작이 전권 대사의 자격을 가지고 도착했다고 쓰여 있었다.

"좀 이상하군요. 치레아 대공이 여기 와 있는데, 왜 와리스 후작이 왔을까요? 그것도 전권 대사의 책무를 띠고 말입니다. 혹시, 그녀 독단으로 여기에 온 것이 아닐까요? 그러니까 와리스 후작도 여기에 따로 온 것이구요. 앞뒤가 맞지 않사옵니까?"

그 말은 상당히 일리가 있었다. 이리저리 생각해 봐도 그것만큼 앞뒤가 잘 맞는 가정이 없었던 것이다.

"아무래도 그런 것 같군. 하지만 짐작만으로 일을 처리할 수는 없지."

미네르바는 밖을 향해 큰 소리로 외쳤다.

"여봐라!"

그녀의 부름에 즉각 경비병이 안으로 들어왔다.

"옛, 전하."

"가서 가레신 후작을 불러와라."

"옛!"

잠시 후 가레신 후작이 들어왔다.

"생각보다 빨리 왔군. 크라레스에서 와리스 후작이 도착했는데, 경이 좀 만나 줘야겠어."

"예, 전하. 그런데, 뭐 지시하실 사항이라도 있으시옵니까?"

"일단 시간을 끌어야 해. 지금 치레아 대공도 협상을 하러 와 있는데 그쪽의 말도 들어 봐야 할 것 같거든."

"예? 그렇다면 정식으로 협상하러 온 사람은 누군가요?"

"그게 확실하지 않으니까 하는 말이야. 그러니까 경은 시간을 끌면서 치레아 대공이 왜 여기에 왔는지를 조사해 봐. 그런데 한 가지 주의해야 할 것이 있는데 말이야……. 혹시 와리스 후작은 그녀가 이리로 온 사실을 모를 수도 있다는 것이지. 무슨 소린지 알겠나?"

가레신 후작은 음흉스레 미소를 지었다.

"예, 이쪽은 최대한 숨기면서, 저쪽의 정보만을 긁어내서 보고 올리겠사옵니다."

"부탁하네."

"옛, 전하."

가레신 후작이 회담장으로 향한 후, 밖에서 경비병의 보고가 들어왔다.

"샤트란 페르 백작이 대기실에서 기다리고 계십니다."

"들라고 일러라."

"옛!"

곧이어 샤트란이 창백한 얼굴로 들어왔다. 샤트란은 방 안에 들어서자마자 검을 풀어서 앞에다가 놓은 후 무릎을 꿇고는 고개를 푹 숙인 채 비장(悲壯)한 어조로 말했다.
"전하께서 지시하신 임무를 완수하지 못했을 뿐 아니라 동료와 많은 부하들까지 잃었사옵니다. 그 어떤 처벌이라도 달게 받겠사옵니다."
"상대가 치레아 대공이라고 들었는데, 사실이냐?"
"옛, 전하."
"그녀가 상대였다면 어쩔 수 없는 일이지. 처음부터 그녀가 상대가 될 줄 예상했다면 너희들만을 보내지는 않았을 것이다. 이번 일은 크라레스가 간섭해 오지 않을 것으로 예상한 나의 잘못이지 네 잘못이 아니다. 일어서거라."
"하지만 아무리 그렇다 하더라도 그 많은 부하들을 잃은 것은 명백한 저의 지휘 미숙이옵니다. 처벌해 주시옵소서."
"그게 아니라는데도 그러는군. 썩 일어서지 못할까!"
"예."
"너는 쓸데없는 생각하지 말고, 본대에 합류하여 포위망을 굳건히 하는 데 주의를 기울이도록 해라."
"예? 무슨 포위망 말씀이옵니까?"
"치레아 대공이 지금 부하들과 이곳에 와 있다. 아무래도 너희들과 싸운 후 곧장 이곳으로 온 모양이다. 만약 협상이 결렬된다면, 그때는 뭔가 조치를 취하게 될 것이다. 그러니 경은 딴생각하지 말고 임무에 충실해라."
"예, 전하. 그럼 이만 물러나겠사옵니다."

양국의 이익을 대변하기 위해 머리싸움을 해야 하는 뚱뚱이와 뻔뻔이는 다시금 만나게 되었다. 둘 다 이 방면에는 닳고 닳은 인물들이라서 그런지 그 둘의 실력은 막상막하, 우열을 가리기는 힘들었다. 와리스 후작은 비대한 몸집에 가려져 있는 자그마한 눈으로 가레신 후작을 훔쳐보며 넉살 좋게 말을 시작했다.

"안녕하셨습니까? 가레신 후작 각하. 오랜만에 뵙는군요."

가레신 후작은 상대의 말을 점잖은 어조로 받았지만, 그의 말은 상당히 꼬여 있었다.

"나야 언제나 그렇지요. 그건 그렇고 요즘 귀국의 형편이 좀 안 좋은 모양이군요. 전에 만났을 때보다 살이 많이 빠진 것 같소이다."

상대방의 비꼬는 말을 와리스 후작은 아주 넉살좋게 넘겼다.

"허허헛! 살이 너무 찐 것 같아서 요즘 살을 좀 뺀다고 노력 중이지요. 아무래도 그 노력의 결실이 드러나는 모양이군요. 그렇게 말씀해 주시니 고맙습니다. 각하."

'너구리같은 놈!' 하고 속으로 투덜거리면서 가레신 후작은 슬쩍 화제를 바꿨다. 일단 미네르바가 알아 보라고 지시한 것을 슬쩍 상대가 눈치 채지 못하게 알아내야 하니까.

"그건 그렇고, 요즘 치레아 대공께서는 안녕하신가? 6년 전에 몇 번 뵈었는데, 좀 더 성숙해지셨는지 궁금하군요. 그때도 대단하셨지만 지금은 얼마나 더 아름다워지셨는지 모두들 궁금해하고 있소."

갑자기 상대가 왜 치레아 대공을 거론하는지 도저히 짐작할 수가 없었기에, 와리스 후작은 약간 떨떠름한 어조로 답했다.

"글쎄요, 대공 전하께서는 언제나 같은 모습이시지요. 아예 세월이 그분을 비껴가는 듯 느껴지니까 말입니다."

"그래, 오늘은 무슨 바람이 불어서 여기까지 오셨소이까?"

"예, 귀국과 좀 더 관계를 친근하게 하기 위해서 온 것입니다."

"관계를 친근하게라……. 사실 6년 전에 본국과 귀국은 코린트를 상대로 싸운 혈맹이 아니었소?"

"그랬었지요."

"그런데 왜 지금에 이르러서 이 모양이 된 것이오? 그건 다 귀국에서 미란을 끼고 돌면서 본국과의 긴장 상태를 조성해 나갔기 때문이 아니요? 이 모든 것이 다 귀국의 책임인데, 지금에 이르러서 갑자기 관계를 정상화하자니 그게 말이 된다고 하는 거요?"

상대방의 통렬한 공격에 와리스 후작은 먼저 웃음부터 터뜨리면서 분위기를 바꿔 보려고 노력했다. 전과 달리 지금 칼자루를 쥐고 있는 것은 저 뻔뻔이 쪽이었으니까 말이다.

"허허헛, 가레신 각하, 그건 귀국의 오해입니다. 6년 전에 코린트를 상대로 전쟁을 했던 것은 귀국과 본국만이 아니지 않습니까? 미란도 본국의 맹방이었지 않습니까? 그들이 부탁을 하는데 차마 거절할 수 없는 것 아니겠습니까? 본국의 입장도 좀 이해를 해 주셔야지요."

"으음, 그렇다면 본국은 귀국의 맹방이 아니었소? 미란만 끼고 돌면서 이쪽을 불편하게 만든 것이 정당하다고 지금 주장하고 있는 거요?"

"허허헛, 그게 다 오해라니까 그러시네요. 사실 본국이 귀국에게 뭐 못 할 짓을 한 것은 없지 않습니까? 귀국에게 선전 포고를 한 것도 아니었고, 또 귀국의 상인들이나 여행자들을 핍박한 적도 없었구요."

"내가 말하는 것이 결코 밖으로 드러난 그런 자질구레한 것이 아니라는 것을 잘 알면서 그러는군요. 좋소. 그래, 관계를 정상화하고 싶다고 하는데 귀하에게 그럴 만한 권한이 있소?"

와리스 후작은 상대가 그런 질문을 하는 목적을 알지 못했기에 아주 자신 있게 대답했다. 그의 수중에는 토지에르 공작이 써 준 위임장이 있었기 때문이다. 토지에르가 쓰기는 했지만, 그 위임장에는 황제의 옥새가 찍혀 있었기에 완벽한 것이었다.

"허헛, 제가 그런 권한도 없이 이 자리에 나타났을 리가 없지 않습니까? 폐하께 전권을 위임받았으니 그런 걱정은 하지 마십시오."

전권을 위임받았다는 말에 가레신 후작의 눈썹이 미세하게 꿈틀거렸다. 그렇다면 지금 와 있는 치레아 대공은 또 뭐란 말인가?

"아무리 귀하가 전권을 위임받았다고 하지만, 그래도 귀국과 본국의 악화된 관계를 감안했을 때 귀국의 공작급이 와서 회담을 하는 성의를 보이는 것이 옳지 않소?"

"허허헛, 그것이 사실상 어렵다는 것을 잘 아시지 않습니까? 지금 본국은 전쟁 중이기에 공작님들은 이런 외교 협상을 하실 만한 시간을 내시기가 어렵지요."

가레신 후작은 와리스 후작의 말에 회심의 미소를 지었다. 이제 완전히 드러난 것이다. 와리스 후작은 치레아 대공이 크루마에 와 있다는 사실을 모르고 있음에 틀림없었다. 와리스 후작이 전권 위임장을 가지고 있는 것으로 미루어 봤을 때, 와리스 후작을 이곳으로 파견한 크라레스의 상층부 권력자들도 치레아 대공이 이곳으로 온 것을 알지 못할 것이다. 그렇다면 치레아 대공은 완전히 단독 행동으로 이곳에 온 것이 분명히 입증된 것이다.

가레신 후작은 시간을 질질 끌면서 같은 얘기를 몇 차례나 돌린 후, 와리스 후작에게 내일 다시 회담을 진행하자고 하고는 숙소로 돌려보냈다. 그런 후 곧바로 미네르바에게 자신이 알아낸 사실을 보고했다.

"그렇다면 일이 아주 재미있게 돌아가는군. 안 그런가? 이블리스."

"그렇사옵니다, 전하. 치레아 대공을 쥐도 새도 모르게 없애 버리는 것은 어떨까요?"

"뭐? 그래도 괜찮을까?"

"누구에게도 말하지 않고 그냥 내친김에 왔다면 충분히 그래도 상관없사옵니다."

"하지만 그녀는 그렇게 손쉬운 상대가 아닌데? 또 그녀를 없애려면 이쪽의 피해도 엄청날 거야. 그녀는 누가 뭐래도 최고의 고수라는 인정을 받고 있는 실력자니까 말이야."

"아니지요. 꼭 그렇게 근위 기사단을 투입해서 공격할 필요는 없습니다. 사람을 없애는 방법은 그런 직선적인 것 외에도 많은 추가적인 방법들이 있으니까요."

"그래? 뭔가 좋은 방법이라도 있는가?"

"암습을 하는 마법이라든지, 약물 같은 것이 많다고 들었사옵니다. 역사상 많은 위대한 무인들이 암습에 의해 세상을 뜨지 않았사옵니까? 조용히 처리하는 데는 역시……. 흐흐흐"

"그것도 그렇군. 여봐랏! 마리나 지오그네를 불러와라."

잠시 후 세련된 용모의 여마법사가 들어왔다. 미네르바는 그녀를 보며 슬며시 미소 지었다.

"어서 오게나. 한 가지 물어볼 것이 있어서 불렀어."

"무슨 일이시옵니까?"

"아주 실력 좋은 기사 한 사람을 제압하려고 하는데 말이야."

서론이 원체 황당한 것이었기에 지오그네는 의문을 감추지 못하고 질문을 던졌다.

"예? 미네르바 님이시라면 상대가 누가 되었든 간단히 하실 수 있을 텐데, 왜 그런 것을 저에게 물으시옵니까?"

"내 실력으로도 힘든 녀석이 있으니까 그렇지."

미네르바의 말에 지오그네는 도저히 믿을 수 없다는 표정으로 상관을 바라봤다. 미네르바의 실력을 잘 아는 그녀로서는 도저히 그렇게나 강한 인물이 있을 거라는 생각이 들지 않았기 때문이다.

"그래, 어떤 방법이 있겠나?"

"그, 글쎄요……. 상대가 기사입니까? 아니면 마법사?"

"기사라네."

"예, 그렇다면 마법이나 약물 종류를 쓰는 것이 좋겠지요. 원래

기사들의 경우 마법사의 기습 공격에 조금 취약한 면이 있으니까 말이옵니다. 하지만 아무래도 마법보다는 약이……."

미네르바는 살짝 눈을 빛내며 말을 받았다.

"마법보다는 약이 효과적인가?"

"예, 그렇사옵니다. 물론 상대가 대비를 안 하고 있다면 마법도 효과적이옵니다만, 상대를 제압하기만 하는 마법은 슬립(Sleep) 등 소수로 제한되기에 대비책을 세우기도 쉽사옵니다. 그런 마법들의 경우 대부분 불시에 적을 기습하기 위해 아주 빨리 실행할 수 있게 되어 있지요. 그만큼 파워는 떨어지게 됩니다. 그러니까 좀 괜찮은 실력자 정도만 되어도 그런 것을 충분히 막을 수 있기에 그런 상대라면 대비하기 힘든 약 종류가 효과적이지요. 상대를 죽이는 독약부터 시작해서 잠을 재우거나 몽롱하게 만드는 마취제까지 별의별 것이 다 있지요. 그 종류도 수백 종이 넘기에 일일이 대비책을 세우기도 어렵고 말이옵니다."

"호오, 그래? 그렇다면 말이지. 아주 어려운 상대가 한 명 와 있는데 말이야."

"예? 누군데 말씀이시옵니까?"

"전에 경도 만나 봤겠지? 다크 폰 치레아 대공 말이야. 그녀가 여기에 와 있어. 경도 알다시피 그녀는 검호 키에리를 격패시켰을 정도로 엄청난 실력자지. 그녀를 제압할 약물이 있을까? 상대는 매우 눈치 빠르고 괴팍한 녀석이라서 어떻게 나올지 알 수 없어. 그러니 아주 효과가 뛰어나면서도 비밀스런 것이 좋겠지."

물론 지오그네도 그녀를 잘 알고 있었다. 6년 전의 전쟁에 참가

한 사람이라면 크라레스 파견군의 총사령관이었던 그녀를 모를 리가 없었다. 그리고 전세가 어려웠을 때, 움직이지 않고 있는 크라레스군을 중앙 쪽으로 돌리기 위해 살라만더 기사단에 찾아가서 당했던 그 수모를 그녀는 결코 잊을 수가 없었다. 감히 대 크루마 제국의 궁정 마법사인 자신을, 공작도 아닌 가짜가……. 이제 그때의 수모를 돌려줄 수 있게 된 것이다. 지오그네의 눈동자가 차갑게 빛나기 시작했다.

코끼리도 잡을 수 있는 독약

 호화로운 근위 기사단 복장을 하고 있는 기사에게 안내되어 식당으로 들어섰을 때, 그곳에 미네르바가 기다리고 있었다. 매우 아름답게 장식되어 있는 거대한 식당에는 오직 한 개의 넓은 탁자가 놓여 있었는데, 바로 이곳이 미네르바가 단장급의 고위 기사들과 만찬을 즐기는 장소였다. 미네르바는 식당 앞에 서 있던 경비병이 "치레아 대공 전하께서 오셨습니다"하고 보고하자, 자리에서 일어서서는 문 앞까지 마중을 나왔다.
 "경은 나가 보게."
 "옛, 전하."
 미네르바의 지시에 이곳까지 다크를 안내해 온 기사는 인사를 한 후 즉시 뒤돌아서서 돌아갔다.

"오래 기다리게 해서 미안해. 자, 이리로……."

미네르바는 다크에게 직접 자리를 권한 후 옆에 하녀가 있는데도 불구하고 그녀의 의자까지 밀어 주는 필요 이상의 친절을 보였다.

"식사를 가져오너라."

"예, 전하."

시녀가 인사를 한 후 물러나자 미네르바는 한껏 표정을 부드럽게 하여 말을 걸었다.

"그래, 무슨 일로 왔지?"

"잘 알 텐데, 왜 물어?"

"잘 모르니까 묻지. 이쪽은 미란을 정복한다고 바빠서 다른 나라의 일에 신경 쓸 정도로 한가하지 못했다구."

"좋아, 내가 온 목적은 동맹이야."

물론 미네르바는 다크가 이쪽으로 온 목적은 대충 짐작하고 있었다. 하지만 그것을 덜컥 좋다고 답하고 앉아 있을 미네르바는 결코 아니었다. 오히려 미네르바의 입장에서 봤을 때, 코린트보다도 더 위험하다고 인식하고 있는 적은 다크였으니까…….

"동맹이라……. 크라레스도 꽤 힘든 모양이군. 미란의 일을 따지러 온 줄 알았더니 동맹이라 이거지? 하지만 사람을 잘못 부른 거 아니야? 나는 군대를 총괄할 뿐이지 외교는 내 소관이 아니라구. 가레신 후작을 불러 줄 테니 그와 상담을 하는 것이 좋을 거야."

"이봐, 나는 크루마의 총사령관의 힘이 그렇게 형편없다고 생각하지 않는데? 그렇게 빼지 말고 같이 대화를 해 보는 것이 좋지 않을까? 그편이 서로에게 득이 될 텐데 말이야."

"망해 가는 크라레스하고 동맹을 맺어서 좋을 게 뭐가 있겠어?"

"당연히 좋은 것이 있지. 본국이 망한 후, 그다음 차례는 크루마가 될 것은 뻔하잖아. 코린트는 아마도 6년 전에 당한 그 수모를 결코 잊지 않을 거야. 안 그래?"

"글쎄……. 그거야 그때가 되어 봐야 알겠지. 코린트가 아무리 강하다고 해도, 이쪽도 결코 만만한 국가는 아니니까 말이야. 그건 그렇고 식사부터 하지."

서로가 대화를 나누는 사이 음식물들이 들어왔다. 대 제국 크루마의 총사령관이 먹는 식사답게 메뉴는 정말이지 호화로웠다. 그리고 갖가지 음식들이 담겨 있는 식기들도 모두 다 금이나 아니면 호화롭게 구워진 도자기들이었다. 미네르바는 다크에게 식사를 권한 후 여러 개의 접시들에 담긴 음식들을 조금씩 먹으면서 말을 했지만, 상대는 그냥 대화만을 나눌 뿐 식사를 할 생각을 하지 않고 있었다. 미네르바는 식사가 시작되고 10여 분이 흐른 후에도 상대가 가만히 앉아 있자, 결국은 참지 못하고 짜증스런 어조로 말했다.

"왜 그래? 뭐 독이라도 넣었을까 봐 그러는 거야? 나는 그런 치사한 짓은 안 한다구."

다크는 빙그레 미소를 지으며 맞받았다. 그녀도 옛날 별의별 치사한 수법이 난무하는 무림에서 잔뼈가 굵어졌기에, 그따위 도발에 넘어가지는 않았다.

"글쎄……. 나는 적이 권하는 음식은 먹지 않는 주의라서 말이야. 친구가 아니면 모두 적 아니겠어?"

"쪼잔하기는……."

미네르바는 포크와 숟가락을 든 채 자리에서 일어서서는 다크가 앉아 있는 곳으로 걸어왔다. 탁자는 대단히 넓었기에 여러 걸음을 걸어야 그녀가 있는 곳에 도착할 수 있었다. 미네르바는 아무렇지도 않다는 듯 다크의 자리에 놓여 있는 모든 음식들을 조금씩 먹었다. 음식에 장난을 치지 않았다는 것을 보여 주기 위한 행동이었다.

"이제 믿겠어?"

다크는 대답 대신에 앞에 놓여 있는 음식들을 천천히 먹기 시작했다. 미네르바는 그녀가 음식을 먹기 시작하는 것을 보고 자신의 자리로 돌아가기 시작했다. 하지만 그녀가 몇 발자국 가지 못했을 때 뒤에서 목소리가 들려왔다.

"이봐, 포도주는 마시지 않았다구."

미네르바는 일부러 한심스럽다는 표정을 한껏 만들어 보이며 다시 돌아가서는 다크의 앞에 놓인 포도주를 한 방울도 남기지 않고 꿀꺽꿀꺽 다 마셔 버린 후 일그러진 표정으로 말했다.

"이제 됐어?"

다크는 그런 미네르바를 향해 아무렇지도 않다는 듯 미소를 보낸 후 포도주를 잔에 가득 따랐다.

"충분히 믿을 만해."

이렇게 해서 다크의 식사는 시작되었다. 무엇으로 만들었는지는 알 수 없었지만, 짠돌이 황제의 밑에 있었던 다크로서는 그야말로 처음 먹어 보는 진수성찬이었다. 다크는 여태까지 먹지 않고 있었던 10여 분을 보상받으려는 듯 맹렬한 기세로 먹기 시작했다. 그렇듯 열심히 먹고 마시고 있는 다크를 미네르바는 만족스런 표정으로 바라봤다. 이윽고 식사가 거의 끝날 무렵, 미네르바는 깜빡 잊었다는 듯 과장된 표정으로 말했다.

"이런, 경은 포도주보다는 좀 더 강한 술을 좋아한다는 걸 깜빡 잊었네."

"괜찮아."

"아니, 손님의 취향을 잘 알면서도, 내가 강한 술을 싫어한다는 것 하나만으로 대접을 엉터리로 할 수는 없는 노릇이지. 이봐!"

근처에 서 있던 시녀는 재빨리 대답하고 미네르바의 곁에 다가갔다.

"예, 전하."

"술 담당자에게 말해서 좀 강한 술을 한 병 내오라고 일러라. 참, 내가 달라고 했다면서 '로얄 크루마에'를 받아 오너라."

"로얄 크루마에 말씀이옵니까? 알겠사옵니다, 전하."

시녀는 재빨리 나가더니 잠시 후 고풍스러운 도자기병에 담긴 술을 한 병 가져왔다. 시녀가 조심스럽게 술을 따라서 다크의 앞에 올려놓았지만 그녀는 그냥 포도주만을 마실 뿐, 거기에는 손도 대지 않았다. 그것을 보고 미네르바는 자신을 계속 의심하고 있는 다크를 향해 얄밉다는 듯 쏘아 댔다.

"이봐, 좀 작작 해 두라구. 그것까지 내가 맛을 봐야겠어?"

"물론이지."

넉살좋은 대답에 미네르바는 기가 막힌다는 듯한 표정을 지어 보이더니 잠시 후 할 수 없다는 듯 말했다.

"나는 강한 술을 좋아하지 않아. 그러니 시녀보고 대신 맛을 보라고 해도 괜찮을까? 안 그러면 마시지 마. 황족이나 마실 수 있는 정말 귀한 술을 특별히 생각해서 내왔더니……. 쯧쯧."

"뭐, 시녀가 맛을 봐도 상관은 없겠지."

자신의 안전이 확인되기만 한다면, 특별히 강한 술을 좋아하는 다크가 이렇듯 귀한 술을 마다할 리가 없었다. 그녀가 이것을 마시지 않고 있는 것은 미네르바의 의도를 믿을 수 없다는 단 한 가지뿐이었으니까 말이다. 다크가 살며시 흐뭇한 미소를 지으면서 살짝 고개를 끄덕이는 것을 확인한 미네르바는 시녀에게 무뚝뚝한 어조로 명령했다.

"시음(試飮)하거라."

"예, 전하."

시녀는 조심스럽게 한 잔을 다 마셨다. 다크는 시녀가 혹시 마시는 척하면서 입에 머금고 있는 것은 아닌지 그녀의 목젖을 잘 관찰하고 있다가, 그것이 아래위로 꿀떡거리면서 액체를 위장으로 흘려보내는 것을 확인했다. 하지만 그녀는 잠시 기다렸다. 다크는 자신에게 위험을 안겨 줄 수 있는 독이 이 세상에 존재할 거라고는 믿지 않았다. 하지만 과거 여러 차례의 경험으로 미루어 독 대용품, 즉 무림에서 사용하는 몽혼약(朦昏藥) 따위에는 자신도 어쩔 수 없다는 사실을 잘 알고 있었다. 조금만 정신이 흐트러져도 미네르바 같은 고수가 상대라면 위험할 수 있었다.

시녀는 술을 마신 후 어딘가로 가 버린 것이 아니라 계속 식사 시중을 든다고 서 있었다. 그녀의 볼은 약간씩 올라오는 취기로 발그레해져 있었지만, 그 어디에도 뭔가에 중독된 듯한 증상은 보이지 않았다. 한 10여 분을 기다린 후 다크는 이제 충분하다고 느끼고는 고풍스러운 도자기병을 기울여 마시기 시작했다. 하지만 그것도 잠시, 다크는 눈앞이 희뿌예지는 것을 느꼈다.

"도대체 무, 무슨 짓을 한 거냐?"

다크는 비틀비틀 일어섰다. 점점 정신이 혼미해지면서 눈앞이 흐려지고 있었다. 다크는 더 이상 지체하면 아주 위험하다는 것을 본능적으로 느끼고 탈출을 시도했다. 하지만 그대로 탈출하면 미네르바에게 뒤통수를 얻어맞을 우려가 있었다. 다크는 재빨리 검을 뽑아 들며 미네르바에게 달려들었다.

상대가 공세를 취해 올 거라고는 예측하지 못하고 있었기에, 미네르바는 황급히 검을 뽑아 들어 상대의 공격을 막았다. 미네르바는 다크의 검술 실력이 얼마나 무서운지를 잘 알고 있었기에 검에는 충분한 마나를 실었다. 시퍼런 빛을 아련히 뿜어내고 있는 미네르바의 검이 황금빛의 검과 부딪쳤을 때, 그때서야 미네르바는 상대의 검에 힘이 하나도 없다는 것을 알고는 황급히 힘을 뺐다. 하지만 이미 그것은 때늦은 조치였다.

챙하는 소리가 크게 들리면서 다크는 그 반동으로 뒤로 나뒹굴었다. 그리고 다크의 검은 튕겨 나가서 천장에 부딪치더니 아래로 떨어지면서 식당 바닥에 꽂혀 버렸다. 아마도 다크의 검이 드래곤 본으로 만들어진 강력한 것이 아니었다면 그대로 주인의 몸과 함께 두 토막이 났을 것이다. 미네르바는 우선 다크에게로 걸어가서 그녀를 상세히 살펴보기 시작했다. 다크는 쓰러진 후 완전히 정신을 잃었는지 평온한 표정으로 누워 있었다. 그제야 미네르바는 천천히 황금빛 검이 있는 곳으로 걸어갔다. 검을 뽑은 후 날을 세밀히 살펴봤지만, 그 어느 곳에도 이빨이 나간 흔적이 보이지 않았다.

"이 녀석이 주인의 생명을 건졌군. 그때도 느꼈지만 정말 좋은 검이야. 이런 최상품을 어디서 구했을까? 참, 그렇지. 이 애의 양부가 드래곤이니까 아마도 그 드래곤이 선물했겠지."

미네르바는 다크의 허리에 걸려 있는 검집을 풀고는 자신이 들고 있던 검을 그 안에 천천히 꽂아 넣었다. 그런 후 그녀는 놀란 표정으로 다크를 바라보고 있는 시녀를 힐끗 쳐다봤다. 아마도 시녀는 자신이 먹은 것이 뭔가 이상한 것이라고 생각했는지 얼굴빛이 노래져서는 공포에 질려 있었다. 미네르바는 다크에게서 뺏은 검을 자신의 허리춤에 찔러 넣은 후, 주머니를 뒤적거려서 뭔가를 꺼내어 시녀에게 건넸다.

"네 몸에는 아무런 이상도 없을 테니 걱정 말거라. 자, 받아라."

미네르바가 건넨 것은 부피는 아주 작은 것이었지만, 그 안에는 금화로 가득 차 있는 그녀의 비상 지갑이었다. 떨리는 손으로 그것을 받아 드는 시녀를 향해 미네르바는 아주 차가운 어조로 속삭였다.

"이 일을 외부에 발설하면 갈기갈기 찢어서 죽여 버릴 테다. 알겠느냐?"

"예, 절대로, 절대로 발설하지 않겠사옵니다, 전하."

"밖에 나가 보면 마리나 지오그네 경이 기다리고 있을 것이다. 그녀보고 들어오라고 전해라."

"예, 전하."

잠시 후 마리나 지오그네가 시녀의 인도를 받으며 근위 기사 한 명과 함께 들어왔다. 지오그네는 문 앞에 서 있는 경비병들에게 아무도 들여보내지 말라고 지시한 후 식당 안으로 들어섰다. 지오그네는 탁자 위에 긴 금발머리의 자그마한 체구를 지닌 사람이 엎어져 있는 것을 보고, 역시나 자신의 예상이 맞았다는 듯 의기양양한 미소를 지었다.

"저 소녀를 자루에 담아라."

"옛, 전하."

마리나 지오그네와 함께 들어왔던 근위 기사는 이미 뭔가 지시를 받았는지 큼직한 자루를 하나 가지고 있었다. 그는 공작의 명령이 떨어지자 자신이 가지고 들어온 자루의 용도를 비로소 깨달았는지 약간 흠칫하는 듯했지만, 곧이어 재빨리 소녀를 자루 속에 쑤셔 넣기 시작했다.

미네르바는 기사가 소녀를 자루 속에 집어넣고 있는 장면을 재미있다는 듯한 표정으로 바라보다가 고개를 뒤로 돌려서 시녀에게 말했다.

"너는 술 담당자에게 가서, 내가 지금은 시간이 없으니 나중에

내 방으로 오라고 전해라. 알겠느냐?"

시녀는 미네르바의 말을 듣고 저 소녀를 쓰러뜨린 약물이 술 속에 들어 있었을 것이란 것을 눈치 챘다. 하지만 그녀는 오랜 궁중 생활을 해 오면서 터득한 것이 있었기에, 자신이 뭔가 알고 있다는 사실이 자신의 표정에 무심결에 떠오르지 않도록 조심했다. 이곳에서 오래 살려면 될 수 있다면 조용히, 그리고 아무것도 모르는 듯, 또 아무것에도 관심 없다는 듯 행동해야만 했던 것이다.

"예, 전하."

"어디로 옮기면 되겠사옵니까? 전하."

"으흐흐훗, 당연히 지하 감옥이지."

미네르바는 다시 시선을 마리나 지오그네에게로 옮겼다.

"저 소녀를 제압할 만한 마법 도구 같은 것이 있나?"

"물론 있사옵니다, 전하. 마나가 모이지 않도록 모으는 도구가 있지요."

"그녀는 무술도 엄청나게 강하지만, 마법도 쓸 줄 안다. 그 두 가지를 다 막을 수 있어야 해. 알겠나?"

미네르바의 말에 마리나 지오그네는 놀랐는지 눈이 둥그레졌다가 다시 원상태로 돌아갔다. 어떻게 마법까지 함께 익혔으면서도 저 정도의 고수가 될 수 있었는지 이해가 가지 않았던 것이다.

"그녀가 진짜로 마검사(魔劍士)입니까?"

"내가 알고 있는 한은 그렇다. 그리고 그녀가 이곳에 잡혀 와 있다는 것을 그 누구도 몰라야 한다. 알겠느냐? 비밀 유지에 만전을 기하도록 해라."

코끼리도 잡을 수 있는 독약 215

"예, 전하."

"그럼 가 보거라."

"전하께서도 함께 가시는 것이 아니었사옵니까?"

"아니, 나는 할 일이 하나 있어. 그것을 끝내고 그리로 가지. 그 동안 일을 끝내두도록!"

"옛, 전하."

마리나 지오그네를 따라 큼직한 자루를 든 기사가 식당 밖으로 나가 버리자, 미네르바는 잠시 뭔가 생각하더니 식당을 나섰다. 그녀가 가는 곳은 당연히 다크와 함께 온 팔시온 일행이 묶고 있는 숙소였다. 그들까지 모두 잡아 버린다면, 만약에 나중에 드래곤이 찾아와서 다크를 내놓으라며 행패를 부린다고 하더라도 충분히 발뺌을 할 수 있을 것이라고 생각했다.

모든 기억을 지워라

"괜찮을까?"

가스톤은 창가에 서서 밖을 주의 깊게 바라보며 말했다. 그의 표정과 어조에는 다크에 대한 우려감이 깊이 뿌리박혀 있었다. 하지만 그런 가스톤의 행동이 못마땅했는지, 미카엘은 느긋한 표정으로 포도주잔을 기울이며 일침을 놨다.

"아마 괜찮을 거야. 다크가 누구야? 이 시대 최강이라고 불렸던 키에리 발렌시아드를 물리친 녀석이야. 걱정 말라구."

미카엘과 함께 적진 안에서 느긋하게 술타령을 벌이고 있는 팔시온과 미디아를 노려보며 가스톤은 열변을 토하기 시작했다.

"그래도 걱정이 된다구. 너는 어떻게 되어 먹은 녀석이냐? 우리들은 지금 적국의 한복판에 있는 거라구. 그것도 코린트 다음간다는 크루마에 말이야. 저기를 봐. 네 눈에는 안 보이겠지만 사방에 기사들이 득실거리고 있다구. 그것도 대단히 수준 높은 기사들이 말이야."

하지만 그에게 돌아온 것은 차가운 응대였다. 팔시온 등 검을 쓰는 무리들에게 있어서 다크에 대한 신뢰는 거의 절대적이었기 때문이다.

"여기가 크루마의 황궁이니 당연하겠지. 황궁에 있는 기사들 하면 근위 기사 아니겠냐? 오히려 수준 낮은 녀석들이 있다면 그게 이상한 거야. 쓸데없는 잔소리하지 말고 여기 와서 술이나 한 잔해."

"젠장, 모두들 간뎅이가 부었는지, 아니면 아예 겁을 상실했는지……."

"너는 기사가 아니라서 잘 모르는 거야. 다크를 상대해서 이길 수 있는 녀석은 없다고 봐도 과언이 아니야. 혹시 모르지, 크루마의 근위 기사단이 총출동한다면 가능성은 있겠지. 하지만 다크가 정면 대결을 포기하고 그냥 도망치려고 한다면 막을 놈은 아무도 없어. 그것을 미네르바도 잘 알 거야. 그러니까 걱정하지 말라구."

"젠장, 들어간 지 두 시간이 넘었어. 이 정도면 식사를 해도 수십 번은 더 했겠다. 그런데도 왜 안 오는 거야? 역시 뭔가 잘못된 것이 분명해."

그런 가스톤을 보고 미카엘은 어이가 없다는 표정을 지었다.

"이봐, 너는 근검절약하는 크라레스에만 있어서 잘 모르고 있어. 이런 대 제국 공작의 식사 초대를 받았다면 최소한 몇 시간은 먹고 마시게 되어 있다구. 별의별 해괴한 것들로 요리를 만들어 먹으면서 자신들이 미식가(美食家)라고 자처하는 놈들도 많지만, 미네르바의 직위나 다크의 직위를 감안한다면 결코 싸구려 음식을 대접할 수도 없다는 것을 알아야지. 거기에다가 다크는 협상까지 할 거잖아. 그것까지 감안한다면 두 시간 정도는 아무것도 아니야, 알겠어?"

"그도 그렇군."

"너도 서류 더미에만 파묻혀서 궁상떨지 말고 상류 사회의 생활에 대해서 좀 배워라."

"제기랄! 그래 너 잘났다."

이때 저쪽에서 사람들의 그림자가 비췄다. 가스톤은 창가에 서 있었기에 그것을 재빨리 눈치 챌 수 있었다. 어둠 속에 보이는 그들의 허리에 검이 걸려 있는 것으로 보아, 모두들 기사들인 듯했다. 가스톤은 중얼거리면서 주문을 외운 후 나지막하게 시동어를 외쳤다.

"뷰 마나 포스!"

마나 포스를 관찰해 보니 이곳에 접근 중인 인물은 네 명. 역시 모두 다 근위 기사급의 강력한 마나를 몸속에 지니고 있었다.

일단 자신의 예상이 맞아 떨어지자 가스톤은 시선을 뒤쪽으로 돌렸다. 여기저기에 엄청난 마나의 덩어리들이 보이고 있었다. 최소한 가스톤이 확인한 것만도 10여 개에 달할 정도였다.

그런데 시야의 저 뒤편에 진홍색의 붉은 덩어리가 보였다. 붉은색을 띠고 있는 것으로 보아 그 대상은 엄청난 마나를 보유하고 있다는 뜻이었다. 지금 사방에 퍼져 있는 기사들의 몸체가 짙은 주황색인 것을 감안한다면 차원을 달리하는 고수임이 분명했다.

가스톤은 처음엔 다크인 줄 알고 활짝 미소를 지었으나 그 미소는 곧 굳어 버렸다. 만약 그가 다크라면 결코 저쪽에 서 있지 않고 곧장 이리로 들어왔을 것이다. 가스톤은 긴장을 감추지 못하고 짤막하게 외쳤다.

"미네르바다."

"미네르바가 뭐? 갑자기 무슨 소리야?"

"저기에 미네르바가 와 있어."

"헛소리하지 마. 미네르바는 다크와 함께 있을 텐데 어떻게 여기에 와 있겠어?"

미카엘은 코웃음을 치며 넘겨 버렸지만, 팔시온은 그렇지 않았다. 팔시온은 그만큼 가스톤을 믿고 있었던 것이다.

"진짜 미네르바가 확실해?"

"거짓말하는 것이 아니야. 다크라면 이리로 곧장 들어왔을 거 아니야? 그런데 저기에 그냥 서 있다구. 그리고 지금 저쪽에서 네 명의 기사가 이리로 오고 있어."

가스톤의 설명에 팔시온의 안색은 급격히 굳어졌다. 미네르바가 이리로 올 이유가 없었기 때문이다. 미네르바는 지금 다크와 회담을 나누고 있어야만 했던 것이다.

"젠장, 뭔가 잘못되었어. 모두들 준비해라, 탈출한다."

"갑자기 무슨 소리야?"

"그거 설명하고 있을 시간 없어. 상대는 근위 기사야. 시간을 끌면 안 된다구. 빨리 준비해, 빨리!"

허둥지둥 자신의 짐을 챙기려고 하는 미디아에게 팔시온은 짤막하게 지시했다.

"이봐, 짐 챙기고 앉아 있을 시간 없어. 모두 다 놔두고 이리 와."

"에잇! 저거 돈 많이 준 건데……."

"그런 것은 목숨 붙어 있으면 다시 살 수 있어. 자, 준비해!"

팔시온이 긴장을 풀지 않고 천천히 검을 뽑아 들자 미디아와 미카엘도 함께 검을 뽑아 들었다.

"어둠 속이야. 재빨리 행동하면, 잘하면 탈출할 수 있을 거야. 자, 가자! 이봐, 가스톤 뭐 하고 있는 거야?"

팔시온은 혼자서 뭔가 중얼거리며 가만히 있는 가스톤을 향해 짜증난다는 듯 말했다. 여태껏 자기 혼자서 위험하다느니 떠들어 댄 주제에, 정작 탈출하려고 하니까 거기에 보조를 맞추지 않고 있는 것이다.

잠시 후 가스톤은 중얼거림을 멈춘 후 손을 동료들을 향해 앞으로 쭉 뻗으며 외쳤다.

"하이드 마나 포스(Hide Mana Force)!"

"뭐 하는 짓이야?"

"나는 도망쳐 봐야 곧 잡힐 거야. 마법으로 마나를 감췄어. 너희들만이라도 탈출해라."

"이봐, 그래도 함께 탈출해야지."

"내가 가 봐야 아무런 도움이 안 될 거야. 모두 어서 가!"

가스톤은 확정적으로 말한 후 다시 눈을 감고 주문을 외우기 시작했다.

"이봐, 가스톤!"

하지만 가스톤은 아무런 미동도 하지 않았다.

"젠장! 그래, 너는 여기에 남아 있어라. 꼭, 구하러 올게. 가자!"

슬쩍 돌아서는 팔시온의 눈에는 이슬이 맺혀 있었다. 오랜 시간 가스톤과 함께 생활했던 팔시온은 그가 지금 뭘 하려고 하는지 알고 있는 것이다.

하지만 팔시온은 가스톤을 막을 수 없었다. 그래듀에이트인 자신들의 탈출도 장담을 못 하는 판에, 서류 더미에 파묻혀 있느라 거의 마법 수련을 하지 못했던 가스톤까지 함께 데려갈 자신이 없었던 것이다.

"쨍그랑!"

셋은 유리창을 박살 내며 도약했다. 그들의 목표는 성벽! 성벽을 건너 뛰어 드넓은 밖으로 나가면 주위가 어둡기에 어떻게 될지도 모른다. 그들은 거기에 희망을 걸고 달려 나가는 것이다.

"쫓아라!"

"저놈들 잡아랏!"

순식간에 사방을 포위하고 있던 기사들이 도망치는 팔시온 일행을 따라 몸을 날리기 시작했다. 바로 이때 가스톤이 그들의 뒤통수에다가 대고 마법을 뿜어냈다. 시간이 없었기에 그렇게 강력한 마법은 쓸 수 없었지만, 어쨌든 커다란 불꽃 덩어리가 기사들의 뒤통수를 향해 날아갔다.

근위 기사들은 설마 방 안에 누군가 남아 있을 거라는 생각을 하지 못하고 무조건 도망치는 적들을 쫓아가다가 뒤쪽이 밝게 빛나는 것을 보고서야 자신들을 향해 불덩어리가 날아오는 것을 눈치 챘다.

"마법이다!"

가스톤이 준비한 회심의 일격에 맞은 기사는 단 한 명도 없었다. 모두들 근위 기사답게 옆으로 살짝 피했던 것이다. 하지만 그들은 옆으로 피하는 바람에 조금의 시간을 허용할 수밖에 없었고, 상대와의 거리는 조금 더 벌어졌다.

이제 멀어져가는 동료들을 바라보며 가스톤은 창가에 그냥 서 있었다. 사실 도망갈 방법도 없었기에 거기에 서서 동료들이 무사히 탈출하기를 빌며 그들을 배웅했던 것이다. 이때 그의 뒤에서 숨 막히는 마나의 힘이 느껴졌다. 가스톤이 천천히 뒤로 돌아서자 거기에는 차가운 표정의 미네르바가 서 있었다.

"잔꾀를 부리다니……."

"퍽!"

미네르바는 가스톤의 따귀를 호되게 갈긴 후 쓰러지는 가스톤을 가리키며 싸늘한 어조로 명령했다.

"체포해!"

실내로 들어서는 미네르바를 향해 이블리스가 치하를 보냈다.

"축하드리옵니다, 전하."

"고마워, 이블리스. 하지만 아직 끝난 것이 아니야. 마법사 녀석이 잔꾀를 부리는 덕분에 놈들이 다 도망쳐 버렸어. 제2근위대를 전부 투입했는데도 놓치다니……. 으이그!"

"어두워서 그럴 것이옵니다. 하지만 마법사가 없으니 멀리 도망치지는 못했을 것이옵니다. 날이 밝은 후 본격적으로 추격을 시작하면 곧 잡아들일 수 있겠지요. 하지만 제2근위대만으로 충분하지 못할 수도 있으니, 쟉센에 나가 있는 제네리아 기사단을 불러들이는 것이 좋지 않을까요? 아마 한 시간이면 도착할 수 있을 것이옵니다. 그들까지 동원한다면 좀 더 빨리 잡아들일 수 있지 않겠사옵니까?"

"좋아, 그렇게 하게."

"옛!"

"그리고 날이 밝는 대로 용기사들을 출동시키도록!"

"옛, 전하. 용기사들에게 지시해 두겠사옵니다."

"참, 그녀를 찾기 위해 그녀의 양아버지가 찾아올지도 몰라. 그때는 어떻게 하는 것이 좋을까?"

다크의 양아버지가 드래곤이라는 사실을 모르고 있는 이블리스는 자신이 아는 한도 내에서 상식적으로 대답했다.

"예? 크라레스가 감히 이곳까지 사람을 보낼 수 있겠사옵니까? 설혹 조사하기 위해 온다고 해도 대충 변명을 둘러대어 내쫓든지, 아니면 감옥에 집어넣으면 될 것이 아니옵니까?"

"그렇게 할 수 있는 상대가 아니니까 하는 말이지."

의외의 대답에 이블리스는 당황한 어조로 대답했다.

"예? 설마 그녀의 양아버지도 엄청난 실력의 기사이옵니까?"

"아니, 드래곤이다. 그것도 에인션트급에 가까운 골드 드래곤이지. 도대체 어떻게 부자간이 되었는지는 이해할 수 없지만."

미네르바의 말에 이블리스의 표정은 딱딱하게 얼어 버렸다. 드래곤이 양아버지라면……. 결코 드래곤은 자신의 아들이 행방불명된 사실을 묵과하지 않을 것은 분명했다.

"그렇다면 계획을 좀 수정해야 하옵니다. 드래곤이 가만히 있을 턱이 없으니까요."

"어떻게 하는 것이 좋을까?"

"일단 이번 사실을 알고 있는 병사들의 입단속부터 해야지요. 그렇다고 그들을 없애 버릴 수는 없사옵니다. 황궁의 병사들의 상당수가 행방불명된다면 그들의 가족들을 통해서 소문이 퍼질 것이고, 그것을 드래곤이 들을 가능성이 더 크다고 봐야 하겠지요."

"그렇다면 어떻게 하는 것이 좋을까?"

"일단 이 일을 알고 있는 모든 사람들을 데려다가 마법으로 기억을 지워야 하옵니다."

"음…, 기억을 지운다고? 그런 마법도 있었나?"

"예, 있사옵니다. 마리나 지오그네 경에게 지시하면 될 것이옵니다."

"좋아, 그다음은?"

"최대한 빨리 도망친 녀석들을 체포해 와야겠지요. 그런 후 그 작전에 동원된 인물들의 기억도 지워 버려야 하옵니다. 드래곤은 매우 영리하옵니다. 그리고 집요한 몬스터지요. 조금이라도 빈틈을 만들었다가는 큰일이 나옵니다."

"알겠다. 지오그네에게 지시하도록 하지. 그럼 새벽에 시작될 수색 작전에 대해 만전을 기해 두도록 해라."

"옛, 전하."

미네르바는 마리나 지오그네가 기다리고 있을 지하 감옥으로 총총히 걸음을 옮기기 시작했다.

드래곤의 아들을 건드린 결과

 아르티어스 어르신은 초조함을 감추지 못하고 집무실 안을 왔다 갔다 하고 있었다. 어제 아침, 타이탄을 수거해 가라는 연락을 끝으로 아들 녀석에게서 더 이상 연락이 오지 않고 있기 때문이었다.
 아무리 서로 간에 정기 연락 시간을 정한 것도 아니고, 또 하루에 한 번 이상은 꼭 연락을 하겠다고 약속을 한 것도 아니었지만 그래도 아들 녀석이 돌아다니고 있는 곳은 전쟁터였다. 마법사 가스톤까지 데려갔으면 하다못해 예의상 하루에 한 번만이라도 자신이 잘 있다는 연락을 보내 줘야 하는 것이 아닌가?
 "나쁜 녀석! 내 이럴 줄 알았어. 최소한 어디서 뭘 하는지는 가르쳐 줘야 걱정을 안 하지. 이봐, 세린!"

세린은 즉시 대기실에서 달려 나왔다. 그녀는 일부러 시선을 조금 낮춰서 아르티어스와 눈길이 마주치는 것을 피하고 있었다.
"예, 전하."
"포도주 좀 가져와라."
"예."
세린은 뭔가 말을 할 듯하다가 돌아서서는 포도주를 가져다줬다. 다크는 언제나 손님들을 위해 포도주 몇 병 정도는 준비해 두라고 일렀었기에, 포도주는 금세 아르티어스 앞에 놓일 수 있었다.
오랜 시간 다크와 생활하며 그녀의 성격을 잘 알고 있었던 세린은 거의 본능적으로 눈앞의 인물이 다크가 아니라는 것을 눈치 채고 있었다.
이번만 해도 그렇다. 다크라면 브랜디 같은 독한 술이 떨어지지 않는 한 포도주는 마시지 않았을 것이다. 하지만 세린은 이 사실을 아무에게도 말하지 않았다. 상대의 몸속에서 뿜어져 나오는 은근한 힘을 그녀는 동물적 감각으로 느끼고 있었기 때문이다.
만약 자신이 밀고를 한 것이 드러난다면 상대는 가만히 있지 않을 것이 분명했다. 또 그녀는 오랜 노예 생활을 통해, 자신에게 직접적인 피해가 없다면 그냥 모르는 척 넘어가는 것이 좋다는 것을 터득하고 있었다.
아르티어스는 포도주를 따라 향을 슬쩍 음미하면서 자꾸 고개를 쳐드는 불안감을 가라앉혔다. 사실 자신의 아들은 웬만한 드래곤이라도 때려잡을 만큼 강했다. 그렇기에 이성적으로 생각해 본다면 아르티어스의 이 불안감은 전혀 근거가 없는 것이었다. 하지만 드래곤인 아르티어스의 입장에서 봤을 때 자신의 아들은 아직도 가녀린 소녀에 불과했다.

"젠장, 정말 신경 쓰이는군."

투덜거리면서 포도주를 마시고 있던 아르티어스에게 뭔가 떠오르는 것이 있었다. 가만히 생각해 보니 아들 녀석과 마지막 통신을 주고받으면서 미란의 일에 대해 언급했던 것이 떠올랐던 것이다. 그렇다면 아들 녀석은 미란으로 갔을 가능성이 컸다.

아르티어스는 즉시 큰 소리로 외쳤다.

"세린!"

"예, 전하."

세린은 주눅이 든 어조로 무심결에 '전하'라는 호칭을 사용했다. 진짜 다크에게는 '주인님'이라고 불렀지 결코 '전하'라는 호칭을 쓴 적이 없는 세린이었다.

아르티어스는 드래곤인 만큼 비상한 기억력을 가지고 있었기에 그것을 간단히 알아챘겠지만, 지금 아르티어스는 그따위 것에 신경 쓸 여유가 없었다.

"가서 카슬레이 백작을 불러와라, 당장!"

"예, 전하."

잠시 후 카슬레이 백작이 헐레벌떡 달려 들어왔다.

"무슨 일로 찾으셨사옵니까? 전하."

"어제 미란에 갔을 때 말이야. 그러니까…, 나에게 연락을 했었던가?"

만약 다크가 카슬레이와 연락을 했다면, 즉 다크로 변장하고 있는 아르티어스가 했다는 것과 같지 않은가? 그 때문에 아르티어스는 조금 궁리를 하다가 짐짓 그때 일이 떠오르지 않는다는 듯 질문을 던졌다.

"예? 어제 탈출 준비를 하고 있는 제게 연락을 주셨잖습니까. 지금 도대체 어디에 있느냐고 물으셨기에 대답을 해 드렸었지요."

일단 카슬레이 백작과 연락을 했었다는 사실에 아르티어스는 내심 속으로 안도의 한숨을 내뱉을 수 있었다. 아르티어스는 이제야 그때 일이 어렴풋이 생각난다는 듯 딴청을 부렸다.

"아, 그랬었지. 참, 그때 경이 뭐라고 보고했었지? 그게 기억이 잘 나지 않아서 말이야. 폐하께 보고를 올려야 하는데, 잘 생각이 안 나서 그러니 다시 좀 설명해 보게."

"예, 저희들은 가므 의장과 국외 탈출에 대해 상의하기 위해 마로니카시에 먼저 갔사옵니다. 하지만 이미 가므는 크루마에 점령당한 후였지요. 그래서 지하 감옥에 혹시 가므 의장이 잡혀있을지도 모른다고 생각하고 지하 감옥으로 쳐들어갔사옵니다. 하지만 가므 의장은 벌써 크루마로 압송된 후였기에, 감옥 안에 갇혀 있던 요인들만을 구출하여 서둘러 탈출 준비를 했사옵니다.

하지만 그때 타이탄 50여 대로 이루어진 적의 대 부대가 도착했사옵니다. 그들과 싸우다가 적들이 웬일인지 병력을 뒤로 뺐을 때, 그들을 물리치고 재빨리 후퇴한 것이지요. 일단 시간이 없었기에 마로니카시에서 남쪽으로 약 15킬로미터쯤 떨어진 지점으로 공간 이동을 했고, 거기에서 장거리 마법진으로 돌아왔사옵니다. 전하께서 치레아 기사단이 지금 어디 있느냐고 물어보셨을 때 저희들은 장거리 마법진을 준비하고 있을 때였사옵니다."

"오, 그래! 그랬었지. 이제야 생각이 나는군. 그래, 그랬었어. 좋아, 이만 가 보게나."

"옛, 전하."

아르티어스는 카슬레이 백작을 보낸 후 다시 술잔을 기울이며 생각에 잠겼다. 일단은 아들 녀석이 미란으로 간 것은 확실했다. 아마도 치레아 기사단이 우세한 적에게 꼬리를 잡혔는데도 탈출에 성공할 수 있었던 것은, 아들 녀석이 그곳에 간 것과 관계가 있을 것이 분명했다.

그렇다. 그것 외에는 적들이 다 잡은 치레아 기사단을 놓칠 이유가 없었다. 그런데 그다음에는 이 녀석이 어디로 갔을까?

'만약 내가 그 녀석이라면…….'

곰곰이 생각에 잠겼던 아르티어스 어르신은 씩 미소를 지었다. 필시 아들 녀석은 카슬레이에게서 보고를 들은 후 크루마로 갔을 것이다. 부하가 하지 못한 일을 완수하기 위해서…….

이제 아르티어스 어르신은 적이 안심하며 본격적으로 포도주의 그윽한 향과 맛을 즐기기 시작했다. 크루마의 황궁에는 이미 아들과 한 번 찾아가서 난동을 부렸었고, 또 자신의 레어에서 미네르바라는 여기사와 만난 적이 있었다.

그렇다면 미네르바라는 그 공작은 결코 아들을 건드릴 수 없을 것이다. 드래곤의 아들을 건드리면 어떤 결과를 초래하게 될지

드래곤의 아들을 건드린 결과 231

잘 알 것이므로…….

와리스 후작은 비대한 덩치를 이리저리 뒤틀며 지루함을 참고 있었다. 9시에 회담을 재개한다고 해 놓고는 벌써 10시가 넘었는데도 얄미운 가레신 후작은 회의장에 모습을 드러내지 않고 있었다.
점점 기다리는 시간이 길어지면서 와리스 후작의 머릿속에는 불안감이 커지고 있었다. 이렇듯 자신을 박대하는 것을 보면 아무래도 크루마는 동맹을 체결할 의사가 없는 듯 느껴지고 있었던 것이다.
"가레신 후작 각하께서 드십니다."
회의장의 앞에 대기하고 있던 경비병이 문을 열면서 와리스 후작에게 통보했다. 드디어 가레신 후작이 모습을 드러낸 것이다. 가레신 후작은 짐짓 점잖을 빼는 걸음걸이로 천천히 걸어 들어와서는 와리스 후작의 정면에 자리를 잡았다.
"오래 기다리게 해서 미안하오, 와리스 후작. 생각보다 회의가 오래 계속되어서 말이오."
"아닙니다. 그래 결과는 어떻게 되었습니까?"
"미안하오. 나는 귀국과 동맹했을 때 어떤 이점이 있는지를 상층부 인사들에게 설명했지만, 기각되고 말았소."
"하, 하지만 이렇게 된다면 본국은 멸망할 수밖에 없습니다. 본국이 망한 후에는 귀국의 차례일 텐데, 어떻게 그런 결과가 나올 수 있습니까? 다시 한 번 더 재고해 보실 수는 없습니까?"

"미안하오. 나도 귀하와 같은 논리로 설명을 했었소. 하지만 그 멍청한 녀석들은 코린트가 귀국을 점령한 후에는 본국의 차례가 될 수도 있다는 사실을 믿지 않는다 이 말이오."

"그, 그럴 리가……."

"내가 귀하를 믿기에 하는 말이지만…, 지금 본국의 상층부는 코린트와의 화친을 모색하고 있소. 그들은 귀국이 이미 망한 거나 다름없다고 생각하고 있단 말이오."

"하지만 그것은 쉽지 않을 텐데요?"

"물론이오. 그 돌머리들은 지시만 내리면 끝인 줄 아니까 말이오. 실무자인 나는 코린트와 화친을 맺는 것이 얼마나 어리석은 짓인 줄 잘 알고 있소. 하지만 나는 상층부의 지시에 따라야만 하는 하급 관리에 불과하오. 나도 최선을 다했지만 내 힘으로는 어쩔 수 없구려."

물론 와리스 후작은 가레신 후작의 공치사가 순전히 거짓말이라는 것을 잘 알고 있었다. 하지만 그것을 잘 알고 있다고 해서 바뀔 것은 하나도 없었다. 어제 자신이 크루마에 도착했을 때부터 아마도 크루마는 코린트에 붙을 것을 결의했을 가능성이 클 것이라고 와리스는 자위하며 천천히 몸을 일으켰다.

"저는 오늘 후작 각하께서 본국을 대변해서 최선을 다해 주신 사실을 결코 잊지 않겠습니다. 그럼, 저는 이만 가 봐야 하겠군요."

"일이 이렇게 끝나게 되어 정말 미안하오. 자 갑시다. 내가 마법진까지 바래다 드리지."

와레신 후작은 이번 회담의 결과가 다크의 실종과 관계가 있다는 사실은 꿈에도 상상하지 못했을 것이다. 왜냐하면 가짜 다크가 크라레스의 황궁에 계속 버티고 있었기에 그것은 짐작조차도 불가능했기 때문이었다.

"어떻게 되었느냐?"
"예, 전하. 마법진을 이용해서 떠나는 것을 배웅해 주고 왔사옵니다."
"훗! 치레아 대공이 없는 크라레스 따위 그 어떤 도움도 되지 못하지. 그건 그렇고, 가레신 경."
"옛, 전하."
"경은 지금 코린트로 가라."
"예, 가서 어떻게 하면 되겠사옵니까?"
"그들은 아직 치레아 대공이 사라졌다는 사실을 알지 못한다. 그 점을 십분 활용해야 하는 것이야. 상호 불가침 협정을 맺어 주지 않는다면 동맹도, 동맹군의 파병도 있을 수 없다는 사실을 그들에게 주지시켜라. 놈들은 지금 치레아 대공이 무서워서 기동력이 좋은 기사단만으로 게릴라전을 펼치고 있어. 그런 만큼 우리들을 참전하게 만들기 위해 거의 모든 것을 양보해 줄 것이다."
"알겠사옵니다, 전하."
이때 옆에서 이블리스가 끼어들었다.
"전하, 그 외에도 본국의 미란 병합을 코린트가 인정한다는 각서도 받아야 할 것이옵니다. 미란은 제국 전쟁 후 코린트와도 관계를 개선해 왔기에 아무래도 코린트가 그 점을 들어 압력을 행사해 올 수도 있기 때문이지요."

"그렇군. 그것도 함께 시행해라."

"옛, 전하."

"이번 기회에 최대한 많은 것을 얻어 내야만 한다."

유래를 찾기 힘든 전쟁

두두두두두…….

50여 명의 기병들이 빠른 속도로 달려가고 있다. 이들은 모두 사슬 갑옷을 입고 있었고, 중요 부위는 두터운 철판으로 된 금속으로 보호하고 있었다. 그것 때문인지는 몰라도 기병들이 지나가자 희뿌연 먼지와 함께 지축을 울리는 듯한 엄청난 소음을 내고 있었다. 그들은 마을 안에 들어와서도 속도를 줄이지 않았기에, 길거리를 지나가던 주민들은 그 서슬에 놀라서 길의 좌우로 황급히 비켜섰다.

기병들의 목적지는 마을의 위쪽에 있는 작은 요새였다. 그 요새에서 가족들과 함께 살고 있는 버니즈 백작은 요새를 중심으로 반경 30킬로미터에 가까운 광활한 대지의 관리를 황제로부터 위임받고 있었다. 영지가 넓은 만큼 버니즈 백작은 거의 4백여 명에 가까운 사병(私兵)들을 거느리고 있었는데, 지금 마을을 빠른 속도로 가로질러 달려오는 무리들도 백작의 사병들이었다.

요새 위에 서 있던 보초병은 달려오는 기병들이 몇 시간 전에 이 요새에서 출발한 잭슨 남작 일행이라는 사실을 알아보고는 아래쪽을 향해 큰 소리로 외쳤다.

"잭슨 남작님께서 돌아오셨다. 문을 열어라!"

기병들이 요새의 정문에 도착할 때쯤에는 문이 활짝 열려 있었다. 기병들은 잠시도 지체하지 않고 요새 안으로 달려 들어갔다. 햇빛을 받아 번쩍거리는 갑옷, 그리고 기병들이 가지고 있는 긴 창날과 검……. 보는 이들로 하여금 감탄을 자아낼 만큼 위압적인 모습이었다.

"모두들 쉬어라, 수고했다."

잭슨 남작은 도착과 동시에 말의 고삐를 종자에게 넘겨 준 후 요새 안으로 달려 들어갔다. 영주인 버니즈 백작에게 갔던 일의 전말을 보고해야 했기 때문이다.

"그래 갔던 일은 어떻게 되었나?"

"예, 영주님. 농노들이 봤다는 그 수상한 무리들은 피난민들이었습니다."

"피난민이라고? 어디에서 왔다고 하던가?"

"예, 발크레에서 왔다고 하더군요."

"발크레라면 여기서 겨우 이틀거리인데……. 설마 거기에까지 적들이 나타났다는 말인가?"

"그런 것 같습니다. 피난민들에게 물어보니 갑자기 병기 부딪치는 소리가 나고, 요새에서 불길이 치솟았다고 합니다. 적들은 곧이어 물러갔지만, 아무래도 안심이 안 되어서 피난을 간다고 하더군요."

"그래서, 어떻게 처리해 놓고 왔는가?"

"예, 일단 영지의 경계선에 검문검색을 강화하라고 병사들에게 지시했습니다. 그리고 될 수 있으면 피난민들을 설득해서 고향으로 다시 돌려보내라고 지시했지요."

"잘 처리했군. 이 기회를 이용해서 농노들이 도망칠지도 모르는 일이야. 그러니 영지 내의 농노들에게 꼬투리를 잡히지 않도록 주의를 기울이게."

"주의하고 있습니다. 참, 딴 곳에서 흘러온 한 농노 가족을 붙잡았는데 어떻게 처리할까요?"

농노를 붙잡는 일이 그렇게 희귀한 일은 아니었기에 버니즈 백작은 퉁명스레 대답했다.

"늘 하던 대로 처리해."

"예, 그런데 그 농노의 딸이 상당한 미인이던데요? 그냥 노예로 팔아 버리기는 아깝더군요."

잭슨 남작은 슬며시 미소를 떠올리며 말했다. 아무래도 부하의 말투가 자신에게 달라는 듯 느껴졌는지, 버니즈 백작은 잭슨을 힐끗 바라 본 후 말을 이었다.

"뭐 좋다면 그 계집은 자네가 가지게. 대신 그 아버지는 교수형을 시키고, 나머지는 모두 노예로 팔아 버리는 것 잊지 말게."

"감사합니다, 영주님."

이때 갑자기 비상종 소리가 울려 퍼졌다.

땡땡땡땡땡…….

하지만 그 소리는 급격히 잦아들더니 곧 아무런 소리도 들리지 않았다. 버니즈 백작은 급히 창문 쪽으로 달려갔다. 비상종을 가지고 장난치는 못된 녀석이 누군지 확인하기 위해서였다. 하지만 그가 본 것은 못된 녀석의 장난기 가득한 얼굴이 아니라, 비상종 밑에 쓰러져 있는 병사의 시체였다. 그것을 보고 버니즈 백작의 등으로 식은땀이 흘러내렸다.

"적이다."

버니즈 백작은 부하들을 지휘하기 위해서 아래로 달려 내려가려 했다. 하지만 곧이어 뒤따라온 잭슨에게 붙잡혔다. 잭슨은 버니즈 백작을 꼭 붙잡은 후 상관이 무모한 행위를 하지 못하게 설득했다.

"지금 사방에 돌아다니며 지방 영지들을 파괴하고 있는 것은 코린트의 기사단입니다. 기사들을 상대로 어떻게 하시겠다는 겁니까? 적들은 곧 있다가 철수할 겁니다. 그러니 몸을 잠시 감추십시오. 나중에 적들이 물러간 후에 이 영지를 관리하셔야 할 것 아닙니까?"

"그, 그렇군. 내가 죽으면 안 되겠지?"

"당연하지요. 지금 여러 곳에서 놈들이 활개를 치는 바람에 지방 행정이 붕괴되고 있다고 하지 않습니까? 영주님께서는 살아남으셔야 합니다. 그래야만 영주님의 영지만이라도 보존이 되지 않겠습니까? 그리고 그것이 황제 폐하의 뜻이 아니겠습니까?"

확실히 부하의 말대로다. 놈들은 점령지의 확보가 목적이 아니었다. 크라레스의 지방 행정의 중심부들을 파괴하면서 크라레스가 망하기만을 기다리고 있는 것이다. 이때는 잭슨 남작의 말대로 용감하게 적들과 싸우는 것보다는 비겁하게라도 살아남는 것이 중요할 것이다. 그래야 놈들이 떠난 후에 다시 이곳의 치안과 행정력을 복구할 수 있을 테니까. 버니즈 백작은 거기까지 생각하며 자신에게 충언을 해 준 잭슨 남작에게 감사를 보냈다.

"그렇군. 경의 현명한 조언에 감사하네. 자네 같은 젊은이들이 있는 한 크라레스는 무궁히 발전할 수 있을 것이야. 내 오늘의 일을 잊지 않겠네."

영주의 말에 잭슨 남작의 얼굴에 희미한 미소가 떠올랐다. 영주가 이렇게까지 말했으니 출세는 보장된 것이나 다름없었기 때문이다. 또, 크라레스는 코린트군의 기습 작전으로 수많은 지방 영주들이 사망한 상태였다. 만약 버니즈 백작이 뒤를 밀어준다면 작은 지방의 영주가 되는 것도 시간문제일 것이다. 그러니 아무리 감추려고 해도 미소가 떠오르지 않을 수 있겠는가?

"감사합니다, 영주님. 그건 그렇고 빨리 몸을 피하셔야만 합니다. 자, 이쪽으로······."

버니즈 백작이 잭슨 남작의 안내를 받으며 달려간 곳은 요새 외곽으로 빠지는 비밀 통로가 있는 곳이었다. 잭슨 남작은 비밀 통로의 문을 연 후 다급한 어조로 외쳤다.

"빨리 들어가십시오, 영주님."

하지만 버니즈 백작은 어둡고 습한 비밀 통로를 앞에 두고 선뜻 들어가지 못하고 있었다.

"언제 놈들이 올지 모릅니다. 겨우 병사 몇백 명으로 기사들을 막을 수 없다는 사실을 잘 알고 계시지 않습니까? 자, 빨리……."

자신을 채근하고 있는 잭슨 남작을 향해 버니즈 백작은 침착한 어조로 말했다. 일단 비밀 통로의 앞에 도착해서 언제든지 밖으로 나갈 수 있게 되었기에 버니즈 백작의 마음은 상당히 안정을 되찾고 있었다.

"참, 그리고 보니 가족들이……. 나만 이렇게 빠져나갈 수는 없지 않겠나?"

잭슨 남작은 필요 이상으로 서두르고 있었다. 사실 적들이 요란한 소리를 내면서 성내의 경비병들과 격전을 벌이고 있었지만, 그들은 아직까지 요새 안까지 단 한 명도 들어오지 않고 있었다. 속도가 빠른 기사들은 다수의 병사들과 싸울 때 가능한 한 운신의 폭이 좁은 실내에서 싸우는 것을 좋아하지 않기 때문이었다. 어쩌면 지금 움직인다면 영주의 가족들을 구출할 수 있을지도 몰랐다. 하지만 자신의 가족도 아니고, 겨우 영주의 가족을 구한다고 목숨을 걸 수는 없는 노릇이 아닌가?

"지금 이 상태로 가족들을 구하러 간다는 것은 자살 행위입니다. 영주님, 빨리 나가셔야만 합니다. 일단 영주님께서는 살아남으셔야 하지 않습니까? 놈들이 언제 실내로 진입할지 알 수 없습니다. 서두르시지요."

버니즈 백작은 몸을 뒤로 돌려 창문 밖을 바라보았다. 요새 내의 연병장 위에서는 지금 그야말로 피바람이 불고 있었다. 수많은 시체들이 널려 있었고, 압도적인 무력을 지닌 적들을 향해, 겁에 질린 병사들이 도망치다가 학살을 당하고 있었다. 아니, 도망이라도 치는 놈들은 그래도 용감한 녀석들이었다. 아예 겁에 질려서 부들부들 떨며 그냥 서 있거나, 아예 오줌까지 지리고 있는 놈들도 있을 정도였다. 그것을 보면 얼마 지나지 않아 적들은 밖에 있는 병사들을 모두 처치한 후 실내로 진입해 들어올 것이다.

"알겠네. 그렇다면 자네가 가서 내 가족들을 이리 데려다 주지 않겠나?"

"예?"

적들이 언제 실내로 진입해 들어올지 알 수 없는 상황이었다. 만약 영주의 가족들을 구한답시고 왔다 갔다 하다가 적에게 걸리면 바로 죽음이라는 것을 그는 잘 알고 있었기 때문이다.

버니즈 백작은 밖에서 벌어지는 일에 신경 쓰며 말했다. 얼마 버티지 못할지도 모르지만, 그래도 놈들이 실내로 진입해 들어와서 여기까지 오려면 시간이 있을 거라고 생각했다.

"놈들은 아직 요새 안으로 진입해 들어오지 못했어. 지금 움직인다면 가능할 거야. 부탁……."

버니즈 백작의 말은 더 이상 이어지지 않았다. 잭슨 남작이 뒤에서 단검으로 그의 등을 찔러 버렸기 때문이다.

"으윽! 네… 네놈이 이럴, 이럴 수가 있느냐?"

비틀거리면서 검을 뽑아 들려고 애쓰고 있는 상관을 보며, 잭슨 남작은 단검을 옆으로 던지고 허리에 꽂혀 있는 장검을 천천히 뽑아 들었다. 잭슨은 한껏 비웃음을 흘리며 말했다.

"죽고 싶으면 네놈이나 가서 죽어. 나는 살아야겠어. 겨우 네 녀석 가족 따위 구한다고 창창한 내 목숨을 걸 수는 없다구! 알아?"

잭슨 남작의 검은 비틀거리며 간신히 서 있는 버니즈 백작의 옆구리를 베어 들어갔다. 잭슨 남작은 우람한 근육질의 소유자였지만 그의 검은 버니즈 백작의 몸통을 완전히 반으로 가르지는 못했다. 반쯤 잘라 버리다가 힘이 부족해 그만 멈춰 버렸던 것이다.

잭슨 남작은 이제 시체가 되어 버린 버니즈 백작의 몸통을 발로 차서 뒤로 넘어뜨리고는 자신의 검을 뽑아냈다. 그런 다음 피 묻은 검을 든 채로 황급히 비밀 통로 안으로 사라졌다. 그는 어찌 되었건 이 망할 전쟁에서 살아남는 것이 중요했던 것이다. 일단 살아남아야 영주건 뭐건 직책을 받아서 호의호식할 수 있을 것 아닌가?

어쨌든 코린트 기사단의 크라레스 공격은 엄청난 성과를 보이고 있었다. 각 지방의 행정과 치안, 그리고 세금의 징수를 담당하는 지방 영주들이 그 공격 대상이 된 것이다. 이런 전투 방법은 여태껏 그 유래를 찾아보기 힘든 것이었다.

수백 명에 달하는 피난 행렬……. 소나 말이 끄는 수레에 짐과 아이들을 태우고, 어른들은 그 고삐를 잡고 앞장서서 터덜터덜 걷는다. 하지만 그런 사람들은 그래도 나은 편이다. 등과 한쪽 손에 짐을 잔뜩 들고 남은 한쪽 손으로는 아이의 손을 꼭 쥐고 걷는 사람들. 아이들은 다리가 아프다고 투정을 해 대지만, 그래도 어쩔 수 없는 것이다. 이런 피난 행렬은 비단 이들만이 아니라 이번에 아르곤에 점령된 거의 대부분의 영토에서 벌어지고 있었다. 그야말로 엄청난 인구의 대 이동이었다.

 국가끼리 전쟁이 벌어졌을 때, 피난민들이 발생하기도 한다. 하지만 이렇듯 대규모의 피난민이 이동을 하는 경우는 매우 드물었다. 왜냐하면 평민들의 경우 거주지를 이동할 자유가 있었지만, 영지에 소속되어 있는 농노들의 경우 주거지를 이동할 자유가 없었기 때문이다. 그들은 바로 옆 마을에서 격전이 벌어져도 피난을 떠날 수 없었다. 거주지를 이탈하여 탈주한 농노라는 것이 밝혀지면 노예로 팔려가거나 아니면 교수형에 처해지기 때문이었다.

 대부분의 경우 전쟁이 휩쓸고 지나간 후 새로운 주인이 영주가 되어 나타나면, 그들은 또다시 농사를 지어 그 영주에게 바치는 생활이 지속되게 된다. 평민이나 귀족들이야 적군이 쳐들어오면 엄청난 생활의 변화가 오겠지만, 농노들의 경우는 바뀔 것이 하나도 없었다. 그들은 태어나서 죽을 때까지 농노의 생활을 하도록 법으로 규정되어 있었기 때문이다. 그런데도 이렇게 많은 피난민들이 발생했다는 것은 농노들까지 죽음을 무릅쓰고 피난을 시작했다는 것이다. 왜 그런 사태가 벌어졌을까?

 피난민들이 이동해 오는 길목을 지키고 있던 병사들의 수는 30여 명밖에 되지 않았지만 그래도 두터운 갑옷과 검과 창으로 무장을 갖추고 있는 진짜 병사들이었다. 그들은 피난민을 보자 그 앞을 가로막으며 외쳤다.

"서라, 모두들 고향으로 돌아가라, 더 이상 앞으로 갈 수는 없다."

병사들이 막아서자 피난민들의 대열이 술렁이기 시작했다. 철 없는 아이들을 제외하고 모두들 병사들의 모습을 보자 허탈한 표정으로 바뀌어 갔다. 그들은 이제 더 이상 잃을 것이 없었다. 정들었던 집과 생활을 보장해 주던 토지를 버리고 이곳까지 온 것이다. 그들에게는 집과 토지보다도 더 소중한 것이 있었기 때문이다. 바로 목숨이었다. 아무리 호화로운 집과 많은 소출을 내는 토지라도 목숨이 없다면 필요 없는 것이다.

"우리들을 보내 주시오!"

모두들 이구동성으로 외쳐 봤지만, 병사들에게 그런 부탁은 통하지도 않았다. 병사들은 지휘자의 구령에 맞춰 검을 뽑아 들고 피난민들을 위협하기 시작했다. 그들로서도 상관으로부터 받은 명령이 있기에 불쌍하긴 하지만 이들을 그냥 통과시킬 수는 없었다.

아무래도 병사들이 자신들을 통과시키지 않을 것이라는 점을 느끼자 피난민 행렬은 잠시 멈칫 하더니 여태까지의 체념이 분노로 바뀌기 시작했다. 어차피 그들에게는 갈 데가 없었다. 돌아가면 죽음이 기다리고 있을 것이다. 여기서 죽으나 돌아가서 화형당하나 똑같은 것이다. 아르곤의 종교 재판에 걸려 얼마나 많은 사람들이 목숨을 잃었던가…….

피난민들은 저마다 지팡이로 쓰던 나무 막대나 수레에서 꺼내

유래를 찾기 힘든 전쟁

든 농기구를 들고 병사들에게 달려들었다. 피난민들이 이렇게 거칠게 나오자 병사들도 검을 휘두르기 시작했다. 가만히 있다간 맞아죽을 테니 어쩔 수 없었던 것이다. 그러면서 사방에 피보라가 일기 시작했고, 피난민들은 더욱 흥분했다.

죽기 살기로 덤벼 오는 피난민들의 몽둥이에 병사들이 하나 둘 쓰러지고 있었다. 아무리 상대가 허접한 무장을 갖춘 시민들이라고 해도 숫자는 이쪽의 몇 배나 된다. 부하들의 절반 이상이 광기 어린 시민들에게 죽음을 당하자 병사들의 우두머리도 어쩔 수 없었는지 퇴각 명령을 내렸다.

병사들은 평소에 교육받은 대로 열심히 도망치기 시작했다. 10여 명의 동료들의 시체들을 뒤로하고 말이다. 그리고 피난민들도 앞을 가로막는 병사들이 없어지자 또다시 앞으로 걸어가기 시작했다. 수십 명이 넘는 이웃이나 친지들의 시체를 뒤로하고……. 어느 쪽이나 뒤끝이 깨끗하지 못한 허무한 전투였다.

바크론 요새의 포스타나 대신관의 집무실에는 지금 긴장감이 돌고 있었다. 포스타나 대신관으로서는 지금 상상도 해 보지 못했던 보고가 올라왔기 때문이었다.

"형제가 지금 하는 말은 민란이 발생했다는 말과 같은 뜻 아닌가?"

대신관의 말에 보고를 올린 사목관은 변명했다.

"아니지요, 대신관님. 민란하고는 거리가 있습니다. 점령지의 주민들이 대대적으로 크라레스 쪽으로 탈출을 시도하고 있다는 보고는 어제 드렸잖습니까?"

"물론 그랬었지. 그래서 내가 형제에게 그것을 막으라고 지시했던 것 아닌가? 땅이란 것은 몇 달만 경작을 하지 않아도 황무지로 변하니까 말이야. 형제도 알다시피 주교원에서 아직까지 전쟁이 완료되지 않은 이곳에 이주민을 보낼 리가 없지 않겠나? 또 많은 이주민들을 보내온다 하더라도 산맥을 통과하여 여기까지 도착하려면 상당한 시간이 필요하네. 그러니까 본국에서 이주민이 도착할 때까지 토지를 경작할 수 있는 최소한의 인구는 남아 있어야만 하기에 내린 지시였네."

"예, 그래서 각 사단장들에게 대신관님의 지시를 전했습니다. 사단장들의 보고에 따르면 피난 가던 주민들은 병사들을 보자마자 공격하기 시작했답니다. 그래서 지금 곳곳에서 군대와 주민들 간에 격전이 벌어지고 있습니다."

"바로 그게 민란이란 소리 아닌가?"

사목관은 얘기가 통하지 않아 답답하다는 듯 인상을 찌푸렸다.

"민란은 아니죠. 군대를 보내지 않았다면 일어나지 않았을 사태니까요."

서로의 해석 차이로 인해 말이 겉돌자, 대신관의 눈초리가 위로 올라갔다. 주민들이 군대를 향해 무기를 들었다면 그것이 민란이 아니고 뭐란 말인가?

"형제, 지금 나하고 말장난을 하자는 것인가?"

사목관은 대신관의 눈을 마주 쏘아봤다. 하지만 그는 곧 시선을 아래로 푹 내렸다. 그는 대신관에게 따지고 싶은 말이 있었지만 도저히 그 말을 할 용기가 없었다. 이 모든 일의 시작은 대신관의 무리한 이교도 사냥에서 비롯된 것이었다. 왜 농노들이 자신들의 정든 터전을 버리고 이동을 시작했겠는가? 도망갈 틈도 안 주고 막다른 통로로 계속 밀어붙이니 반발하는 것 아닌가?

하지만 사목관은 대신관에게 고개를 조아려 사과했다. 따져 봤을 때 대신관의 행동은 잘못된 것이었지만, 어차피 상대는 자신보다 월등하게 높은 직위를 지녔기 때문이다.

"아, 아니 죄송합니다, 대신관님. 결코 그런 뜻은 아니었습니다."

"좋아, 어차피 청소 작업이 앞당겨졌을 뿐이야. 병력을 총동원하여 반항하는 무리들은 싹 쓸어버려라. 내가 관장하는 지역에서 민란이 일어났다는 것을 주교원에서 안다면 내 체면이 뭐가 되겠나? 다시는 반항할 엄두를 내지 못하도록 싹부터 철저히 짓밟아 버리게. 알겠나?"

"하지만 그렇게 하면 더욱 사태는 겉잡을 수 없는 방향으로 흐를 수도 있습니다."

"괜찮아. 민란을 일으키면 어떤 꼴이 되는지 보여 주면 다시는 그러지 못할 거야. 원래 민중이란 것은 겁이 많거든. 즉시 실행하게."

더 이상 말이 통하지 않자 사목관은 공손하게 대답했다.

"예, 대신관님."

사목관은 대신관의 집무실을 나와서는 휘하 장교들을 불러서 대신관이 명령한 사항을 전달했다. 일단 위에서 명령이 내려왔으니 그것이 아무리 잘못된 것이라도 일단 실행해야만 했기 때문이다. 그런 후 사목관은 걸음을 옮겨 자신의 숙소를 향했다. 사목관의 숙소는 그 전에 이곳 요새에 소속되었던 장교들이 묵었던 방이었다. 사목관은 한숨을 푹 내쉰 후 장문의 편지를 쓰기 시작했다. 지금 현재 이곳에서 일어나고 있는 일들, 그리고 그 일이 일어나게 된 배경을 말이다. 그런 다음 그는 서랍을 열고 얇으면서도 작은 양피지 조각을 꺼냈다. 그리고 그 옆에 놓여 있던 두툼한 책자 하나도 꺼냈다. 그런 다음 사목관은 자신이 방금 썼던 편지의 내용을 두툼한 책자 안에서 찾아내서는 그것을 얇은 양피지 안에 기록하기 시작했다. 전서구를 통해 편지를 보내려면 비밀 유지를 위해 이렇듯 암호를 이용하는 것이 좋았기 때문이다.

사목관은 편지를 모두 다 쓴 후 문 앞에서 대기하고 있던 경비병을 불렀다.

"무슨 일이십니까? 사목관님."

사목관은 양피지를 아주 조그마하게 돌돌 말아서는 작은 통 속에 넣었다. 그 통과 밀랍으로 봉인한 편지를 경비병에게 내밀었다.

"이것을 전령에게 보내게. 지급으로 말이야. 주교원에 도착하려면 시간이 얼마나 걸릴까?"

"전서구는 3일이면 도착하겠지만, 편지는 족히 한 달은 걸릴 것입니다. 그렇게 급하신 일이시라면 엔드슨 수사(修士)님을 불러다 드릴까요?"

엔드슨 사제라면 통신의 권능을 가지고 있는 사제였다. 하지만 지금 사목관이 하고 있는 일이 만약 대신관의 귀에 들어간다면 큰일이었다. 그렇기에 사목관은 고개를 가로저으며 말했다.
"아닐세. 엔드슨 수사도 일이 많이 바쁠 테니 그를 부를 필요는 없네. 자네가 처리해 주게. 이건 전서구로 보내고, 이건 전령을 통해서 보내게. 될 수 있다면 빠르면 좋겠군."
"알겠습니다, 사목관님."
경비병이 밖으로 나가고 나자 사목관은 창문으로 시선을 돌렸다. 요새의 담장 저 밖으로 삐죽삐죽 솟아오른 나무 장대들이 보였다. 오늘도 많은 시민들이 이교도라는 이유 하나만으로 저것으로 목숨을 잃을 것이다. 그것을 보고 사목관은 가슴속 깊은 곳에서부터 흘러나오는 한숨을 내쉬었다.

처절한 복수가 시작될 것이다

"전하, 방금 크라레스에서 사신이 도착했사옵니다."

장교의 보고에 로체스터 공작의 눈썹이 꿈틀했다. 드디어 기다리고 기다리던 순간이 찾아온 것이다. 이것을 위해서 그토록 크로나사 지방을 들쑤셔 댔으니까 말이다.

"그래, 누가 왔던가?"

"예, 크라레스의 공식 외교 담당관인 와리스 후작이옵니다."

"그래? 그 녀석 얘기는 많이 들었어. 아주 노회한 놈이지. 그래 무슨 일로 왔다고 하던가?"

"예, 휴전을 청하러 왔다고 하옵니다. 어떻게 처리할지 하명해 주시옵소서."

"좋아, 뭐 밑져 봐야 본전이겠지. 내가… 아니, 아니지. 딴 놈들은 보내 봐야 영 미덥지가 않으니……. 제임스를 불러라."

로체스터 공작은 자신이 직접 와리스 후작을 만나려고 하다가 생각을 고쳐먹었다. 겨우 외교 담당관 따위를 자신이 직접 만나 줄 이유가 없다는 생각이 들었다. 하지만 그렇다고 코린트에 쓸 만한 외교 담당관이 있느냐 하면, 그것도 아니었기에 로체스터 공작은 제1근위대장인 제임스 후작을 부른 것이다. 제임스라면 자신의 뜻을 제대로 전달할 테니까 말이다.

"안녕하십니까? 각하."

제임스 후작이라면 크라레스의 루빈스키 공작과 거의 동급이라고 볼 수 있는 인물이었다. 문이 열리면서 제임스 후작이 걸어 들어왔을 때, 와리스 후작은 사력을 다해서 입 밖으로 욕설이 튀어나오려는 것을 참아 낸 후 상대에게 미소를 보냈다. 아무래도 오늘의 설전(舌戰)은 아주 힘들 것 같았다.

"그래, 무슨 일로 왔소?"

"예, 프랑크 폰 그래지에트 황제 폐하의 서신을 가지고 왔습니다."

와리스 후작이 건네는 편지를 쭉 훑어본 후 제임스는 차갑게 질문을 던졌다.

"휴전을 하자고? 그래, 어떤 조건으로 휴전을 하자는 말이요?"

"본국과 귀국은 과거 30년 전에 치른 대 전쟁을 제외하고는 아주 평화롭게 지내지 않았습니까? 그리고 6년 전에 불행스러운 격전이 있었지만, 그것은 크루마와 귀국 간의 전쟁이었지요. 본국의 경우 크루마의 압력 때문에 어쩔 수 없이……."

"쓸데없는 잔소리는 집어치우시오. 크로나사 평원이 원래 귀국의 영토였고, 그것을 귀국이 6년 전에 되찾은 것에 대해서 이론을 제기할 생각은 없으니까 말이요. 그때 귀국은 그것을 되찾을 힘이 있었소. 지금은 어떻소? 쓸데없는 소리는 하지 말고 현실을 직시하시오. 귀국에는 그만한 힘이 있소?"

"예, 그것 때문에 찾아뵈었습니다. 귀국도 크로나사 평원을 차지할 힘이 없기는 마찬가지가 아니겠습니까? 그 단적인 예로 여태껏 전쟁이 벌어진 지 며칠 되었지만, 귀국의 군대는 아직도 국경을 넘지 못하고 있지 않습니까?"

"흥, 그건 작전 때문이오. 쓸데없이 병사들의 피를 흘리고 싶지 않다는 이유 때문이었지. 만일의 경우를 대비해서 지금 15개 사단에 이르는 병력이 국경선을 넘을 만반의 태세를 갖추고 있소. 그러니 그따위 궤변은 때려치우는 것이 좋을 거요."

"전쟁이 오래 지속되어 봐야 좋을 것은 없습니다. 한쪽에서는 아르곤이, 또 한쪽에서는 알카사스군이 진격해 들어오고 있습니다. 전쟁이 오래 지속된다면 귀국의 몫이 그만큼 줄어드는 것이죠. 어떻습니까? 크로나사 평원의 북쪽을 떼어 드리겠습니다. 그것만으로도 충분하지 않습니까?"

"충분하지 않소. 황제 폐하께서는 귀국의 멸망을 원하시오. 그런데 겨우 크로나사 평원의 북쪽만으로 만족하라는 말이요? 그것도 승리하고 있는 전쟁에서 말이요."

와리스 후작은 손수건을 꺼내어 땀을 닦은 후 항변을 시작했다.

"정 귀국이 그런 식으로 나오신다면 본국도 전력을 다해서 귀국과 전쟁을 할 수밖에 없습니다. 본국도 전쟁을 통해 많은 피해를 입었지만 아직까지 4개 전대와 3개 기사단이 남아 있습니다. 이번 전쟁으로 귀국의 피해도 엄청나지 않습니까? 전쟁이 계속된다면 상호 간의 피해는 더욱 확대될 것입니다. 그러니 서로에게 너무 무리한 요구는 하지 않으시는 편이……."

제임스가 자리에서 벌떡 일어서면서 차갑게 말했다.

"그렇다면 더 이상 시간을 허비할 필요가 없소. 나도 쓸모없는 말싸움으로 시간을 낭비할 만큼 할 일이 없는 것도 아니고……. 그럼 잘 가시오."

와리스 후작은 당황해서 주절거렸다. 말로는 도저히 통하는 상대가 아니라는 것을 깨달았기 때문이다.

"그러지 마시고……. 예, 예. 크로나사 평원을 포기하겠습니다. 그러면 되겠습니까?"

제임스는 다시금 자리에 앉았다. 그는 와리스 후작의 기름기가 잘잘 흐르는 느끼한 얼굴을 혐오스런 표정으로 쏘아보며 천천히 입을 열었다.

"그것만 가지고는 부족하오."

"예? 크로나사 평원은 엄청나게 기름진 대지입니다. 사실 그 때문에 양국이 반목해 온 것이 아닙니까? 그렇다면 말토리오 산맥 이남의 땅까지도 원하신다는 겁니까?"

"훗, 땅은 더 이상 필요 없소."

"그렇다면 기사단을 감축하라는 말씀이십니까?"

"아니, 기사단을 줄인다면 귀국도 어려워지겠지. 폐하께서는 귀국에 그렇게 많은 것을 원하시는 것이 아니요."

"그렇다면?"

"일단 귀국이 소유하고 있는 청기사의 엑스시온 설계도를 넘기시오."

이건 이미 예상하고 있던 요구 사항이었다. 그렇기에 와리스는 겉으로는 당황한 듯한 표정을 지었지만, 속으로는 회심의 미소를 지으면서 답했다.

"청기사의 엑스시온은 루빈스키 전하께서 대마법사 안피로스의 던전을 발굴하던 도중에 입수한 것입니다. 완성된 것 열 개를 발견했지요. 설계도는 구할 수 없었습니다. 그러니 귀하의 그 요구에는 응할 수가 없겠군요."

와리스 백작이 열 개라고 말한 것은, 코린트가 이번에 크라레인 시 공략 작전을 펼치면서 근위 기사단과 결전을 벌이면서 어느 정도 청기사의 수가 드러나 버렸기 때문이다. 하지만 황제를 호위하기 위해 근위 기사 한 명이 빠져 있었기에 열 대라고 둘러 댈 수 있었다.

제임스는 희미하게 고개를 끄덕였다. 왜 크라레스가 그 막강한 타이탄인 청기사의 생산을 포기했는지 이해가 갔기 때문이다.

"좋소. 그렇다면 모든 청기사를 본국에 넘겨주시오."

"예? 그것은 너무 무리하신 주문이……."

"결코 무리한 것이 아니요. 전쟁을 계속하고 싶소? 그것만 말하시오."

"허허헛, 이거 너무하시군요. 계속 그렇게 사람을 몰아붙이시다니……. 저는 결코 청기사를 넘겨드리지 못하겠다는 것이 아닙니다. 이번에 귀국 기사단이 크라레인시 기습 작전을 펼쳤을 때, 세 대의 청기사가 파괴되었습니다. 그 때문에 열 대를 다 드릴 수 없다는 것이죠."

"그렇다면 파괴된 것도 넘기시오."

"그것도 힘듭니다. 이미 재처리를 시작했기에 절반쯤 녹아 버렸을 테니까요."

와리스 후작은 절대로 청기사의 잔해를 넘겨줘서는 안 된다는 특명을 받고 있었다. 적들이 청기사의 엑스시온을 녹여 본다면 그 안에서 루비 대신에 드래곤 하트를 발견할 것이 분명했기 때문이다. 하지만 완전한 녀석을 넘겨준다면 그들은 결코 청기사를 분해하지 못할 것이다. 겨우 전 세계에 일곱 대밖에 남아 있지 않은 청기사를 어떻게 분해하겠는가?

"으음, 곤란하게 되었군. 하지만 청기사의 덩치는 엄청나게 크니까 분해 작업이 완료되지는 못했을 거요."

"물론입니다. 하지만 재생산을 위해서 엑스시온의 분해 작업은 끝났다는 말을 얼핏 들은 것 같군요."

"젠장, 좋소. 분해 작업이 끝난 것이라도 우리에게 넘기시오."

"알겠습니다. 귀국에는 황금이 엄청나게 많을 텐데도 그렇게 욕심을 부리시다니……. 뭐 귀국이 원한다면 드려야 하겠지요. 참, 살아 있는 청기사는 여섯 대만 드릴 수밖에 없겠군요."

"그건 왜 그렇소?"

"치레아 대공 전하께서 가지고 계신 것은 도저히 반납받기 힘들기 때문입니다. 그건 황제 폐하께서 그분께 직접 하사하신 것으로 그분 개인 소유거든요. 그런데 그것을 반납하라는 말씀을 올린다면, 가만히 계시지 않을 가능성이……."

그러면서 와리스 후작은 상대의 눈치를 힐끗 봤다. 치레아 대공이라는 말이 나오자 제임스의 인상이 확 구겨졌다. 와리스 후작의 말이 맞을 수도 있다는 것을 잘 알고 있었기 때문이다.

"뭐 귀국 황제가 하사한 물건이라면 어쩔 수 없겠구려. 개인의 소유물까지 뺏을 수는 없으니까 말이오."

"감사합니다, 후작 각하."

"그리고 마지막으로 한 가지."

"예?"

"치레아 대공을 귀국에서 영구히 추방하시오."

마지막 한마디에 와리스의 입이 한껏 벌어졌다. 설마 치레아 대공을 추방하라는 조건이 제시될 거라고는 상상도 하지 못했던 것이다. 하지만 코린트 측의 입장은 달랐다. 원래는 세 명의 공작을 모두 추방하라고 할 예정이었는데, 아무래도 그건 너무 심한 것 같아서 치레아 대공 단 한 명으로 줄인 것이었다.

"그, 그것은 폐하와 상의를 해 봐야 하겠습니다."

"좋을 대로 하시오. 내일 회의를 다시 할 테니 그때까지 한번 의견을 모아 보시오."

"예, 감사합니다. 발렌시아드 후작 각하."

제임스가 회담장에서 돌아오자 로체스터 공작은 초조한 어조로 물었다. 잘만 하면 이 아슬아슬한 전쟁을 끝낼 수 있는 것이다. 로체스터 공작은 발렌시아드 기사단을 전멸시킨 이후 더 이상 고양이의 행동이 계속되지 않은 것을 다행스럽게 여기고는 있었지만, 그래도 상대가 너무 조용하다 보니 우려감은 점점 더 심해지고 있는 실정이었다.

"그래, 갔던 일은 어떻게 되었나?"

"예상대로였습니다. 크라레스는 안피로스의 던전을 발굴하면서 엑스시온만을 구한 것이더군요. 그래서 더 이상 청기사의 수가 늘지 않았던 것 같습니다. 아홉 대의 청기사를 받기로 했습니다. 세 대는 용광로에 들어 있던 거라도 꺼내서 달라고 했습니다."

"잘했군."

"그리고 마지막으로 치레아 대공을 추방하라고 했더니 그 뚱보 녀석 얼이 빠져서는 폐하와 상의해 본 후에 다시 회의를 하자고 하더군요."

"잘했다. 그녀만 추방해 버린다면 크라레스 따위는 하루아침 식사거리도 안 되지. 그리고 더 이상 그녀 때문에 근심할 일도 없어질 거야."

"그렇사옵니다, 전하. 하지만 휴전을 한 국가를 침공한다면 안 좋은 소문이 퍼질 텐데요?"

"그런 것은 상관없어. 덫을 놓은 후 시간을 주고 기다리다 보면 놈들은 언젠가 걸려들 테니까 말이야. 그때 가서 박살 내 버리면 되겠지."

 로체스터 공작이 살기 어린 미소를 짓는 것을 보고, 제임스도 동조의 미소를 보냈다. 언젠가 돌아올 그날이 기다려졌기 때문이다. 아버지를 은거하게 만든 원흉인 치레아 대공이야 그 뒤에 드래곤이 버티고 있기에 복수를 할 수 없지만, 치레아 대공을 데리고 있는 크라레스 제국은 얘기가 다르다. 그날이 오면 처절한 복수가 시작될 것이다.

다크의 위기

"정신을 차리십시오."

다크는 누군가가 자신을 흔드는 느낌에 서서히 눈을 떴다. 어찌된 노릇인지 근육이 있는 대로 풀어져서 눈을 뜨는 것조차도 어려웠다. 힘겹게 눈을 떴을 때 보이는 것은 희미한 잔상뿐이었다. 손가락 하나 까딱할 힘이 없었기에 그냥 눈만 껌뻑이고 있을 때 상대방의 굵직한 음성이 들려왔다.

"완전히 제정신이 아닌데요. 약이 너무 과했던 것 아닐까요?"

이번에는 가느다란 여성의 목소리가 들려왔다.

"흥, 그럼 키에리도 죽인 위험인물에게 적당량의 약을 쓴단 말이냐? 강인한 신체와 정신력을 가진 기사들은 웬만큼 약물을 투입해도 견디는데, 도대체 어디에 기준을 두고 적당량을 잡는다는 말이야? 실험을 해 볼 대상도 없는데…….”

"그럼 도대체 약을 얼마나 쓰신 겁니까? 48시간이나 흘렀는데…….”

"뭐, 코끼리 한 마리는 충분히 뻗을 정도로 넣었지. 그래도 살아 있는 것을 보면 정말 대단해. 내 예상으로는 아마도 일주일은 혼수상태에 있을 테니 헛수고하지 말고 그냥 놔두라구.”

"그렇게 많이 넣으셨다는 말이십니까. 그러다가 죽으면 어쩌려구요.”

"죽으면 그때 가서 대비책을 생각해 봐야지. 그건 그렇고 나는 전하를 만나 뵈러 갈 테니 경비에 만전을 기하도록 해라. 그리고 저 상태를 그대로 유지하도록 해. 불쌍해 보인다고 채워 놓은 구속 장비를 풀어 주지 말라는 말이다. 알겠느냐?”

"옛, 명심하겠습니다.”

그다음 나직한 발자국 소리가 또각또각 멀어지기 시작했다. 그리고 곧이어 다크는 또다시 심해와도 같이 깊고 깊은 수면 속으로 빠져 들어갔다.

넓은 탁자를 사이에 두고 숙적인 미네르바를 마주하고 앉은 로체스터 공작은 떨떠름한 표정으로 인사를 건넸다. 그녀가 이곳까지 찾아올 것이라고는 상상도 하지 못했기 때문이었다.

"귀하가 여기까지 찾아올 거라고는 예상하지 못했소. 그래, 무슨 일이시오?”

로체스터를 향해 미네르바는 화사하게 미소 지으며 인사했다.

"오랜만에 뵙는군요, 로체스터 공작."

"마찬가지요."

"한 가지 상의 드릴 것이 있어서 왔지요."

"그래 뭔가요?"

"귀국과 본국과의 상호 불가침 및 미란 병합의 인증, 그리고 쟉센 평원에 대한 본국의 완전한 귀속에 대한 약속을 부탁해요."

그 말에 로체스터는 과장되게 감탄사를 터뜨리며 비꼬았다.

"후아……. 대단히 많은 것을 원하는구려."

"이쪽의 조건을 들어 보면 그 정도 대가는 아무것도 아니라는 것을 아실 거예요."

"그래, 뭐요? 도대체 뭘 가지고 왔기에 그렇게 많은 것을 원할 수 있는지 궁금하오."

"치레아 대공이에요. 이번에 귀국은 아주 수월하게 전쟁을 치르셨더군요. 그녀가 있는데도 불구하고 말이에요."

"그래서?"

"어떻게 그럴 수가 있다고 생각해요?"

"지금 무슨 말을 하고 싶은 거요?"

"치레아 대공을 본국에서 구속하고 있어요."

"뭣이, 그게 사실이오?"

로체스터 공작의 눈이 한껏 부릅떠졌다. 미네르바는 그가 놀라는 모습을 재미있다는 듯 바라보며 미소 지었다. 상대의 반응으로 보아, 이번 회담은 필히 성사될 가능성이 높다고 예측할 수 있었던 것이다.

"사실이에요. 그러니까 여기에 왔지요. 방금 제시했던 그 조건을 들어준다면 치레아 대공을 넘겨드리죠."

"만약 거절한다면?"

"어쩔 수 없죠. 부하가 과잉 충성으로 그 짓을 했다고 그녀에게 깨끗이 사과하고 동맹을 맺은 후 귀국을 칠 수밖에 없어요. 그녀의 무서움은 귀하도 잘 알겠죠? 약 때문에 한 번 곤욕을 치렀으니, 더 이상 그런 수법은 통하지 않을 거예요. 자, 어때요?"

"으음……. 잠시 생각할 여유를 주시오."

"좋아요."

로체스터 공작은 이제야 크라레스가 왜 조용했는지 이해할 수 있었다. 초반에 치레아 대공이 설치면서 상당한 피해가 생겼었지만, 나중에는 조용했던 건 아마도 그 이유 때문일 것이다. 치레아 대공은 정말 상대하기 까다로운 대상이다. 코린트 제국의 힘을 집중하기만 한다면 그녀쯤이야 손쉽게 처리할 수 있겠지만……. 그렇게 되면 드래곤이 가만히 있지 않을 테니, 어떻게 손을 쓸 수가 없지 않은가?

한참을 궁리하던 로체스터 공작은 낮은 어조로 질문을 던졌다.

"비밀의 유지는 어떻소?"

이게 가장 중요한 사항이었다. 만약 드래곤이 이 비밀 거래를 눈치 챈다면 가만히 있지 않을 것은 뻔했다. 하지만 드래곤이 이 사실을 모른다면 그 뒤는 아주 손쉽게 처리된다. 그녀를 죽이건 말건 로체스터 공작 마음대로 되는 것이다.

"완벽해요. 드래곤은 절대로 눈치 채지 못할 거예요."

미네르바의 확답에 로체스터 공작은 미소를 지으며 고개를 끄덕였다. 이제 가장 골치 아픈 적이 사라지는 것이다. 그리고 크라레스 제국도 완전히 지도 상에서 없어지게 될 것이다.

"좋소, 그렇게 해 드리리다."

"좋아요, 일단 서류로 작성해 주시죠. 그녀는 제가 돌아간 후에 곧장 보내 드리죠."

잠시 생각한 후 로체스터 공작은 딱딱한 어조로 말했다.

"좋소. 하지만 이것이 만약 속임수라면 그따위 서류는 휴지 조각이나 다름없다는 점을 명심하는 것이 좋을 거요."

미네르바는 그 정도 위협은 대수롭지 않다는 듯, 상대에게 생긋 미소를 보내며 천연덕스럽게 대답했다.

"물론이죠, 까뮤 드 로체스터 공작 전하."

코린트와 크라레스의 2차 협상도 와리스 후작과 발렌시아드 후작에 의해 주도되었다. 와리스 후작은 문을 열고 들어오는 제임스에게 인사를 건넸다. 그런 후 그가 자리에 앉자 사안에 대해서 입을 열었다.

"바쁘신데 오늘도 시간을 내주셔서 감사합니다, 각하."

"뭘요, 내 일이니 별로 괘념치 마시오."

"어제 폐하와 상의를 했었습니다. 폐하께서는 귀국의 모든 제안을 수용하시겠다고 허락하셨습니다. 그러니……."

제임스는 피식 미소를 지은 후 손을 들어 와리스 후작의 말을 가로막았다. 그런 후 느긋하게 입을 열었다.

"아아, 어제 했던 그 제안은 이제 소용없게 되었소이다. 귀국이 너무 늦장을 부리는 바람에 시효가 지났단 말이오."

"예? 그렇다면……."

"하루가 지난 만큼 더 많은 것이 추가되오. 청기사 외에도 귀국이 보유한 타이탄들 중에서 카프록시아 및 테세우스급은 전량 본국에게 양도하시오."

"그, 그건 너무……."

제임스는 손을 들어 와리스 후작의 말을 가로막으며 말을 이었다.

"아직 끝난 것이 아니요. 그리고 귀국은 이번 전쟁을 통해 노획한 타이탄들이 많은 것으로 알고 있소. 그런 만큼 엑스시온에서 빼낸 황금은 엄청나겠지? 로체스터 전하께서는 귀국이 이번 전쟁에 대한 배상금으로 250톤의 황금을 지불해 줄 것을 요청하라고 전하셨소."

"그건 불가능합니다."

"그렇게 불가능한 것은 아닐 거요. 탄벤스 공국의 전쟁에서 본국의 은십자 기사단을 전멸시킨 것만으로도 150톤은 건졌을 테니까 말이오. 그리고 철십자도 그대들이 전멸시켰지 않소? 그 외에도 귀국 타이탄들 중에서 파괴된 것을 수거한 것도 있을 거요. 그것을 모두 긁어모은다면 수월찮게 250톤을 모을 수 있을 거요."

와리스 후작은 식은땀을 닦아 내고 있었다. 물론 은십자를 전멸시키면서 그 정도의 노획물은 건졌다. 하지만 코린트 또한 기습 침공으로 3, 4전대를 전멸시켰다. 그러니까 이쪽에서 노획한 것은 모두 받아 내고, 저쪽은 저쪽대로 노획을 해 갔으니……. 이대로라면 크라레스의 군사력은 대폭적으로 감소할 것은 분명한 사실이었다.

"그래도 그것은 너무한 처사입니다, 각하."

"별로 너무할 것도 없소. 또 스바시에를 알카사스 왕국에 넘기시오. 그리고 치레아의 미르시엔 열도를 아르곤에 넘기시오."

"이건 억지입니다, 각하."

"억지라고 볼 수 없소. 하겠소? 아니면 하지 않겠소? 그 결과를 말하시오."

"시간을 조금만 더 주십시오. 폐하와 의논을……."

"후후훗, 하루가 지났는데 얼마나 많은 조항들이 붙었는지 알았을 거요. 만약 오늘 해가 넘어간다면, 내일은 그 조항에 치레아를 포기해야 한다는 것도 들어갈 거라는 것을 명심하시오. 그럼 나는 이만 가 보겠소."

비웃음을 흘리며 제임스가 떠나고 난 후, 와리스 후작은 허탈한 표정으로 앉아 있었다. 일주일 전만 해도 코린트와 다투며 경쟁을 하던 조국이 어떻게 이렇게까지 주저앉을 수 있는지 도저히 이해할 수가 없었던 것이다.

와리스 후작의 보고를 들은 토지에르는 격분했다. 만약 그 제안을 그대로 받아들인다면, 크라레스는 완전히 약소국으로 전락하게 되는 것이기 때문이다.

"뭣이라고? 이런 젠장, 놈들이 이렇게 나온다면 정면 승부밖에 없다. 이래도 국가가 망하고, 저래도 망할 거라면 코린트 놈들에게 본국의 저력을 보여 주는 수밖에 도리가 없어."

"알겠사옵니다, 전하. 그렇게 전하겠사옵니다."

와리스 후작과의 통신을 끊은 후, 토지에르는 한달음에 치레아 대공의 집무실로 달려갔다. 이제 벌어질 본격적인 전쟁에 대해서 의논하기 위해서였다. 하지만 그곳에는 아무도 없었다.

"어떻게 된 일이냐? 전하께서는 어디에 가셨느냐?"

"죄송하옵니다, 전하. 그건 저희들도 알 수가 없사옵니다. 전하께서는 아침에 출근하신 후 밖으로 나오시지 않으셨사옵니다."

"뭣이라고? 그렇다면 전하께서 어디로 가셨다는 것이냐? 여봐라, 세린!"

토지에르가 서슬 시퍼렇게 고함을 질러 대자, 세린은 주눅이 들어서는 귀를 뒤로 착 붙인 채 슬금슬금 걸어 나왔다.

"부르셨사옵니까? 토지에르 전하."

"그래, 전하께서는 어디로 가셨느냐?"

"그건 소녀도 잘 모르겠습니다요. 아침에 포도주를 달라고 하셔서 드렸습니다. 그런 후 나중에 포도주를 치우기 위해 갔을 때는 전하는 안 계셨습니다요."

"경비병도 모르고 시녀도 모른다면, 그렇다면 도대체 누가 안단 말이냐?"

허공에 대고 괴성을 질러 댄 후, 토지에르는 세린을 노려보고 으르렁거렸다.

"너는 전하의 노예야. 갑자기 전하께서 사라진 이유를 너는 알고 있겠지? 혹시 뭔가 이상한 점이 없었느냐? 사실대로 말해 봐라. 몽둥이찜질을 당해 봐야 정신을 차리겠느냐?"

토지에르가 잡아먹을 듯 노려보는 가운데, 세린은 가련한 표정으로 보고를 시작했다.

"저, 사실은 토지에르 전하……. 우리 전하께서 좀 이상하셨어요."

"이상해? 뭐가 이상하다는 말이냐?"

"그러니까 보통 즐겨 드시던 브랜디도 안 드시고 포도주만 드셨구요. 저에게 다정하게 대해 주시지도 않으셨구요……. 원래 말은 좀 거칠게 하시지만 속마음은 참 따뜻한 분이셨거든요. 그런데, 요 근래에는 전혀 그런 것을 찾아 볼 수가……."

"그래? 좀 이상하군……."

토지에르는 세린의 말을 듣고 보니 과연 수상한 점이 있었기에, 이번에는 경비병들을 향해 질책했다.

"너희들은 요 근래에 뭔가 이상한 점을 느끼지 못했느냐?"

세린의 말을 들었던 경비병들은 서로를 슬쩍 보며 눈을 한번 맞추더니, 그중 한 명이 앞으로 나서며 말했다.

"한 가지 이상한 사건이 있었사옵니다, 전하."

"무슨 일이냐?"

"예, 며칠 전에 프로이엔 폰 론가르트 백작께서 집무실로 들어간 후 쿠당하는 큰 소리가 들리기에 안으로 달려 들어갔었사옵니다. 아무래도 안에서 뭔가 싸움이라도 벌어진 듯했거든요."

"그래서?"

"안으로 들어가 보니 론가르트 경이 검을 쥔 채 한쪽 구석에 쓰러져 계셨사옵니다. 하지만 전하께서 장난을 친 거라고 하시며 나가라고 하셨기에……."

"그래? 그렇다면 너는 지금 당장 가서 론가르트 단장을 불러와라."

"옛!"

경비병을 보낸 후 얼마 지나지 않아 론가르트 백작이 달려 들어왔다. 론가르트 백작은 세련된 동작으로 토지에르에게 인사를 건넸다.

"부르셨사옵니까? 전하."

"그래, 자네가 며칠 전에 치레아 대공 전하와 한바탕했었다지?"

"예? 누가 그런 말을……."

둘러대면서 경비병들을 노려보는 론가르트를 제지하며, 토지에르는 부드러운 어조로 말했다.

"경비병들에게 다 들었네. 하지만 나는 그것을 탓하고자 경을 부른 것이 아니야. 지금 치레아 대공 전하께서 행방불명이 되셨는데, 자네는 혹시 그 이유를 알고 있는가 해서 부른 것이네."

"행방…불명이시라고요?"

"그렇네. 세린의 증언으로도 뭔가 석연찮은 것이 있고 말이야."

"너희들은 나가 있거라."

론가르트는 세린과 경비병들을 밖으로 내보낸 후 아주 낮은 어조로 보고를 올렸다.

"여기 계셨던 분은 전하가 아니라 아르티어스 님이었습니다."

그 말에 토지에르의 눈은 한껏 커졌다. 어떻게 그럴 수가…….

"뭣이? 그렇다면 전하께서는 어디로 가셨단 말이냐?"

"코린트 놈들이 본국을 제집 드나들 듯하면서 설쳐 대니 가만히 앉아 계시지 못하셨겠죠. 아마도 한판 하러 가신 듯합니다."

"크! 어떻게 그럴 수가……. 어쩐지 조용히 가만히 계신다 했더니 그렇게 된 것이었군. 그렇다면 아르티어스 님은 또 어디로 가신 거냐?"

"글쎄요……."

토지에르와 마찬가지로 론가르트도 그 점만은 도저히 알 수가 없었다. 이때 토지에르의 몸이 휘청했다. 재빨리 그것을 눈치 챈 론가르트가 토지에르를 부축했다.

"괜찮으시옵니까? 전하."

"아아, 괜찮아. 잠시 현기증이 났다네. 이제는 괜찮은 것 같아."

론가르트는 토지에르가 거듭 괜찮다고 하는데도 그를 부축하여 의자가 있는 곳까지 이끌어 그곳에 앉혔다.

"아직 몸이 회복되지 않았사옵니다. 잠시 심신을 편안히 하시고 노여움을 가라앉히소서. 지금 모두들 자리를 떠나시고 전하 혼자만 남아 계시옵니다. 그런 지금 전하까지 쓰러지신다면 제국은 어떻게 되겠사옵니까?"

토지에르는 한숨을 푹 내쉬며 한탄했다.

"이제 제국의 마지막 희망이 사라졌는데, 내가 어찌 편안한 마음을 가질 수 있겠는가? 여태껏 얼마나 많은 세월을 조국을 재건

하기 위해 바쳤는데, 어떻게 이렇듯 허무하게 끝날 수 있단 말인가? 여태껏, 여태껏 이 조국을 위해 목숨을 바친 젊은이들이 얼마나 많은데, 그리고 얼마나 많은 이들이……. 흑흑."

급기야 토지에르의 눈에는 이슬이 맺히기 시작했다. 자신이 젊었을 때, 그때 조국은 패망의 길을 달리기 시작했다. 갑작스런 코린트 제국의 침입과 곧이어 연결된 황제의 치욕적인 죽음. 그리고 지금의 황제를 옹위하여 부흥의 깃발을 내걸고 앞만 보고 달려온 자신의 인생…….

하지만 그 40여 년에 걸친 맹목적이었던 삶의 결실이 이런 식으로 다가온 것이다. 수많은 충신들의 목숨과 노력을 삼키고도 말이다.

론가르트가 그런 토지에르의 마음을 모를 리 없었다. 누구보다도 조국을 위해서 최선을 다해 온 충신의 마음을 말이다. 하지만 론가르트는 감히 토지에르 공작을 위로할 엄두를 못 내고 옆에서 그냥 지켜볼 수밖에 없었다. 그와 토지에르의 사이에는 바다만큼이나 넓은 신분의 벽이 가로막고 있었기 때문이다. 그가 할 수 있는 최선의 길은 시선을 딴 곳에 두어 토지에르가 오열하고 있는 장면을 짐짓 모르는 체해 주는 것밖에 없었다.

아르티어스의 분노

"이보게 젊은이."

젊은 병사는 자신을 젊은이라고 부른 이 새파란 놈을 같잖다는 듯 바라봤다. 하지만 상대의 옷이 대단히 고급이었고, 부티가 팍팍 나는 것을 보고는 처음에 생각했던 단어를 꿀꺽덕 삼킨 후 공손히 대답했다.

"예, 무슨 일이십니까?"

"한 가지 물어볼 것이 있어서 왔는데 말이야."

"예, 질문하시죠."

"여기 내 아들 녀석 안 왔나? 그 녀석 이름이 여러 개라서 좀 복잡하기는 하지만……."

그 말에 젊은 병사는 사납게 콧김을 뿜어냈다. 아침부터 별 해

괴한 놈이 황궁 정문에 접근해서는 꼴값을 떨고 있다는 생각이 들었다.

생기기는 꼭 얄상하니 계집처럼 생겨 가지고, 뭐, 아들을 찾아? 여기가 탁아소인 줄 착각을 해도 유분수지······. 젊은 병사는 상대가 찾는 아들의 이름이 뭔지 들어 볼 생각도 하지 않고 상대에게 쏘아 대기 시작했다.

"잘못 찾아왔소. 여기는 대 크루마 제국의 황궁 정문이란 말이오. 딴 데 가서 알아 보쇼. 아침부터 별 미친놈을 다 보겠군."

그나마 병사로서는 최대한 자신의 분노를 억제한 '친절한' 대답이었다. 하지만 상대는 전혀 그렇게 생각하지 않은 모양이었다. 아르티어스는 '미네르바라는 아가씨 어쩌구···' 하면서 물어볼 예정이었지만, 병사의 '불친절한' 대답을 듣고는 예정대로 '미네르바'를 운운할 정도로 속이 넓지 못했던 것이다. 그것도 다 평소에 아르티어스가 인간을 하등한 벌레쯤으로 생각했기에 얻어진 고매한 습관이었다.

"뭐야, 그럼 네놈의 눈에는 내가 미친놈으로 보이냐?"

"그럼 아니요?"

"크아악, 이런 빌어먹을 자식!"

아르티어스의 손이 앞으로 쭉 밀려가는 것과 동시에 병사의 목이 잘려서 아래로 뚝 떨어졌다. 가공할 정밀도를 보이는 아르티어스 옹의 마법이 작렬했던 것이다.

병사의 목이 아래로 뚝 떨어지고, 곧이어 몸이 옆으로 넘어지는 것을 본 다른 병사들이 창과 칼을 앞세우고 달려들었다.

"이런 벌레 같은 것들이 감히, 내가 누군 줄 알고……. 모두들 죽어 버려라, 풍검(風劍)!"

아르티어스 어르신의 용언 마법이 작렬하는 그 순간, 그를 향해 달려오던 병사들의 몸은 피를 뿜으며 일제히 상하로 분리되었다. 정말이지 가공스러운 장면이었다.

"마법사다, 기사님들께 연락해라."

여기저기서 외침이 터져 나왔고, 곧이어 10여 명의 기사들이 뛰어나왔다. 아르티어스 어르신은 기사들이 자신과의 거리를 좁혀 오는데도 그런 것은 안중에도 없다는 듯 배짱 좋게 나갔다.

"네놈들도 내 아들이 어디 있는지 모르겠지?"

그 말에 기사들은 어리둥절해져서 서로를 바라봤다. 이게 무슨 말이란 말인가? 마침, 그날 당직인 뮤토 백작이 웬 침입자가 있다는 보고를 받고 서둘러 달려 나오다가 이 모습을 봤다.

뮤토 백작은 치레아 대공과 함께 전쟁을 해 본 경험이 있었기에, 그녀와 함께 다니던 이 붉은 머리의 미청년 또한 알고 있었다. 미네르바의 지시를 받은 지오그네에 의해 치레아 대공 일행이 이곳에 왔던 기억은 사라진 상태였지만, 오래전의 그 기억은 남아 있었던 것이다.

"잠깐! 멈춰라!"

뮤토 백작은 서둘러 아르티어스의 앞으로 달려간 후 정중하게 인사를 건넸다.

"저, 혹시 제1차 제국 전쟁 때 크라레스군 진영에 계시던 마법사가 아니십니까?"

상대가 자신을 알아보는 것 같자 아르티어스의 표정은 한결 누그러졌다.

"자네, 혹시 나를 알고 있나?"

"다크 폰 치레아 대공 전하와 함께 계시던 모습을 몇 번 뵌 것 같은데요."

"그래그래, 자네라면 내 고충을 이해하겠군. 그 아이를 찾아서 이리로 왔어. 어디 있지?"

"예? 그분께서는 이리로 오신 적이 없으신데요?"

어리둥절해서 말하는 상대의 표정을 바라보며 아르티어스 어르신이 눈살을 찌푸렸다. 아무래도 연극 같지는 않았던 것이다. 그렇다면 이 아이가 어디로 갔을까?

이번에 만난 상대는 어느 정도 말이 통하는 친절한 녀석이었기에 아르티어스는 노기를 약간 가라앉히고 처음에 이곳에 왔을 때 사용할 대사를 떠올릴 수 있었다.

"그렇지, 자네는 잘 모를 수도 있지. 가서 미네르바라는 아가씨를 데려오게. 아르티어스가 보자고 전하면 될 게야."

뮤토 백작은 상대가 미네르바 공작을 보고 '아가씨'라고 호칭했지만, 일단 미네르바와 어느 정도 면식이 있다고 생각했기에 그 무례함을 참았다.

"저, 전하께 이곳까지 오시라고 전할 수는 없습니다, 아르티어스 님, 잠시만 기다리십시오."

뮤토 백작은 재빨리 기사들 중의 한 명에게 지시했다.

"전하께 아르티어스란 분이 찾아오셨다고 전해라."

"옛!"

일단 뮤토 백작은 기다렸다. 그쪽으로 보낸 기사가 지금 정문에서 일어난 사태에 대해 미네르바에게 설명을 할 것이다. 만약 미네르바가 여기서의 10여 명의 병사들이 죽어 나간 사실을 묵인한다면 그것으로 넘어가겠지만, 그렇지 않을 때는 아르티어스라는 이 녀석과 사생결단을 내야 하는 것이다.

하지만 10여 명의 기사들이 앞에 있는데도 눈 하나 깜짝 안 하는 이놈을 상대로 아무래도 체포하겠다는 말이 잘 나오지 않았다. 그렇기에 뮤토 백작이 미네르바에게로 보낸 기사는 구원병을 청하는 전령과도 같은 역할로 보낸 것이라고 보는 것이 옳았다.

뮤토 백작은 구원병이 달려와서 이 녀석을 체포하게 될 것이라고 예상했지만, 사태는 전혀 예상 밖으로 진행되었다. 미네르바가 만사를 제쳐 놓고 달려왔던 것이다. 미네르바는 부하들이 입을 헤벌리고 있는 사이 아르티어스를 향해 깍듯이 인사를 건넸던 것이다.

"안녕하셨습니까? 아르티어스 님."

"그래, 잘 있었나?"

"예, 그때 브로마네스 님 때는 아주 크게 신세를 졌습니다. 다시 한 번 감사드립니다."

"뭐, 그 정도 일을 가지고……. 허허헛!"

미네르바는 여기저기에서 시체를 치우고 있는 부하들의 모습을 애써 외면하며 아르티어스에게 물었다.

"그런데 오늘은 무슨 일로 오셨습니까?"

"아들을 찾아서 왔다네. 자네도 알지? 다크 폰 치레아 말이야. 그 아이가 부하 몇 명과 함께 나가더니 며칠 전부터 행방이 묘연하다 이 말일세. 젠장, 나하고 함께 갔으면 이런 일은 없었을 텐데……."

"저런, 큰일이군요. 하지만 아르티어스 님, 아드님은 6년 전에 세계 최강의 검객이라 불렸던 발렌시아드 대공을 물리친 분이시죠. 그런데, 감히 누가 아드님을 해코지할 수 있단 말입니까? 저는 그것이 도대체 이해가 가지 않는데요. 혹시, 어디 여행이라도 다니시는 것 아닐까요?"

제일 마지막 말이 아르티어스의 가슴을 찔리게 만들었다. 진짜 그 망할 놈이 여행이라도 간 것이 아닐까?

그렇다, 충분히 그 녀석이라면 그러고도 남을 것이다. 상대의 대답이 매우 마음에 안 들었지만, 아르티어스 옹은 수긍할 수밖에 없었다.

"젠장, 자네 말도 일리는 있군."

"아드님을 찾으시는 데 혹시 지원은 필요 없으신가요? 저희도 지금 미란을 병합했기에 여력은 별로 없지만, 6년 전의 은혜를 생각한다면 무리를 해서라도 몇 명 지원해 드리겠습니다."

"아, 됐어! 젠장, 되는 일이 하나도 없구먼."

"이럴 것이 아니라 안으로 들어가시지요. 좋은 포도주가 있습니다만……."

"아니, 나는 바빠서 이만 가 봐야겠군. 그럼 잘 있게."

아르티어스는 순간적으로 사라져 버렸다. 멀지 않은 곳에 도움을 청할 만한 녀석이 하나 있다는 생각이 불현듯 들었던 것이다.

"오호, 이게 누군가?"

입구부터 시작해서 황금으로 번쩍거리는 레어에서 금발의 미청년이 걸어 나오며 아르티어스를 반겨 맞이했다. 아르티어스는 이 금빛으로 번쩍거리는 레어에 들어갈까 말까 잠시 망설였다. 정말 탐이 나는 레어였다.

하지만 아르티어스는 드워프를 족쳐서 이와 유사한 레어를 하나 만들어야겠다는 생각을 애써 털어 냈다. 지금 급한 것은 레어가 아니었으니까.

"브로마네스, 오랜만이군. 6년 만인가?"

"이 박정한 녀석. 그래 그때는 대충 코빼기만 보이고 돌아가더니, 오늘은 무슨 바람이 불어서 온 거냐? 자, 여기서 이럴 것이 아니라 들어가자구. 아주 좋은 포도주를 구해 놓은 것이 있어. 드워프 녀석들에게서 뺏은 건데, 자그마치 432년이나 된 진품이라구."

아르티어스는 고개를 슬쩍 가로저으며 말했다.

"여기서 이럴 것이 아니라 딴 곳으로 가자구."

"왜, 내 레어에는 들어가기 싫다는 거야? 이걸 보니까 네 집은 그야말로 허름한 동굴처럼 느껴지지? 으하하하핫!"

"그런 게 아니야. 뭐 물어볼 게 있어서 그런다구."

"이봐, 물어보는 데 장소를 바꿔 가며 대화를 할 이유라도 있나? 들어가자구. 그리고 6년 사이에 얼마나 더 멋지게 장식을 해

났는지 보란 말이야."

브로마네스의 레어. 아닌 게 아니라 그 레어 안은 그야말로 호화찬란했다. 그 때문에 황금을 결코 돌같이 볼 수 없었던 아르티어스 어르신이 이 안으로 들어오기를 망설인 것이다. 드래곤은 원래부터 반짝이는 것을 좋아하니까 말이다. 거기다가 아르티어스 같은 골드 일족은 특히나 황금을 좋아했다.

하지만 브로마네스가 말한 '장식'이란 것은 황금이 아니었다. 벽면 전체가 황금인데, 거기에 황금 장식물을 붙여 봐야 모양이 잘 안 나기 때문인지 장식은 새하얀 대리석으로 만들어져 있었다. 실물 크기의 조각상들이 중앙 통로의 좌우에 일렬로 쭉 늘어서 있었다. 호비트, 오우거, 고블린, 엘프, 드워프 등등 하여튼 전 세계의 모든 생물들이 다 만들어져 있었다.

특이한 것은 그들의 모습이 중앙 통로를 지나가는 사람에게 인사를 올리는 듯한 모습으로 만들어져 있다는 것이었다. 황금색의 벽에 흰색의 대리석이 섞여 있다 보니 아주 묘한 대비를 이루며 아름다움을 풍기고 있었다.

"어때, 멋있지? 내가 드워프들 보고 이 중앙 통로의 좌우에다가 이 조각상들을 배치하라고 일렀지. 완성된 지는 얼마 안 되었어. 자네가 첫 번째로 이것을 구경하게 되어 나는 매우 흡족하다네."

아르티어스는 애써 조각상들에서 시선을 돌리며 저것쯤이야 아무것도 아니라는 듯 퉁명스레 말했다.

"나는 자네의 이런 악취미나 둘러보고 있을 여유가 없어. 빨리 본론으로 들어가자구."

브로마네스는 계속 걸음을 레어 안쪽으로 옮기며 비웃듯 말했다.

"호오, 무슨 일인데 천하의 아르티어스가 이렇듯 조급해하시나. 그래, 무슨 일인데?"

"전에 왔을 때 말한 적 있지? 양자를 하나 얻었다고 말이야."

"아, 그 호비트 계집?"

호비트 계집이라는 멸시를 가득 담은 표현에 아르티어스 어르신은 발끈했다.

"말조심해, 이 빨갱아! 드래곤 구이를 만들어 버리기 전에!"

"호오, 그것 기대되는군. 노랭이의 마법 실력이 꽤 좋아진 모양이지? 하지만 나는 그렇게 호락호락하지 않아. 네가 아무리 말토리오를 지배하고 있다고 해도, 꼬마 애들 잡고 심심풀이 장난한 것밖에 안 되잖아? 나를 그런 꼬맹이들하고 동급으로 취급하면 안 되지이~."

사실이 그러했기에 아르티어스는 벌게진 얼굴로 투덜거렸다. 부탁하러 온 주제에 드잡이질을 할 수는 없는 것 아닌가? 물론 정면으로 싸우면 자기가 절대로 지지는 않을 거라고 생각하기는 했지만, 그건 아무래도 객관성이 떨어졌다.

아르티어스 어르신에게 몇 년 전에 깨달은 비장의 한 수가 있듯 놈에게도 그런 것이 없다고 보기는 어려우니까 말이다.

"젠장, 그래 너 잘났다. 혹시 요 며칠 사이에 강렬한 마나의 기운을 느끼지 못했냐? 그러니까… 그래, 혹 엘프리안에 유희를 나온 드래곤이 느껴지지 않던?"

"유희를 나온 드래곤이라……. 글쎄, 나는 별로 그런 거에 신경 쓰지 않아서 말이지. 여기 도시가 꽤 크다 보니 간혹 가다가 한 놈씩 보이지. 그런데, 그런 것만으로 내가 그놈이 네 아들인지, 남의 아들인지 알게 뭐냐?"

"그러니까 내가 말했잖아, 이 오우거 대가리야. 요 며칠 사이라고 말이야."

"글쎄……. 하나 있기는 했지. 하지만 한 3, 4일 기척이 느껴지더니 그냥 사라졌는걸."

"그 기척은 어디서 느껴졌는데? 황궁이야, 아니면 시내야?"

"별로 신경을 쓰지 않았기에 잘 모르겠어. 나는 요즘 저걸 보느라고 정신이 없었기에 딴 거에 신경 쓸 여유가 없었거든."

브로마네스가 가리킨 것은 중앙 홀에 만들어지고 있는 거대한 벽화였다. 그것은 아직 미완성 작품이었고, 드워프들이 분주히 왔다 갔다 하면서 그것을 완성시키기 위해 노력하는 중이었다. 20여 미터에 이르는 그 거대한 벽화는 물감으로 그려진 것이 아니라 무엇을 섞었는지는 모르지만 붉은색이 나는 황금으로 만들어지고 있었다.

아직 반 정도밖에 완성되지 않은 상태였지만, 아르티어스는 한눈에 드워프들이 뭘 만들고 있는지 확연하게 알 수 있었다. 바로 브로마네스의 본모습이었다. 붉은색 황금으로 만들어지고 있는 레드 드래곤의 형상. 정말 멋있었다. 과연 브로마네스가 딴 곳에 신경 쓰지 못할 만도 했다.

브로마네스는 여기저기서 분주히 일하고 있는 드워프들을 가리키며 으스댔다.

"어때, 저 녀석들 일 잘하지? 저 멀리 오실라니아 산맥까지 날아가서 잡아온 녀석들이야."

"미쳤군. 나 같으면 그럴 시간 있으면 낮잠이나 더 자겠다. 그건 그렇고, 기척을 느꼈다는 그 드래곤 녀석 말이야. 어디로 갔는지 알아?"

"글쎄, 신경 써서 포착하고 있었던 것이 아니니 모르겠는걸?"

"이런 젠장, 네 녀석은 그럼 아는 게 뭐가 있냐?"

아르티어스는 화를 발칵 내면서 곧장 발걸음을 돌려서 여태껏 걸어온 곳을 다시 되돌아갔다. 그제야 허겁지겁 브로마네스는 아르티어스를 뒤따라오며 달래기 시작했다.

"이봐, 그렇다고 그렇게 화낼 이유는 없잖아."

"이유가 충분해. 도대체가 도움이 안 되고 있잖아. 따로 알아보는 수밖에……. 네놈을 조금이라도 믿고 있었던 내가 머저리다."

아르티어스는 브로마네스의 레어를 빠져나와서 산 아래를 바라봤다. 산 아래쪽으로 거대한 엘프리안의 시가지가 펼쳐져 있었다. 아르티어스는 엘프리안을 한참 내려다 본 후 꼭 자기 자신에게 다짐하는 듯 비장한 어조로 외쳤다. 꼭 누군가 범인이 있다면 들으라는 듯이…….

"만약 내 아들을 해친 놈이 있다면, 그놈이 호비트이건 드래곤이건 혹은 또 다른 무엇이건, 나의 타오르는 분노를 피해 갈 수 없을 것이다."

아르티어스의 눈동자는 폭발적인 광기를 이기지 못해 황금색으로 번뜩거리고 있었다.

『〈묵향13 - 외전 : 다크 레이디〉에서 계속』

작가 후기

묵향 12권을 마치며

　제2차 제국 전쟁은 이렇게 하여 어느 정도 결말을 맺고 있었다. 하지만 과연 그것으로 끝이 난 것일까?
　예로부터 원수를 지고는 살지 말라는 말이 있다. 미네르바는 자국의 이익을 위해 구원을 청하러 온 다크를 코린트 제국에 팔아넘겼다. 그녀로서는 그것이 최선의 방책이었을 것이다. 하지만 그녀는 그것 때문에 최악의 적을 만들었다.
　후세의 역사가들은 말한다. 마도 전쟁은 쇠퇴하던 크라레스 제국이 암흑의 힘까지 빌려서 벌인 마지막 발악이라고……. 하지만 그렇게 보지 않는 이들도 있었다. 과연, 크라레스를 그토록 막다른 궁지에 몰아넣은 사람들에게는 아무런 죄가 없었을까?
　현재를 살고 있는 모든 이들은 말한다. 지금 있었던 일은 후세의 역사가들이 심판해 줄 것이라고……. 하지만 후세의 역사가들이 뭘 심판한단 말인가? 그 일은 그때 벌어진 것이고, 후세의 역사가들은 그전의 기득권자들이 왜곡하고 날조해 놓은 자료를 토대로 모든 것을 판별해야 한다. 그렇다면 그것이 제대로 된 심판이 될 수 있다고 생각하는 것일까?

최강의 제국들이 힘을 겨루던 그 시절……. 그때는 강자가 곧 법이었던 무법의 시대였다. 그 시대에 살아남기 위해 몸부림쳤던 인물들을 후세의 역사가들은 어떻게 평해 줄까? 코린트는 예로부터 역사 왜곡을 잘하기로 유명한 국가였다. 단적인 예로 트루비아 사건만 해도 그렇다. 트루비아 왕국이 코린트 연합군의 공격을 받고 멸망했을 때, 사람들은 트루비아가 마왕과 손잡은 악의 제국이라고 믿었다. 하지만 제1차 제국 전쟁 후 패전국이 된 코린트는 그때의 잘못을 시인하고 트루비아를 되살려 놨다. 만약 코린트가 제1차 제국 전쟁에서 승리를 거뒀다면 트루비아는 다시 되살아날 수 있었을까?

마도 전쟁도 그와 같은 맥락으로 이해하면 될 것이다. 후세의 역사가들이 하는 조각 맞춤으로 얼마나 많은 진실을 파헤치고, 또 이해할 수 있을 것인가? 마도 전쟁은 승자도 없고, 패자도 없는 그야말로 소모에 가까운 전쟁이었다고 기록된다. 하지만… 과연 그것이 다일까?

2000년 11월
전 동 조